Meja Mwangi · Mr. Rivers letztes Solo

MEJA MWANGI

Mr. Rivers letztes Solo

Roman

Aus dem Englischen von Susanne Koehler

Peter Hammer Verlag

Für Annemarie und Melanie Friedli
in Dankbarkeit für ihre Unterstützung und Ermutigung
beim Schreiben dieses Buches

Originaltitel: *Weapon of Hunger*

Die Deutsche Bibliothek – CIP-Einheitsaufnahme

Mwangi, Meja:
Mr. Rivers letztes Solo : Roman aus Kenia / Meja Mwangi. Aus dem Engl. von Susanne Koehler. – Wuppertal : Hammer, 1995
Einheitssacht. : Weapon of hunger <dt.>
ISBN 3-87294-640-4
NE : Mwangi, Meja: Mister Rivers letztes Solo

Umschlaggestaltung: Wolf Erlbruch
Satz: Data System, Wuppertal
Druck und Bindung: Clausen & Bosse, Leck

Die Ereignisse und Personen
in diesem Roman
sind vollkommen fiktiv
und sollten beim Lesen
auch so verstanden werden.

KAPITEL 1

Auf den Bergen rings um die belagerte Stadt bewachte ein einsamer Posten eine Straßensperre. Er ging vor der alten Fahnenstange auf und ab, die man quer über dem schlechten, nicht asphaltierten Fahrweg angebracht hatte. Auf einem weiß gestrichenen, verwitterten Brett, das an die Fahnenstange genagelt war, stand in drei Sprachen, in Italienisch, Englisch und in Talacina, zu lesen, daß es Reisenden verboten sei, ohne die ausdrückliche Genehmigung des Militärgouverneurs von Arakan das Gelände jenseits der Barriere zu betreten. Und nach dem Zustand der Piste zu schließen, wurde dieses Verbot streng durchgesetzt. In den Spuren des letzten Fahrzeugs, das mit der vom verantwortlichen Offizier nur widerwillig erteilten Genehmigung die Barriere passiert hatte, wuchs Gras.

Links von der Straßensperre wehte die grün-blau-rote Fahne der Volksrepublik Borku Seite an Seite mit der Flagge der 12. Pionierdivision. Zu diesem Truppenteil gehörte die Einheit, die zu einem sechswöchigen Sondereinsatz abkommandiert worden war, um diese von niemandem befahrene Straße zu bewachen. Beide Flaggen wehten auf halbmast für die Soldaten Borkus, die in den Nukha-Bergen Tag für Tag im Kampf gegen die abtrünnigen Rebellen der Befreiungsfront von Arakan ihr Leben verloren.

Gleich neben den Fahnenstangen befand sich ein aus Sandsäcken und Steinen gebauter Unterstand, der zur Straße hin ausgerichtet war, und einige wenige Meter hinter dem Unterstand das große Zelt, das als Verwaltungsbüro des Camps diente. Dahinter standen verstreut ungefähr ein Dutzend dreieckiger Zelte, die die vierundzwanzig Wehrpflichtigen, die Besatzung der Straßensperre, beherbergten.

Auf dieser Seite des vorgeschobenen Grenzpostens, so weit unten am Ende der gewundenen Straße, daß man gerade noch den Geruch des Meeres wahrnehmen und das Salz in der warmen Brise schmecken konnte, lag der Seehafen Adan am Roten Meer. Zu der Zeit, als sich die Begebenheiten, von denen hier berichtet wird, zutrugen, war Adan – was es wahrscheinlich noch immer ist – eine Garnisonsstadt und das Hauptquartier der 12. Pionierdivision. Zwischen Adan und dem Grenzposten in den Bergen erstreckte sich felsiges, mit Busch bedecktes Ödland – eine weite, flache Hochebene, wo Dornbüsche im Überfluß wuchsen und sich nur Nattern und Skorpione eines guten Lebens erfreuten.

Die Hauptverkehrsstraße Tenere, ein alter, während der italienischen Besatzung von Borku zur Straße gewordener Karawanenweg, führte aus der Hafenstadt heraus, kämpfte sich durch die Tenere-Wüste und stieg jenseits der Straßensperre in die zerklüfteten Nukha-Berge hinauf, dorthin, wo es jedem Soldaten graute, jemals seinen Fuß setzen zu müssen. Diese vom Zahn der Zeit arg mitgenommene Straße schlängelte und quälte sich durch das schroffe Gebirge bis hinunter in die westliche Wüste und erreichte dann schließlich, nach einer Reise von ungefähr zwei Wochen, Sokotra, die Hauptstadt von Borku.

Doch das lag alles in so weiter Ferne, daß sich der einsame Wachposten an der Barriere keine Gedanken darüber machte. Statt dessen beobachtete er das zweimotorige Aufklärungsflugzeug, das mit viel Lärm vom Flugplatz unten in Adan heraufkam, über ihn hinwegknatterte und Kurs auf die Berge nahm. Er sah auf seine Digitaluhr, vergewisserte sich, daß das Flugzeug auf die Sekunde genau pünktlich war, und blickte ihm nach, bis es hinter dem ersten der zahlreichen Gipfel der Nukha-Berge verschwand. Dieses Gebirge erstreckte sich über das halbe Land und ging in der Zentralregion in die Ajuts über.

Der Wachposten schritt wieder auf und ab.

Im Bürozelt fand unter Leitung von Hauptmann Abebe Yemenu, dem Lagerkommandanten, eine Besprechung statt.

»Der Lastwagen wurde hier gesichtet!« sagte er und pochte mit dem Finger auf die vor ihm auf dem Tisch ausgebreitete Landkarte. »Auf dem Weg nach Nabros statt nach Kalam. Warum?«

Keiner der Anwesenden wagte etwas zu sagen, denn wenn Hauptmann Abebe Yemenu, ein Absolvent der besten amerikanischen Militärakademie, seine eigene Frage nicht beantworten konnte, dann durfte niemand für sich beanspruchen, die Antwort zu wissen und als klug zu gelten. Die beiden neu abkommandierten Leutnants und drei der besten Unteroffiziere der 12. Pionierdivision standen da und studierten die Karte der Region der Nukha-Berge, als erwarteten sie von ihr eine Antwort auf die Frage, die der Hauptmann gestellt hatte.

Schließlich sprach Sergeant Dawit, der so alt und mager und grau war, daß es ihm nichts mehr ausmachte, für dumm gehalten zu werden.

»Er hat uns hereingelegt«, meinte er leise. »Jetzt haben die Banditen die Hilfsgüter, und an uns ist es, zu verhungern.«

Draußen in der glühenden Mittagssonne schritt der einsame Wachposten vor der Schranke auf und ab, während der Wind winzige, einander jagende Staubwirbel über die ausgedörrte Landschaft und in sein Gesicht trieb. Er spuckte den Staub aus. Der Speichel zischte, als er auf dem Boden verdampfte.

Er blieb stehen, um über dieses Phänomen nachzusinnen, und zündete sich eine Zigarette an. Wie alles andere, von der Schuhcreme bis zur Munition, so waren auch Zigaretten auf das schmerzhafteste rationiert. Die Soldaten erhielten eine Zigarette pro Tag, Offiziere zwei.

Nachdem er seine Zigarette angezündet hatte, nahm der Wachsoldat seine Wanderung wieder auf. Links, rechts, links, rechts – auf Wache sein war sehr viel leichter, wenn man die Schritte zählte. Der Hauptmann war versessen darauf, seine Wachposten stets in Bewegung zu sehen.

Plötzlich blieb der Posten stehen und sah die Straße hinauf zu den Bergen. Dort oben erschien wie ein Traumbild die gespenstische Gestalt eines Mannes, der, wie auf den flimmernden Hitzewellen schwebend, den Berg herunterkam.

Der Wachposten starrte ganz verwirrt dorthin. Soweit er wußte, war noch niemals jemand bei vollem Tageslicht diese Straße heruntergekommen. Ein oder zweimal waren nachts die Banditen aus den Bergen gekommen, hatten ein paar Schüsse abgegeben und dann, sobald die Soldaten das Feuer erwiderten, eilends die Flucht ergriffen. Und nur ein einziges Fahrzeug, der von dem Amerikaner gefahrene Lastwagen mit den Hilfsgütern für die Hungernden, war in den vergangenen sechs Monaten die Straße in die Berge hinaufgefahren. Es war schon so lange her, daß man von den Reifenspuren nichts mehr sehen konnte. Die staubbeladenen Winde hatten sie fortgeweht.

Der Wachposten nahm das Gewehr von der Schulter und rief laut in Talacina, der Nationalsprache von Borku: »Da kommt jemand! Da kommt jemand!«

Einen Augenblick lang geschah überhaupt nichts, und der Posten mußte noch einmal rufen.

Dann eilte Hauptmann Abebe Yemenu aus dem Bürozelt. Die anderen Offiziere folgten. Vor dem Zelt blieben alle stehen und sahen auf die jenseits der Barriere liegende Straße. Soldaten, die dienstfrei hatten, und jene, die gerade mit den Routinearbeiten im Camp beschäftigt waren, ließen alles liegen und stehen, um das Herannahen der Erscheinung nicht zu verpassen.

Hauptmann Abebe Yemenu rückte die automatische Pistole an seiner Hüfte zurecht, hielt die flache Hand über die zusammengekniffenen Augen und sah die flimmernde Straße hinauf. Außer einem Transistorradio, das irgendwo in einem Zelt arabische Musik spielte, war alles still.

»Das ist der Amerikaner«, sagte der Hauptmann schließlich. »Geht und bringt ihn zu mir!«

Sergeant Dawit Desta winkte zwei Soldaten, die keinen Dienst hatten und nur mit ihrer Hose bekleidet waren, dem Mann entgegenzugehen. Der Hauptmann ging nachdenklich ins Zelt zurück. Dort blieb er einen Augenblick stehen und starrte auf die auf dem Tisch ausgebreitete Landkarte. Er nahm seine Pistole heraus, hielt sie eine Weile in der Hand und schob sie wieder in das Segeltuchhalfter an seinem Gürtel. Er griff seine Mütze, setzte sie hastig auf und ging wieder nach draußen.

Der Amerikaner wurde vorgeführt. Zwei schwitzende Soldaten stützten ihn. Er trug schmutzige Jeans und ein verblichenes grünes T-Shirt. Vom Durst und vom ständigen Aufenthalt unter freiem Himmel war er erschöpft, und er war abgemagert.

»Hat jemand eine Zigarette?« fragte er.

Hauptmann Yemenu langte nach der Sonnenbrille, die der Amerikaner trug, warf sie auf den Fußboden und zertrat sie in tausend kleine Stücke.

Der Amerikaner grinste nur matt und warf dem Offizier einen abschätzigen Blick zu.

»So«, sagte der Hauptmann, »was haben Sie jetzt zu Ihrer Verteidigung vorzubringen, Mr. Rivers?«

»Ich? Nichts«, antwortete der Amerikaner. »Aber ich sage Ihnen eines: Sie hatten unrecht, Hauptmann Yemenu. Das Land hinter den Bergen ist nicht gesetzlos. Es wird von den Rebellen regiert.«

Hauptmann Yemenu blickte ihn ruhig an. Dann rief er nach seinem Unteroffizier.

»Unteroffizier Bekle«, befahl er in scharfem Ton. »Holen Sie den Jeep!«

Der Unteroffizier rannte hinter das Zelt, und der Hauptmann wandte sich wieder an den Amerikaner.

»Wo ist Ihr Fahrer, Mr. Rivers?«

»Die Rebellen haben ihn getötet.«

Der Hauptmann nickte nur.

»Und der Lastwagen?« fragte er. »Wo ist der Lastwagen?«

»Der ist in die Luft geflogen.«

Ein Militärjeep amerikanischer Herkunft hielt vor der Gruppe. Der Hauptmann bedeutete dem Amerikaner, hinten einzusteigen, wo er eingezwängt zwischen zwei bewaffneten Soldaten Platz fand. Der Hauptmann sprang auf den Beifahrersitz. Der Jeep verließ das Lager und rollte rüttelnd und schüttelnd die ausgefahrene Piste hinunter an die Küste.

Die Straße fiel steil die Berge ab. Die Küstenebene war mit knorrigen Dornbüschen und Hunderten von Termitenhügeln übersät. Die Erde lag nackt und bloß da, denn das Gras war seit langem vertrocknet, und der Wind hatte es zusammen mit dem Staub davongeweht. Weit unten am Fuße des Berges, so weit, daß es wie eine entfernte Luftspiegelung erschien, lag das Rote Meer.

Als der Jeep so die alte Straße hinunterklapperte und seine lange Radioantenne in den aufgewirbelten Staubwolken verschwand, um dann wieder daraus aufzutauchen, drehte sich Hauptmann Abebe Yemenu um und sah den Amerikaner böse an.

»Woran denken Sie jetzt?«

»An nichts.«

»Dann sollten Sie sich für den General ein paar bessere Lügen ausdenken.«

»Ich lüge nie, Hauptmann Yemenu.«

»Ha!« rief der Hauptmann, »jetzt begegne ich doch endlich einmal einem Amerikaner, der nicht lügt!«

Der Amerikaner zuckte nur mit der Schulter, warf einen Blick auf seine goldene Rolex. Bis zur Stadt, die jetzt in der Ferne zu sehen war, lag mindestens noch eine Stunde Fahrt vor ihnen.

»Warum haben die Banditen Sie eigentlich nicht umgebracht, Mr. Rivers?« fragte der Hauptmann.

»Keine Ahnung.«

»Sie bringen jeden um«, informierte ihn der Hauptmann. »Sie bringen Frauen um, Kinder, sogar Ziegen. Sie behaupten, Mister Rivers, die Banditen hätten Ihren Fahrer umgebracht. Warum hat man Sie dann laufen lassen?«

»Vielleicht wollten sie mich nicht töten.«

»Warum nicht?«

»Ich konnte sie ja nicht gut danach fragen, oder?«

Der Hauptmann brummte, drehte sich um und warf böse Blicke auf die schlechte Straße. Dann wandte er sich aufgeregt wieder nach hinten und wollte erneut wissen, warum der Amerikaner überlebt habe.

»Warum haben sie Ihnen nicht Ihre Uhr weggenommen?« fragte er. »Was Sie da tragen, ist die Uhr eines Reichen. Und Ihre Ringe und Ihre Kleidung. Die stehlen doch alles. Warum hat man Sie nicht ausgeraubt?«

Der Amerikaner ignorierte ihn demonstrativ und wandte seine Aufmerksamkeit der unwirtlichen Landschaft zu. Sie entsprach genau der Beschreibung, die ihm der General in Adan schon vor Jahren gegeben hatte – nur Skorpione könnten in diesem Land überleben. Skorpione und Banditen.

Der Hauptmann musterte ihn eindringlich.

»Sind Sie vielleicht ein amerikanischer Spion, Mr. Rivers?«

»Nein.«

»Oder vielleicht Waffenhändler?«

»Nein.«

Der Hauptmann nickte nachdenklich und sagte kalt: »Ich hätte Sie neulich, vor einem Monat, erschießen sollen, Mr. Rivers.«

»Das wäre ein schrecklicher Fehler gewesen.«

Schweigend fuhren sie das letzte Stück. Sie waren mit Staub und Schweiß bedeckt, als der Jeep schließlich seinen Weg durch die alten Hafenstraßen zur befestigten Garnison fand, dem Hauptquartier der 12. Pionierdivision.

Von den zwei bewaffneten Soldaten eskortiert, folgte Jack Rivers dem Hauptmann durch die belebte Garnison zum Büro des Kommandanten. Der kommandierende General hieß Asfaw Dinka. Er war ein gewandter fünfundfünfzigjähriger Absolvent von West Point, maß ungefähr einen Meter fünfundsechzig, hatte graues Haar, einen Schnurrbart und einen kleinen Bauchansatz. Nach der ordnungsgemäßen Erledigung der Übergabeformalitäten salutierte Hauptmann Abebe Yemenu elegant, drehte sich um und kehrte zu seinem Außenposten in den Bergen zurück, wo sich nie wirklich etwas ereignete.

»Es ist mir einfach unbegreiflich, warum ich noch immer am Leben bin«, sagte Jack Rivers zu dem Garnisonskommandanten.

General Asfaw Dinka betrachtete ihn mit seinen dunklen Augen und sagte mit leiser Stimme: »Offen gesagt, Mr. Rivers, das verstehe ich auch nicht.«

»Bedauern Sie etwa, daß ich noch lebe?«

Der General lächelte ein wenig, und mit dem kurzen Wechsel seines Gesichtsausdrucks hoben und senkten sich seine buschigen Augenbrauen.

»Zigarre?« fragte er und schob die Zigarrenkiste mit seinem Offiziersstock über den Schreibtisch.

Jack Rivers suchte sich eine aus, schnitt sie und zündete sie an. Er tat einen tiefen Zug, nickte zustimmend und lehnte sich zurück, um das Rauchen zu genießen.

»Hauptmann Yemenu ist ein wahrer Sohn Afrikas«, sagte Dinka. »Doch manchmal übertreibt er seine patriotischen Pflichten. Er gibt mir Anlaß zu der Überlegung, daß es möglicherweise ein schwerer Fehler war, Ihnen die Genehmigung zu erteilen, in die Berge zu fahren.«

»Warum?«

»Wir haben immerhin einen Lastwagen und acht Tonnen Hilfsgüter verloren.«

Jack Rivers schüttelte den Kopf.

»Sie haben gar nichts verloren, General. Der Lastwagen und seine Ladung waren schließlich amerikanische Spenden.«

Der General sprang auf, lehnte sich, schwer auf seine großen Fäuste mit den dicken Knöcheln gestützt, weit über den riesigen Schreibtisch und funkelte den Amerikaner böse an.

Diese Augen, dachte Jack Rivers, sind unermeßlich dunkel und tief, wie das Auge einer Kamera. Beunruhigt und beunruhigend, die Augen des Totalitarismus.

Ebenso abrupt, wie er aufgestanden war, wandte sich der General um und ging zum Fenster. Dort blieb er stehen und sah auf den Exerzierplatz hinunter.

Jack Rivers stieß langsam den Rauch aus, lehnte sich wieder in den bequemen Besuchersessel zurück und bewunderte das Büro des Generals. Die Möbel waren aus altem dunklem Holz, Sonne und Seeluft hatten die grünen Filzvorhänge gebleicht, und der alte Perserteppich war ziemlich dünn. Die Wände waren mit dem üblichen militärischen Zierat bedeckt – Befehle und Verordnungen, Landkarten, Gruppenaufnahmen, Bilder von Panzern, Kampfflugzeugen und anderem militärischem Gerät. Der Schreibtisch selbst war leer, außer der Mütze des Generals, seinem Offiziersstock, seiner automatischen Pistole und der Kiste kubanischer Zigarren. Alles lag ordentlich nebeneinander. Ein Schreibtisch, der in Amerika nicht einmal für einen schäbigen Industriebonzen gut genug gewesen wäre.

Der General stand mit auf dem Rücken verschränkten Armen am Fenster und beobachtete einen Trupp neuer Rekruten, die zwischen Panzern und gepanzerten Transportfahrzeugen über den von der Sonne aufgeheizten Platz marschierten. Auf der rechten Seite des Platzes konnte man das eine Ende der Landebahn sehen.

»Mr. Rivers«, sagte der General, den Blick noch immer aus dem Fenster gerichtet, »wie geht man in Ihrem Land mit Spionen und Verrätern um?«

Jack Rivers tat einen tiefen Zug an der Zigarre, die ihm der General angeboten hatte, und überlegte, ehe er antwortete. Ein Jagdflieger startete mit ohrenbetäubendem Lärm.

»Sie werden vor ein Gericht gestellt«, sagte er. »Werden sie für schuldig befunden, erhalten sie Gefängnisstrafen, die in ihrem Ausmaß dem Schaden entsprechen, der durch ihr Handeln entstanden ist. Aber ich bin weder ein Spion noch ein Verräter, General, und das wissen Sie.«

Der General wandte sich um und sah ihn an.

»Dann erklären Sie mir bitte, warum die Banditen Sie nicht ausgeraubt haben.«

Jack Rivers schüttelte den Kopf.

»Auf genau diesem Punkt bestand auch der Hauptmann. Aber die Wahrheit ist – ich weiß es selbst nicht.«

»Warum haben sie Ihnen nicht einmal Ihre elegante Uhr abgenommen?« fragte der General. »Selbst ein dämlicher Bandit sieht, daß sie aus Gold ist.«

»Es ist schließlich nur eine Uhr«, antwortete Jack Rivers. »Sie nahmen nur, was sie am dringendsten brauchten. Nahrungsmittel, Decken, Medikamente...«

»Die Sie ihnen großzügigerweise überließen«, sagte der General hart.

»Das habe ich nie gewollt.«

»Was wollten Sie dann, Mr. Rivers?« wiederholte er. »Den Rebellen Waffen liefern?«

»Sie haben die Ladung des Lastwagens doch überprüfen lassen, General«, erinnerte ihn Jack Rivers.

»Wollten Sie vielleicht Botschaften überbringen?«

»Von wem?«

»Von denen, die in Amerika die Rebellen unterstützen und finanzieren?«

»Nein«, sagte Jack Rivers und schüttelte den Kopf. »Ob Sie mir glauben oder nicht, General, mir ging es einzig und allein darum, zu beweisen, daß die Rebellen umgestimmt werden können, daß es keinen triftigen Grund dafür geben darf, daß Tausende von Menschen verhungern, nur weil niemand den Mut hat, sich aus diesem sicheren Hafen hinauszubegeben.«

»Ihr Vorhaben ist fehlgeschlagen«, meinte der General.

»Nein«, antwortete Jack Rivers leise. »Das stimmt nicht. Ich bin weit in die Wüsten und Savannen der Zentralregion hineingekommen. Ich bin an Orten gewesen, wo Ihre Männer sich nicht hinwagen. Ich habe Kalam gesehen. Dort war niemand mehr, weil irgendwelche Leute die Menschen getötet oder verhungern hatten lassen. Ich bin fast bis Bahadir und Jirom gekommen.«

»Mit den Banditen.«

»Ja, mit den Banditen«, sagte Jack Rivers zustimmend. »Sie waren die einzigen Menschen dort. Sie zeigten mir den Weg in die Berge, dorthin, wohin die Bauern gegangen waren, um den Hungertod zu erwarten.«

General Dinka sah ihn wieder prüfend an. Er konnte sich nicht entscheiden, was er mit ihm tun sollte.

»Und, Mr. Rivers«, sagte er. »Was schlagen Sie nun vor, wie wir weiter vorgehen sollen?«

»Ich wäre der letzte, der fertige Rezepte für Sofortkuren hätte«, antwortete der Amerikaner. »Aber ich bin an Orten gewesen, die kaum jemals von Fremden besucht worden sind, und ich habe Dinge gesehen, die noch kein Ausländer je gesehen hat. Ich habe da so meine Ideen, aber wenn wir uns von der Erfahrung und Geschichte leiten ließen, könnten wir viel mehr erreichen.«

»Lassen Sie hören«, sagte der General.

Langsam und ausführlich legte Jack Rivers ihm seinen Plan dar. Nachdem der Lastwagen in die Luft geflogen war und seine Guerillaführer ihn allein gelassen hatten, um ihre bei der Minenexplosion getöteten Kameraden zu rächen und einige Soldaten umzubringen, war er in der Wildnis umhergeirrt. Während jener Tage hatte Jack Rivers lange über den Hunger nachgedacht. Nun erzählte er dem General, zu welchen Schlußfolgerungen er gekommen war.

Der General schwieg nachdenklich.

Schließlich sagte er: »Ich hätte Sie erschießen sollen. Sie haben selbst zugegeben, daß Sie sich mit den regierungsfeindlichen Rebellen beraten haben.«

»Ich habe nichts dergleichen getan«, sagte Jack Rivers. »Ich bin nach Afrika gekommen, um den notleidenden Menschen zu helfen, und nicht, um das politische Elend zu vergrößern.«

General Dinka schüttelte den Kopf. Das Telefon klingelte. Er nahm den Hörer ab, sagte kurz etwas in Talacina und legte wieder auf.

»Mr. Rivers«, sagte er und lächelte zynisch, »Afrika ist sehr alt. Viel älter als so manches westliche Land. Doch im Laufe der Jahrhunderte sind immer wieder weiße Männer, Besessene, gekommen, die sich einbildeten, sie könnten Afrika verändern. Julius Cäsar, General Gordon, König Salomo – sie alle haben es versucht, und selbst Hannibal, der die Italiener terrorisierte, gelang es nicht, sein eigenes Land zu unterwerfen.«

»Das waren alles Krieger, Feldherren«, bemerkte Jack Rivers. »Wie Sie, General!«

»Auch Ihnen und anderen, die es Ihnen gleichtun, wird es nicht gelingen.«

»Ich bin kein General«, sagte Jack Rivers. »Ich habe nicht die Absicht, irgend jemanden zu kolonisieren oder zu unterwerfen. Dieses Land ist Ihr Land. Sie befinden sich weder in einer fremden Region, noch sind Sie eine Besatzungsmacht. Es sind Ihre eigenen Leute, die dort im Landesinneren Hungers sterben, während die Lebensmittel in Ihren Seehäfen verfaulen. Mir scheint, Sie sollten verrückten Männern wie mir dankbar sein, die Ihre Leute retten wollen.«

»Meine Leute sind hier in diesem Lager«, erwiderte der General. »Nämlich die Soldaten unter meinem Kommando.«

»Und was ist mit den Opfern der Hungerkatastrophe?« fragte Jack Rivers. »Wer ist für sie zuständig?«

»Wir«, antwortete der General. »Aber jeder, der den Aufstand unterstützt, muß dafür bezahlen.«

»Mit seinem Leben?«

»Sie kennen den Preis, Mr. Rivers. Seien Sie doch nicht so naiv. Kriegführende Armeen werfen nicht mit Broten nach dem Gegner.«

»Aber hier gibt es ja überhaupt keine kriegführenden Armeen«, erwiderte Jack Rivers. »Ich sehe nichts als eine einzige riesige Armee, eine kleine Bande von Rebellen und die Masse der Hungernden, die zwischen alle Fronten geraten ist. Natürlich haben die Rebellen – ebenso wie Sie – versucht, mich glauben zu machen, die Bauern ständen alle auf ihrer Seite.«

Der General schüttelte darüber nur den Kopf. Er bemühte sich sehr, freundlich zu bleiben.

»Sie sind ein reicher und berühmter Mann, Mr. Rivers«, sagte er. »Gehen Sie nach Amerika zurück und genießen Sie dort Ihren Reichtum und Ihre Berühmtheit. Warum vergeuden Sie Ihre Zeit mit afrikanischen Analphabeten, mit Bauern, die keine Ahnung davon haben, was für eine wichtige Persönlichkeit Sie sind?«

»Nein«, stöhnte Jack Rivers und schüttelte verzweifelt den Kopf. »Unglaublich, daß ich so etwas aus dem Mund eines in den USA ausgebildeten Generals hören muß.«

»Von einem Absolventen Ihrer besten Militärakademie«, sagte der General. »Ihr habt uns Krieg gelehrt, nicht Menschenliebe. Haben Sie Ihren Wehrdienst geleistet, Mr. Rivers? Sie lernen dort, Kriege zu gewinnen. Waren Sie in Vietnam?«

»Wir sprachen doch von Nahrungsmitteln, General«, erwiderte Rivers. »Von einem menschlichen Grundbedürfnis. Nahrung, nicht Waffen.«

»Der Unterschied ist rein akademischer Art«, antwortete der General. »Offensichtlich haben Sie nicht so viel von Ihrer eigenen Militärgeschichte gelesen, wie Sie vorgeben.«

Der Zynismus war überwältigend. Wieder klingelte das Telefon. Der General nahm den Hörer ab, sagte kurz etwas in Talacina und legte wieder auf.

»Kommen Sie, Mr. Rivers«, sagte er und erhob sich. »Man sagt mir, das Flugzeug, das Sie in die Hauptstadt bringen wird, stünde bereit.«

Er setzte seine Mütze auf, steckte die Pistole in den Halfter, griff mit fester Hand nach dem Symbol seiner Autorität, dem Offiziersstock, und geleitete Jack Rivers zum Büro hinaus.

Nebeneinander gingen sie einen nur schwach beleuchteten Gang entlang, in dem die Luft noch nie das Tageslicht gesehen hatte.

»Zu welchem Stamm gehören Sie, General?« fragte Jack Rivers.

»Mr. Rivers«, sagte der General und blieb stehen. »Seit die Italiener dieses Land verlassen haben, gibt es hier keine Stämme mehr. Wir sind nun ein Volk, eine Nation. Die Volksrepublik von Borku.«

Jack Rivers nickte. Sie gingen weiter.

»Zu welchem Stamm gehören Sie, Mr. Rivers?« fragte der General.

»Zu dem der Amerikaner!«

»Ja, natürlich«, sagte der General, sarkastisch wie eh und je. »Nur in den primitiven Gesellschaften der Dritten Welt gibt es Stämme. Warum sieht man jeden Konflikt in Afrika, jeden Krieg als Auseinandersetzung zwischen feindlich gesinnten

Stämmen an, die sich gegenseitig auffressen? Ich will Ihnen eines sagen, Mr. Rivers: In den Auseinandersetzungen hier bei uns spielen Stammeszugehörigkeiten keine größere Rolle als bei den Konflikten in Nordirland oder im Mittleren Osten. Und wenn es Leute wie Sie nicht gäbe, die sich ständig in unsere internen Streitigkeiten einmischen, Partei ergreifen und Waffen liefern, hätten wir sie in kürzester Zeit beigelegt.«

Aus dem Dämmerlicht der Korridore traten sie hinaus in das gleißende Licht des Nachmittags. In der Tür blieben sie stehen und schauten mit zusammengekniffenen Augen über das Lager. Wegen der drückenden Hitze war nicht viel los. Ein paar Soldaten gingen mit langsamen Schritten zwischen den Gebäuden hin und her. Ein mit Kisten beladener Jeep fuhr zu einem Hubschrauber, an dem drei Männer arbeiteten. Jenseits des Hubschraubers wurde eine Caribou-Transportmaschine zum Flug fertiggemacht.

»Sind Sie vom CIA, Mr. Rivers?«

»Woher haben Sie bloß die Idee, daß jeder Amerikaner ein Agent im Auftrag der amerikanischen Regierung sei?«

»Es fiel mir nur gerade so ein«, antwortete der General. »Ihr Botschafter hat in den vergangenen Wochen ununterbrochen angerufen. Er schien sehr um Ihre Sicherheit besorgt.«

»Ich bin amerikanischer Staatsbürger«, sagte Jack Rivers.

»Richtig«, stimmte ihm der General zu. »Aber Mr. Timothy Carter, den Sie sicherlich kennen, hat ebenfalls angerufen. Er gibt vor, ein einfacher Informationsoffizier zu sein, doch unser Geheimdienst weiß mehr und anderes über ihn. Aus diesem Grunde wäre ich froh, wenn Sie nie mehr hierher zurückkämen. Glauben Sie mir, es wäre weder für Sie gut noch für uns. Sie setzen uns in ein falsches Licht, wenn Sie in die Region jenseits der Berge fahren und dann zurückkommen und eine Menge Propaganda für die Rebellen machen. Sie könnten dabei Ihr Leben verlieren. Also wäre es für alle Beteiligten das beste, wenn Sie nicht wiederkämen.«

Jack sah dem General in die Augen und schüttelte nachdenklich den Kopf.

»Das ist unmöglich, General«, sagte er. »Ich habe sechs Monate meines Lebens für dieses Projekt geopfert. Die größten Stars in der Welt des Showbusiness haben ihre Zeit und ihr Geld zur Verfügung gestellt, um den hungernden Menschen von Arakan zu helfen.«

Der General nickte mißbilligend. Ein Wagen fuhr vor. Ein Soldat sprang heraus, salutierte und rannte in das Gebäude. General Dinka blickte Jack Rivers noch einmal an.

»Nein, General«, erklärte Jack kopfschüttelnd. »Ich kann unmöglich nach Amerika zurückkehren und den Spendern sagen, daß alles umsonst war, daß unser Getreide im Wert von zwanzig Millionen Dollar in Ihren Häfen verfault, weil Sie nicht in der Lage oder nicht willens sind, es an seinen Bestimmungsort zu bringen. Nein, General, das kann ich unmöglich tun.«

General Dinka seufzte.

»Sie sind ein eigensinniger Mann, Mr. Rivers«, sagte er. »Kommen Sie, Ihr Flugzeug wartet.«

Er begleitete Jack Rivers über den Platz zu dem Flugzeug, das neben dem Kampfhubschrauber stand.

»Glauben Sie mir, Mr. Rivers«, sagte er. »Wir wollen nur das Beste für dieses Land. Ihre Methoden tragen nicht allen Faktoren Rechnung. Zum einen ist das Überschreiten internationaler Grenzen ohne ordnungsgemäße Papiere illegal, um nicht zu sagen sehr gefährlich. Dieselben Routen, die Sie vorschlagen, werden von Waffenschmugglern benutzt, und deshalb kann es für niemanden irgendwelche Sicherheitsgarantien für die Durchreise geben. Aus diesem Grunde möchte ich Sie noch einmal dringend auffordern, nicht in die Region Arakan zurückzukommen.«

Sie standen an der Gangway zum Flugzeug. Der Pilot kam, salutierte und stieg die Treppe hoch.

»Eines verspreche ich Ihnen, General«, sagte Jack Rivers. »Nämlich, daß ich ganz bestimmt nach Arakan zurückkommen werde.«

Die Augen des Generals verdunkelten sich, seine buschigen Augenbrauen zogen sich im Zorn zusammen.

»Dann kann ich Ihnen auch eines versprechen, Mr. Rivers«, erwiderte er. »Sie werden Arakan nicht lebend verlassen. Ich wünsche Ihnen einen guten Flug, Mr. Rivers. Meine Empfehlung an Ihren Botschafter.«

Er salutierte kurz, drehte sich um und ging weg. Wie betäubt stand Jack Rivers da und blickte ihm nach. Der Pilot kam die Stufen herunter und bat ihn ins Flugzeug.

Das Innere der Maschine war dunkel und stickig, es roch nach altem Leder und heißem Öl. Der Pilot zog die Treppe hoch und schloß die Tür.

»Hier herum bitte«, sagte er zu Jack Rivers.

Es gab nur zwei Plätze für Fluggäste, alles andere war Laderaum. Auf einem der Plätze saß ein Mann, dessen dunkle Gesichtszüge sich im düsteren Raum verloren.

»Guten Tag, Mr. Rivers«, sagte der Mann, als Jack der Platz neben ihm zugewiesen wurde. »Tut mir leid, daß wir so schnell kein angemesseneres Transportmittel finden konnten.«

»Das geht in Ordnung«, sagte Jack Rivers und setzte sich. »Ich habe schon Schlimmeres erlebt.«

Der Pilot ging ins Cockpit. Die Motoren sprangen an, und fast sofort rollte die Maschine auf die Startbahn.

»Anschnallen!« sagte der Fremde.

Jack Rivers gehorchte. Als sich seine Augen an das düstere Licht gewöhnt hatten, konnte er den Mann neben sich etwas deutlicher erkennen. Er war kräftig gebaut, sein gut aussehendes Gesicht trug eindeutig die Züge der Talac, doch sein Ausdruck war hart und ernst. Er trug Uniform, aber die Buschjacke machte es unmöglich, ein Rangabzeichen zu erkennen.

»Wie lange fliegen wir?« fragte Rivers.

»Eine Stunde«, sagte der Offizier. »Darf ich mich vorstellen? Ich bin Oberst Tesfaye Gus vom militärischen Geheimdienst.«

Sie schüttelten sich die Hand.

»Auch US-Produkt?«

»West Point.«

Der Flieger hob ab und beschrieb eine sanfte Kurve über dem Roten Meer, so daß man sehen konnte, wie voll der Hafen war, in dem Schiffe aller Nationalitäten bis weit in die offene See hinaus vor Anker lagen und warteten, bis sie an die Reihe kämen, um anzulegen und ihre Fracht zu löschen. Viele lagen schon seit Monaten hier weit draußen auf dem Meer und warteten darauf, daß die Kaffeefrachter den Hafen verließen, um dann endlich die Genehmigung zu bekommen, ihre in den Notstandsgebieten dringend benötigte Fracht mit den Hilfsgütern für die hungernde Bevölkerung auszuladen. Jack Rivers wußte alles darüber. Er hatte die meisten dieser Schiffe finanziert.

»Eines verstehe ich nicht«, sagte Jack Rivers zu dem Oberst. »Wie bringen Sie es fertig, lieber Waffen auszuladen als Nahrungsmittel, wo doch die Menschen hier verhungern?«

»Soldaten ohne Waffen sind bald tot, Mr. Rivers«, sagte der Oberst. »Doch mehr davon später. Erzählen Sie mir jetzt alles, was Sie in Arakan gesehen und gehört haben.«

Jack Rivers zeigte ein resigniertes Lächeln.

»Ich wußte, daß Sie nicht zufällig hier sind!«

Das Flugzeug lag jetzt waagerecht und gewann ständig an Höhe, um direkt nach Süden über die Berge zu fliegen. Während sich die zerklüfteten Nukha-Berge unter ihnen ausbreiteten, erzählte Jack Rivers dem Geheimdienstoffizier von seinem Besuch in Arakan.

KAPITEL 2

Es war ziemlich einfach gewesen, die durch die alte Fahnenstange gekennzeichnete Straßensperre in die Nukha-Berge zu passieren. Hauptmann Yemenu hatte die Genehmigung des Generals zweimal durchgelesen und eine sorgfältige Durchsuchung des Lastwagens angeordnet. Während diese vonstatten ging und Jack Rivers protestierte, daß das Aus- und Wiederbeladen eine ganze Woche dauern würde, hatte sich der Hauptmann mit der Basis in Adan in Verbindung gesetzt. Kurz darauf befahl er ebenso plötzlich, wie er die Inspektion angeordnet hatte, sie wieder abzubrechen, und wies Rivers und seinen Begleiter an, weiterzufahren.

Die Piste jenseits der Schranke war – wie der General ihn vorgewarnt hatte – zum größten Teil nicht vorhanden. Von Zeit zu Zeit hielt der Fahrer an, um Jack die Gelegenheit zu geben, ein paar Felsbrocken aus dem Weg zu räumen, ehe sie weiterfahren konnten. An jenem ersten Tag schafften sie nur fünfzig Kilometer, und jeden Meter davon hatte das schwer beladene Fahrzeug unter Stöhnen und Ächzen zurückgelegt. Die Straße hatte sich vor langer Zeit schon in ein tiefes Bachbett verwandelt, in dem das Regenwasser den Berg hinunterschoß in die felsigen, grundlosen Schluchten.

Die Rock-'n'-roll-Fahrt auf der entsetzlich holprigen Piste trieb dem Fahrer den Schweiß aus allen Poren. Unablässig fuhr er sich mit der Zunge über die Lippen, schüttelte den Kopf und schimpfte in Talacina vor sich hin, Worte, die keinen Zweifel daran ließen, daß er wünschte, er hätte das Angebot von Jack Rivers, für zweihundert Dollar den Lastwagen nach Kalam und zurück zu fahren, niemals angenommen. Am zweiten Tag war es für jede Umkehr zu spät.

Sie hatten mit dem langen und quälenden Aufstieg zur ersten Paßhöhe begonnen. Die Piste wurde immer enger, bis sie schließlich auf die Höhe führte. Auf der einen Seite erhob sich nun eine rauhe und felsige Bergwand, auf der anderen schlängelte sich die Straße hundert Meter und mehr bergab in eine endlose Schlucht hinein. Eine Wendemöglichkeit gab es nirgendwo.

Nach allem, was er sah, wurde Jack Rivers nun klar, daß die einzige Möglichkeit umzukehren darin bestand, die ganzen hundert Kilometer bis in die Wüste im Landesinneren hinter sich zu bringen, dort den Lastwagen zu wenden und zurückzufahren. Kein Wunder, daß die Soldaten sich niemals über die Außenposten an den Nordhängen der Berge hinauswagten.

Es geschah am Nachmittag des dritten Tages. Sie hatten gerade die zweite Bergkette hinter sich gelassen und fuhren wieder auf eine Schlucht zu, als plötzlich ein bewaffneter Mann hinter einem Felsen hervor auf die Straße trat und dem Fahrer ein Zeichen gab, anzuhalten. Doch statt zu bremsen, geriet der Fahrer in Panik und gab Gas. Der Lastwagen schoß vorwärts, schwankte und war gefährlich nahe daran, über den Rand des Abgrunds in die Schlucht zu stürzen. Der Fahrer riß das Steuer herum, und als er das Fahrzeug wieder unter Kontrolle hatte, wurde aus einem Dutzend Gewehren das Feuer auf sie eröffnet.

Als Glassplitter durch die Kabine flogen, duckte sich Jack Rivers unter das Armaturenbrett. Der Fahrer verlor die Kontrolle. Er wurde in den Kopf getroffen. Der Lastwagen rammte die Bergseite und kam zum Stehen.

Ein Augenblick absoluter Stille folgte. Dann hob Jack Rivers langsam seinen Kopf auf die Höhe der Windschutzscheibe und sah hinaus. Schwer bewaffnete Männer mit schußbereiten Gewehren hatten den Lastwagen umstellt. Ihr Anführer beobachtete Rivers einen Augenblick lang, dann hob er sein Gewehr und zielte auf ihn. Jack Rivers nahm das alles wahr und erstarrte zu Stein. Der Guerillaführer schoß jedoch nicht, sondern gab ihm mit dem Gewehr ein Zeichen, herauszukommen.

Jack öffnete die Tür und sprang hinaus. Zwei der Männer packten ihn an den Armen und warfen ihn zu Boden. Sie durchsuchten ihn schnell und gründlich, nahmen seinen Paß an sich und ließen ihn wieder los. Den Paß überreichten sie ihrem Anführer, der den anderen inzwischen mit scharfer Stimme Befehle erteilt hatte.

Jack stand auf und klopfte den Staub aus der Kleidung. Der Lastwagen stand auf der Straße, die Kabine war von dem heftigen Aufprall auf die Felswand eingedrückt, die Windschutzscheibe zertrümmert und die Karosserie von Gewehreinschüssen durchlöchert.

Ungefähr ein Dutzend bewaffneter Guerilleros sah zu, wie zwei der ihren den Körper des Fahrers aus der Kabine zerrten und ihn, wie befohlen, in das Gebüsch trugen, um ihn dort zu begraben. Der Anführer, ein riesenhafter schwarzer Mann mit wirrem Haar, grauem Bart und tabakgelben Zähnen, sah den Männern kurz zu, dann wandte er sich um und näherte sich dem erschütterten Jack.

»Ihr Fahrer war sehr unbesonnen«, meinte er.

Jack Rivers Augen brannten vor Zorn, als er ihn anschaute.

»Das ist noch längst kein Grund, jemanden zu töten.«

»Vielleicht nicht«, sagte der Anführer. »Trotzdem war er unbesonnen. Warum ist er nicht stehengeblieben?«

»Sie haben doch gesehen, daß er nicht weit gekommen wäre«, sagte Jack Rivers.

»Ich ja, aber meine Männer sehen nicht sehr gut!«

Sie standen am Straßenrand, dort, wo er direkt in die Schlucht abfiel, wo zweihundert Meter tiefer auf ihrem felsigen Grund ein kleines schwarzes Rinnsal über die Felsen floß.

Der Anführer blätterte durch den Paß, den er in seiner Hand hielt. Von Zeit zu Zeit warf er einen Blick auf Jack Rivers und spuckte Tabaksaft aus einem Mundwinkel.

»Meine Männer trauen großen Autos nicht«, sagte er.

Jack Rivers antwortete nichts, sondern versuchte, den Anführer einzuschätzen. Der Mann blätterte noch immer in dem Paß, studierte eingehend die verschiedenen Visaeinträge und spuckte Tabak.

»Sie sind also Jack Rivers«, sagte er schließlich.

Jack schwieg.
»Amerikaner«, sagte der Guerillero.
Jack blickte ihn schweigend an.
»Popsänger«, der Mann schien ehrlich verwirrt. »Was für ein Job ist denn das?«
»Musik«, antwortete der Amerikaner.
»Ein Musiker«, er schüttelte noch immer den Kopf. »Was willst Du in meinem Land, Amerikaner?«
Er spuckte ihm Tabaksaft vor die Füße, gab ihm den Paß zurück und sagte: »Ich mache auch Musik!« Dabei tätschelte er sein über die Schulter geworfenes Gewehr.
»Mit diesem Ding hier mache ich schreckliche Musik«, sagte er. »Todesmusik. Singst Du?«
»Manchmal.«
»Und was singst Du?«
»Von der Liebe«, antwortete der Amerikaner, »und vom Leben.«
»Von der Liebe verstehe ich ein wenig«, meinte der Guerillero und lachte. »Aber vom Leben... eines Tages mußt Du mir mehr davon erzählen.«
Der Amerikaner steckte seinen Paß wieder ein.
»Niemand außer uns benutzt diese Piste«, sagte der Mann. »Wohin willst Du?«
»Nach Kalam.«
»Kalam?« fragte der Anführer und spuckte Tabaksaft. »Sehr interessant. Aber Kalam gibt es nicht.«
»Wer sagt das?«
»Wer das sagt? Ich!«
Der Amerikaner sah ihm voller Zweifel ins Gesicht. »Augenblick mal«, sagte er. »Ich zeige es Dir.«
Er stellte sich auf das Trittbrett des zerbeulten Lastwagens, griff hinein und holte eine Straßenkarte heraus. Ohne ein weiteres Wort breitete er sie vor dem Anführer aus, damit er sich selbst davon überzeuge.
Der Mann schüttelte entschlossen den Kopf.
»Kalam gibt es nicht.«

»Aber es ist doch hier auf der Karte verzeichnet!«

»Mag ja sein«, sagte der Anführer und spuckte braunen Saft. »Aber auf deiner Karte sind viele Dinge eingezeichnet, die es auf dieser Welt nicht mehr gibt. Diese Brücke hier in Hugai. Sie ist nicht mehr da. Meine Männer sprengten sie im vergangenen Jahr. Und dieser andere Ort, den ihr Chemi nennt. Ihn gibt es auch nicht mehr. Und so ist auch Kalam nicht mehr da.«

Jack Rivers lenkte seinen Blick ungläubig von dem bulligen Anführer auf die Karte in seiner Hand. Die Karte war im Jahr zuvor herausgegeben worden. Er faltete sie nachdenklich zusammen und wünschte, er hätte General Dinkas Rat befolgt.

»Sie gehen in ein Land, das zu großen Teilen nicht mehr existiert«, hatte ihm der General erklärt. »Sie werden sehen, daß die Dinge in Wirklichkeit nicht das sind, was sie auf der Karte scheinen. *Banditenterritorium* zum Beispiel finden Sie auf unseren Karten nicht eingezeichnet, und doch werden Sie gut daran tun, nach den Banditen Ausschau zu halten.«

»Erzählen Sie mir etwas über Kalam«, sagte der Amerikaner zu dem Chef der Banditen.

»Es gibt kein Kalam«, antwortete dieser.

Er sagte es so einfach daher, als sei die Tatsache, daß es Kalam nicht mehr gab, die selbstverständlichste Sache auf der Welt. Wie die Feststellung, daß es in der Wüste kein Wasser gibt. So selbstverständlich, daß man nicht darüber nachdenkt, bis ein dummer Ausländer auftaucht und danach fragt.

»Warum existiert Kalam nicht mehr?«

»Warum?« Der Riese spuckte Tabaksaft. »Ich will Dir sagen, warum. Zuerst kam der Khamsin. Die ganze Ernte und alles starb – im Stehen sozusagen. Danach trockneten die Flüsse und die Brunnen, alle Wadis und Chem-Chemi aus. Verstehst Du«, fuhr der Mann fort und spuckte aus, »kein Wasser, kein Regen, nichts. Also starben die Kühe und die Esel und die Ziegen und auch die Menschen. Menschen sterben, wie Du weißt, am schnellsten. Dutzende, Hunderte von Menschen sind gestorben.«

»Die ganze Wüste stank von all den Toten in Kalam. Dann«, er spuckte wieder, »kamen die Flugzeuge aus Adan und bombten alles zu Staub. Gut, sagten die schrecklichen Geister der Luft, gut, nun brauchen wir nicht mehr aufzuräumen.«

Er lachte. Seine Männer grinsten. Zweifelsohne machte der Witz schon seit geraumer Zeit die Runde. Seit nicht weniger als einem Jahr, wenn man dem Anführer Glauben schenken konnte.

»Und so ist es gekommen, daß Kalam nicht mehr existiert«, sagte er. »Was ist in deinem Lastwagen?«

Erschrocken fuhr Jack Rivers aus seinen Gedanken auf. Ihm war gerade durch den Kopf gegangen, ob er die Wahrheit über die Ladung nicht besser verschweigen sollte.

»Man hat mir in Adan gesagt...«

»Was wissen die schon in Adan?« unterbrach ihn der Anführer. »Was ist in deinem Lastwagen, frage ich!«

»Lebensmittel.«

»Lebensmittel?« Das Wort löste ringsum Aufregung aus. »Das ist sehr gut.«

»Nicht für Euch«, sagte Jack Rivers. »Für die hungernden Menschen in Kalam und Bahadir und Jirom.«

Der Guerillaführer spuckte Tabaksaft und lächelte nachsichtig. Er war sehr geduldig.

»Für Kalam kommst Du zu spät«, sagte er. »Und nach Bahadir und Jirom kannst Du überhaupt nicht hinkommen.«

»Warum nicht?«

»Warum nicht?« Langsam ließ er doch Anzeichen von Ungeduld über die Dummheit dieses Amerikaners erkennen. »Ich sage Dir, warum nicht. Erstens, der Weg ist zu weit. Zweitens, der Weg ist zu trocken. Drittens, der Weg ist mit Felsen und Dornen und einigen schlimmen Banditen gespickt, und schließlich gibt es gar keinen Weg mehr. Also...«, und er spuckte dem anderen wieder schleimigen braunen Saft vor die Füße, »also, wie willst Du nach Bahadir und Jirom und an all die anderen Orte kommen?«

Jack Rivers schaute von dem Anführer auf die bewaffneten Guerilleros. Was hier vorging, schien sie zu langweilen. Nichts außer einer Schießerei konnte wohl ihr Interesse noch wecken. Dann betrachtete Jack den zerschossenen Lastwagen und fragte sich, wie um alles in der Welt er dem Feuer der automatischen Waffen entkommen war. Er hätte auf General Dinkas Rat hören und in Adan bleiben sollen.

Der Guerillaführer rückte den Krummdolch am Gürtel und den um die Brust geschlungenen Patronengurt zurecht und spuckte Tabaksaft.

Jack Rivers ließ ihn nicht aus den Augen und dachte, daß die Zeit gekommen sei, zuzugeben, daß er einen Fehler gemacht hatte, und den Rückweg anzutreten.

»Sind Wolldecken auf dem Lastwagen?« fragte der Anführer.

Er nickte.

»Gut«, sagte der Mann. »Genau das brauchen wir. Auch wir sind Opfer der Dürre. Öffne den Wagen!«

Jack Rivers schenkte seinen Worten keine Beachtung.

»Besser, Du gibst mir den Schlüssel«, forderte der bewaffnete Mann ihn auf und streckte die Hand aus.

Jack Rivers schüttelte den Kopf.

»Nicht so schnell. Noch ist nicht Weihnachten. Die Ladung geht entweder nach Kalam oder zurück nach Adan.«

Der Anführer sah erstaunt von dem Amerikaner auf seine eigene ausgestreckte Hand. Offensichtlich war er noch nie jemandem begegnet, der sich geweigert hatte, ausgeraubt zu werden. Er lächelte kalt.

»Du bist wirklich ein sehr dummer Amerikaner«, sagte er und nahm sein Gewehr von der Schulter. »Was ist das hier? Weißt Du, wie dieses Ding heißt?«

Wieder beachtete Jack ihn nicht.

»Ich will es Dir sagen.« Er spuckte Tabaksaft. »Dieses Ding nennt sich eine Kalaschnikov. Das ist ein kommunistisches Wort und bedeutet ›mächtiger Knüppel‹. Und weißt Du auch, was man damit macht? Es dient mir dazu, das zu bekommen, was ich will. Für meine Leute und für mich selbst. Verstehst Du, meine Leute wollen Freiheit und Unabhängigkeit. Sie wollen sich selbst regieren. Das sind die Dinge, die sie wollen. Ich will das auch, und außerdem will ich Wolldecken für meine Männer, denn es ist kalt in diesen Bergen.«

Er schwieg und blickte zum Himmel, wo ein sehr hoch fliegendes Aufklärungsflugzeug zu hören war. Während alle das Flugzeug mit ihren Augen verfolgten, wendete die Maschine und begann am klaren blauen Himmel Kreise zu ziehen. Die Guerilleros redeten aufgeregt hin und her. Ihr Anführer fuhr sie in Talacina schroff an, und sie wurden ein wenig ruhiger. Er wandte sich wieder an den Amerikaner.

»Soldaten«, erklärte er. »Sie versuchen die ganze Zeit, uns umzubringen.« Er spuckte aus. »Doch als ich Dich mit dem Lastwagen kommen sah, sagten meine Männer zu mir, Babu, so nennen sie mich, Babu, sagten sie, Babu, hier kommt jemand, der entweder sehr dumm ist, oder aber deine Gebete sind erhört worden!«

Er warf einen Blick zum Himmel. Das Flugzeug kreiste nun niedriger und hatte den Lastwagen offensichtlich ausgemacht.

»Ich glaube, wir müssen gehen«, sagte er.

»Wohin?«

»Ich zeige es Dir«, sagte er. »Wenn meine Männer deinen Fahrer begraben haben, müssen wir von hier weg. Den Lastwagen müssen wir natürlich mitnehmen. Wir brauchen ihn, damit wir dorthin kommen, wo wir hin wollen.«

Während er noch sprach, kamen die vier Männer aus dem Busch zurück, wo sie den Fahrer begraben hatten.

»Wir müssen jetzt gehen«, sagte er wieder. »Du fährst.«

Jack blickte auf das am Himmel kreisende Flugzeug und kletterte auf den Fahrersitz. Der Anführer ging um das Fahrzeug herum, stieg auf der anderen Seite ein und knallte die Tür zu.

»Los!«

»Und deine Männer?«

»Kümmere Dich nicht um sie, fahr los!«

Jack zögerte, startete den Motor und fuhr langsam an. Überrascht, daß sich der Lastwagen bewegte, sprangen die Männer auf und hielten sich irgendwo fest.

Ihr Anführer lehnte sich aus der Kabine und schrie ihnen Befehle in Talacina zu, die im Wind und in der wahnsinnigen

Hast, auf den fahrenden Lastwagen zu springen, verlorengingen. Dann schrie er zu Jack Rivers herüber: »Los, fahr zu, wir müssen auf dem Paß sein, ehe die Bomber kommen.«

»Welche Bomber?«

»Du wirst schon sehen«, sagte der Guerillero. »Du wirst sehen, was geschieht.«

Jack warf einen Blick nach oben, sah aber nichts über sich als die sich auftürmenden Felsen. Er trat auf den Gashebel. Der Lastwagen schlingerte gefährlich auf der holprigen Piste, und die Männer waren verloren, wenn sie sich nicht festhielten.

Einige wenige Minuten später explodierte der Berg, als die erste Granate einschlug. Das Geräusch des F5-Kampfbombers war erst einige Sekunden später zu hören – ein ohrenzerreißendes Geheul, dessen Nachhall das ganze Felsengebirge erschütterte und schrecklicher klang als das Krachen der Granate und der Regen aus Felsbrocken und Erde, der dann niederging.

»Hurensöhne!« fluchte der Anführer und schüttelte die zum Himmel erhobene Faust, doch der Bomber war längst nicht mehr da.

Das Echo des Flugzeugmotorengeheuls erstarb in der Ferne, nur noch der schwer arbeitende Motor des Lastwagens war zu hören.

»Was nun?« fragte Jack.

Der Guerillaführer lachte. »Sie kommen wieder«, sagte er. »Du wirst schon sehen. Doch wenn wir auf dem Paß angelangt sind, lassen sie uns in Ruhe. Es ist zu gefährlich für sie, den Paß zu bombardieren. Dabei sind schon viele Flugzeuge abgestürzt.«

Sie horchten angestrengt auf das näherkommende Geheul des zurückkehrenden Bombers. Ein sinnloses Unterfangen, wie sie wohl wußten, denn man hört den Kampfbomber erst, nachdem er seine tödlichen Bomben abgeworfen hat und wegfliegt.

Jack sah in den Rückspiegel. Ein Mann hing, sich mit einer Hand festhaltend, an der Seite des Lastwagens, während er mit der anderen versuchte, seine Mütze festzuhalten, damit der Wind sie ihm nicht wegblies.

»Schneller!« brüllte derAnführer.

Der Lastwagen fuhr holpernd und krachend über die steinige Piste. In der Ferne war nun das schwache Dröhnen des wiederkehrenden Fliegers zu hören. Der Guerillero hielt sich mit den Händen die Ohren zu und lachte laut.

Dann schlug eine Granate in den Berg, die die Piste mit durch die Luft fliegenden Felsbrocken und Granatsplittern bombardierte. Der schwere Lastwagen pflügte sich seinen Weg durch die Trümmer, sprang über Felsbrocken, geriet ins Schlingern und war gefährlich nahe daran, in den gähnenden Abgrund zu stürzen. Jack Rivers kämpfte mit dem vorwärtsstürmenden, sich in das Chaos stürzenden Monster, um es auf dem schmalen Weg zu halten. Als er wieder in den Rückspiegel sah, stand der Mann mit der Mütze, die wegzufliegen gedroht hatte, nicht mehr da. Er trat auf die Bremse. Der Lastwagen rutschte wie wahnsinnig auf der sandigen Piste hin und her und tauchte in eine aufsteigende Staubwolke.

»Warum bleibst Du stehen?«

»Wir haben einen Mann verloren.«

»Los, weiter, nicht stehenbleiben«, sagte der Guerillaführer und brachte sein Gewehr in Anschlag. »Wir sind beinahe da.«

Jack nahm den Fuß von der Bremse, trat auf den Gashebel und ließ die Kupplung los. Der Lastwagen machte einen Satz und schlingerte weiter, als das Geheul des Bombers sie einholte und jedes andere Geräusch erstickte. Granaten schlugen ein, und Maschinengewehrfeuer trommelte auf die Straße. Der Berg explodierte ununterbrochen. Felsen, Erde, Gebüsch und ganze Bäume flogen tonnenweise durch die Luft.

Der Anführer lachte nicht mehr. Er saß da, hatte sich mit weit aufgerissenen Augen an der Tür festgeklammert und sah mit gewaltigem Respekt den umherfliegenden Trümmern nach.

Jack Rivers schob entschlossen jeden Gedanken daran beiseite, daß er in diesem wilden Land nun ums Leben kommen könnte. Sein Gesicht wurde zu einer Maske entschlossener Konzentration, wie ein Bulldozer fuhr er durch das wachsende Chaos und versuchte, die tiefen Krater zu umfahren, die sich auftaten, wo immer die Granaten einschlugen.

Und ebenso plötzlich, wie er begonnen hatte, war der Spuk vorüber. Rauch und Staub legten sich.

»Wir haben sie geschlagen«, rief derAnführer und streckte seine Faust drohend zum Himmel. »Wir haben die Hurensöhne geschlagen!«

Jack fuhr noch fünfzig Meter weiter, ehe der Lastwagen langsam zum Stehen kam. Nach dem ohrenbetäubenden Lärm, der noch vor wenigen Sekunden geherrscht hatte, war die Stille jetzt überwältigend.

»Hier sind wir sicher«, sagte der Anführer und öffnete seine Tür. Sie sprangen heraus. Der Lastwagen glich einer zerdrückten und eingedellten Blechbüchse. Klaffende Löcher zeigten an, wo die Granatsplitter eingeschlagen waren und die Karosserie durchschnitten hatten, als sei sie aus Aluminium gemacht. Die Männer sprangen herunter und umarmten sich, voller Verwunderung darüber, daß sie noch lebten.

Hundert Meter hinter ihnen erhob sich jemand, der auf der Straße gelegen hatte, schlug sich den Staub aus den Kleidern und gesellte sich unbekümmert zu den anderen.

Der Anführer sprach kurz mit seinen Männern.

»Einige sind tot«, sagte er zu Jack. »Sie liegen dort unten.« Er zeigte in die Schlucht.

»Wie viele?«

»Drei, vielleicht vier.«

»Vielleicht?« Jack Rivers war wütend. »Sie wissen nicht einmal, wieviele Männer Sie verloren haben?«

Jacks zornige Reaktion machte den Anführer betroffen. »Ich weiß es genau!« rief er wie zu seiner Verteidigung.

»Wieviele denn?«

Der Anführer zeigte die Fäuste und zählte die Knöchel. Seine Männer beobachteten das Ganze mit Interesse. Er lachte sie an, dann wandte er sich wieder Jack zu.

»Drei«, erklärte er, »ich habe genau drei Männer verloren.«

Jack wischte sich an seiner Jeans die verschwitzten Hände ab, blickte zum leeren Himmel und schüttelte den Kopf. Langsam bewegte er sich auf den Straßenrand zu und sah in die Schlucht hinab – die Wand fiel bis auf den Grund der Schlucht etwa hundert Meter tief senkrecht ab. Der Anführer trat neben ihn.

»Sei nicht traurig, Amerikaner!« sagte er. »Du fährst sehr gut!«

Jack Rivers schüttelte den Kopf.

»Nicht gut genug. Wir haben drei Männer verloren.«

Der Guerillero spuckte in die Schlucht.

»Ach, aber wenn Du nicht gewesen wärest, wären wir alle tot.«

»Wir haben drei Männer verloren«, wiederholte Jack.

»Nein, Amerikaner«, entgegnete ihm der Guerillaführer verärgert. »Du hast überhaupt nichts verloren. Ich habe drei Männer verloren. Das ist aber nicht so schlimm. In jedem Kampf verliere ich sonst mehr Männer.«

Jack Rivers schüttelte verzweifelt den Kopf und sagte zu sich selbst: »Was mache ich eigentlich hier, in diesem entsetzlichen Land?«

»Du bist nicht schuld daran, Amerikaner«, sagte der Anführer und versuchte ihn zu trösten. »Wir hätten heute alle tot sein können. Aber Du bist wie ein wahnsinniger Teufel gefahren, und wir haben den Tod besiegt.«

Der Himmel wölbte sich wie ein klarer blauer Dom über ihnen. Kein Wölkchen war zu sehen.

Jack Rivers zündete sich eine Zigarette an. Irgendwo sangen Vögel. Der Wind flüsterte im Gebüsch. Der Geruch von Tod und Kordit war in der lauen Morgenluft kaum wahrnehmbar.

Der Anführer steckte sich ein frisches Stück Tabak in den Mund und sagte mit fester Stimme: »Wir müssen jetzt fahren.«

Jack beachtete ihn nicht.

Der Mann kochte innerlich, ließ sich aber nichts anmerken. Dann wandte er sich an seine Männer und wies sie an, auf den Lastwagen zu klettern.

»Wir müssen jetzt fahren«, wiederholte er.

Jack achtete noch immer nicht auf ihn. Der Mann spuckte verärgert aus, griff nach seinem Gewehr und zielte auf den Amerikaner. Jack richtete böse und herausfordernde Blicke auf ihn. Der Anführer schnaubte und stürmte zum Lastwagen. Er sprang auf den Beifahrersitz und schlug die Tür zu.

Jack ließ einen angemessenen Augenblick verstreichen, ehe er seine Zigarette in die Schlucht warf und auch zum Lastwagen ging. Ohne ein Wort zu sagen, ließ er das Fahrzeug an und fuhr langsam los.

Die Straße, die sich jetzt dem Paß näherte, wurde immer schmaler. Die Berge türmten sich zerklüftet und feindlich rings umher auf und ließen den Motorlärm als ein schwaches und sich verlierendes Geräusch erscheinen. Die Durchfahrt wurde immer enger, so eng, daß die Männer, die an den Seiten des Lastwagens hingen, an einigen Stellen absteigen und zu Fuß weitergehen mußten, sonst wären sie gegen die Felswand gedrückt worden. Jack Rivers fuhr im Schrittempo und gab ihnen so genug Zeit, auf- oder abzuspringen, wie die Situation es erforderte.

Schließlich, nachdem er lange und gedankenverloren vor sich hingebrütet hatte, begann der Guerillaführer zu sprechen.

»Es ist gut, daß wir uns begegnet sind«, sagte er. »Es ist nicht deine Schuld, daß meine Männer getötet wurden, sei also nicht deprimiert. Du bist sehr gut gefahren. Wenn Du so gut fährst, können wir überall hinkommen. Wenn Du sagst, Du willst nach Kalam, dann bringe ich Dich dorthin. Ich bringe Dich nach Bahadir. Ich bringe Dich auch nach Jirom. Ich bringe Dich überall hin, wohin Du möchtest. He, Du bist ein sehr schlauer Amerikaner!«

Jack blickte kurz zu ihm hinüber. Der Mann streckte die Hand aus.

»Ich heiße Shakira«, sagte er und lachte. »Wenn Du mich tötest, werden sie Dir in Adan viel Geld geben. Aber das wird Dir nicht gelingen.«

KAPITEL 3

Der Pilot streckte den Kopf aus der Tür zum Cockpit und kündete an, daß sich die Maschine ihrem Bestimmungsort näherte. Würden sie sich bitte wieder anschnallen? Sie kamen seiner Aufforderung nach.

»Sie sind also Shakira begegnet«, sagte der Oberst, als das Flugzeug zum Landeanflug ansetzte.

Jack Rivers nickte. Er konnte ein Lächeln nicht unterdrücken, als er sich an den Guerillaführer erinnerte, der in einem Augenblick so aufgeregt sein konnte wie ein Schuljunge und im nächsten zum mörderischen Banditen wurde.

»Stimmt es, daß Sie eine Belohnung auf seinen Tod ausgesetzt haben?« fragte er.

»Auf ihn und ein Dutzend anderer Terroristen, die die ganze Zentralregion verpesten«, antwortete der Oberst. »Erzählen Sie mir mehr von ihm.«

»Da ist nicht mehr viel zu erzählen«, sagte Jack Rivers. »Er hielt sein Wort und brachte mich, wie er versprochen hatte, zu den einzelnen Orten. Wir fanden ein paar Dörfer. Die meisten waren ausgebombt, dem Erdboden gleichgemacht, keine Menschenseele hatte überlebt. Wie können Sie Ihrem eigenen Volk so etwas antun?«

Der Oberst schwieg einen Augenblick nachdenklich.

»Sind Sie in den Verstecken der Rebellen gewesen?« fragte er dann.

»Sie würden wohl liebend gern wissen, wo die sind, stimmt's?«

»Stimmt.«

»Wir wollten dahin«, erklärte Jack Rivers. »Aber irgendwo zwischen Sokoh und Patu fuhren wir auf eine Landmine. Wir verloren wiederum drei Männer, und Shakira überließ mich meinem Schicksal, um zu einem Rachefeldzug aufzubrechen.«

»Gegen wen?«

»Seine genauen Worte waren: ›Auf Wiedersehen, mein amerikanischer Freund. Wenn Du viele Tage lang in diese Richtung gehst, kommst Du nach Adan. Wir, wir wollen nicht nach Adan. Wir müssen die Soldaten töten, die meine Männer auf dem Gewissen haben. Geh im Frieden, Amerikaner. Möge dein Gott mit Dir gehen, denn der Weg nach Adan ist weit.‹«

»Und dann sind sie gegangen?«

»Sie sind im Busch verschwunden«, sagte Jack Rivers. »Sie ließen mich neben dem zertrümmerten Wrack des Lastwagens einfach stehen.«

Der Oberst dachte einen Augenblick lang nach, dann schüttelte er den Kopf.

»Was ich Ihnen jetzt sage, wird Sie vielleicht überraschen«, meinte er. »Aber wir schicken unsere Männer nicht so weit wie bis nach Sokoh, nur um Minen zu legen. Möglicherweise sind Sie einer der zahlreichen Landminen der Rebellen zum Opfer gefallen. Vielleicht war es sogar eine von Shakiras eigenen Minen!«

Shakira würde das gefallen, dachte Jack Rivers. Der Bandit würde sich totlachen.

»Sehr poetisch«, sagte er. »Wieviel bieten Sie für seinen Tod?«

»Ich weiß nicht genau«, antwortete der Oberst. »Aber es sind nicht einmal fünfhundert Dollar nötig, damit ein Bauer seine eigene Mutter verkauft.«

Sie landeten auf dem zwanzig Kilometer westlich der Hauptstadt gelegenen Militärflughafen. Der Oberst, an dessen Namen sich Jack Rivers schon nicht mehr erinnern konnte, brachte ihn zu einem Jeep, der eigens dafür bereitstand, Jack in ein Hotel zu bringen.

»Wie ich höre, hat Ihre Botschaft zu einer Pressekonferenz eingeladen«, sagte der Oberst. »Ich bedaure es sehr, daß ich nicht daran teilnehmen kann.«

Sie gaben sich die Hand zum Abschied. Der Oberst wandte sich um und ging weg, ein Ordonnanzsoldat schritt hinter ihm her und trug seine Reisetasche. Der Jeep fuhr Jack Rivers über das Gelände des Militärflughafens, wo reihenweise amerikanische Bomber, Kampfhubschrauber und riesige Transportmaschinen standen, hinaus auf die von Schlaglöchern übersäte Ost-West-Schnellstraße. Sie brauchten eine ganze halbe Stunde bis ins Stadtzentrum von Sokotra und zum Hotel *Palace of Nations*.

Der Informationssekretär der Botschaft, der, wie Jack Rivers erfahren hatte, auch der regionale Chef des CIA war, erwartete ihn in der Hotelhalle.

»Mein Name ist Timothy Carter«, begrüßte er ihn. »Nennen Sie mich Tim.«

Sie schüttelten sich die Hand.

»Wir warten schon den ganzen Tag auf Sie«, fuhr er fort. »Man ließ uns wissen, daß Sie wieder aufgetaucht seien, doch da alle Militärflüge geheim sind und alles übrige auch, wollte uns niemand verraten, wann man sie hierherfliegen würde. Hatten Sie einen guten Flug?«

Jack Rivers nickte. »Nicht schlecht für einen Viehtransporter«, sagte er.

Timothy Carter lachte.

»Hören Sie zu, mein Freund«, sagte er. »Sie gehen jetzt in Ihr Zimmer und machen sich ein bißchen frisch. Dann gehen wir zusammen rüber in die Botschaft und treffen dort ein paar Leute.«

Eine halbe Stunde später fuhren sie in einem Toyota Standardmodell durch die verlassenen Straßen.

»Wen haben Sie zu der Pressekonferenz eingeladen?« fragte Jack Rivers.

»Wie haben Sie denn das erfahren?« Timothy Carter schien überrascht.

»Von einem Mann, mit dem ich von Adan hergeflogen bin«, antwortete Rivers. »Ein Oberst beim militärischen Geheimdienst.«

»Wissen Sie noch, wie er hieß?«

»Tut mir leid!«

»Oberst Gus?«

»So ähnlich.«

»Tesfaye Gus?«

»Genau. Das war er.«

Timothy Carter schüttelte verwundert den Kopf.

»Dieser Mann ist mir einfach unheimlich«, sagte er. »Ich habe die Pressekonferenz vor einer halben Stunde arrangiert und das ausländische Pressekorps eigenhändig per Telefon eingeladen.«

»Nun, das ist ja ganz einfach«, sagte Jack Rivers. »Ihr Telefon wird abgehört.«

»Als ob ich das nicht wüßte!« erwiderte der Sekretär. »Aber vor einer halben Stunde befanden Sie sich noch irgendwo weit oben über dem zentralen Hochland.«

Jack Rivers nickte.

»Dieser Mann hat etwas an sich«, sagte er, »fast, als habe er mit diesem Alptraum hier überhaupt nichts zu tun.«

»Genau«, stimmte ihm Timothy Carter zu. »Wir beobachten ihn schon seit Jahren. Wir würden ihn gern zu einem der unseren machen, doch der Mann ist unergründlich.«

»Unbestechlich?«

»Unergründlich«, wiederholte Timothy Carter. »Ich bezweifle, daß selbst seine Vorgesetzten wissen, was in seinem Kopf vor sich geht. Er hat eine Geheimdienstmauer um sich gebaut, die so dick ist, daß sogar seine wahre Herkunft im dunkeln liegt. Wir haben alles, was wir über ihn wissen, in unsere Computer eingegeben, wir haben versucht, den Mann zu analysieren. Können Sie sich vorstellen, daß nicht einmal die Computer in der Lage waren, uns ein Bild des wahren Oberst Gus zu vermitteln? Daten unvollständig, war das Ergebnis. Subjektsache quantitativ nicht bestimmbar. Aber wenn es irgend jemanden gibt, der in diesem Land einen erfolgreichen Staatsstreich anzetteln könnte, dann wäre es unser allseits geschätzter Oberst Gus. Hat er Ihnen auch gesagt, wen wir zu der Cocktailparty eingeladen haben?«

»Von einer Party hat er nicht gesprochen.«

»Ich frage mich, warum nicht. Zuerst gibt es ein sogenanntes Briefing. Da erzählen Sie uns alles, was Sie gehört und gesehen haben, und wir werden uns daraus ein Bild zu machen versuchen. Danach zeigen wir Sie der Presse.«

Die Pressekonferenz, die in der Halle des Amerikanischen Informationszentrums abgehalten wurde, nahm wie alle Pressekonferenzen einen vorhersehbaren Verlauf. Ungefähr zwanzig einheimische und ausländische Journalisten waren anwesend, alle äußerst begierig, etwas Neues von der Front zu erfahren. Aufnahmegeräte liefen, Papier raschelte, und Zigarettenrauch stand dick in der Luft. Aus allen Richtungen prasselten Fragen. Jack Rivers, der in seinem anderen Leben im Umgang mit den Medien Experte war, beantwortete die Fragen, so genau er konnte, hielt sich jedoch zurück, freiwillig mit irgendwelchen Informationen herauszurücken, auf die er von den versammelten Pressevertretern nicht direkt angesprochen wurde.

»Wir haben uns Sorgen um Sie gemacht«, sagte eine Frau mit rotem Haar und zahllosen Messingarmreifen. »Ist es wahr, daß die Rebellen Sie gekidnappt hatten?«

»Nein, das ist nicht wahr«, sagte Rivers. »Das stimmt nicht!«

»Stimmt es denn, daß die Regierung absichtlich Nahrungsmittel für die Dörfer in den Rebellengebieten zurückhält?«

»Ich will Ihnen sagen, was ich gesehen habe«, antwortete Jack Rivers. »Ich habe eine Menge hungernder Menschen dort draußen gesehen. Es stimmt, daß viele bereits verhungert sind. Es stimmt auch, daß Tausende von Tonnen Lebensmittel verderben, während die Schiffe darauf warten, daß ihre Ladung gelöscht und zu der verhungernden Bevölkerung gebracht wird.«

»Meine Frage, Mr. Rivers«, sagte der Korrespondent, der ein Deutscher war, »zielte darauf ab, ob etwas Wahres an den Vorwürfen ist, die Regierung lasse die Menschen absichtlich verhungern.«

»Ich habe Ihre Frage wohl verstanden«, erwiderte Rivers. »Meine Antwort ist, daß ich keine konkreten Beweise dafür gefunden habe, daß es sich so verhält.«

»Sind Sie nach Hela gekommen?«

»Nein.«

»Und nach Potu?«

»Nein.«

»Besteht dann nicht die Möglichkeit, daß Sie an diesen Orten Beweise für die Anschuldigungen hätten finden können?«

Hier griff Timothy Carter ein. Er hatte neben Jack Rivers gesessen, erhob sich nun und unterbrach mit einem Handzeichen die nächste Frage.

»Hören Sie, Gentlemen«, sagte er. »Seien Sie doch bitte Mr. Rivers gegenüber fair. Er ist weder Journalist noch für politische Analysen zuständig, und, wie er Ihnen zu Beginn bereits sagte, kann er Ihnen nur davon berichten, was er gesehen hat, nicht von dem, was Sie irgendwo gehört haben...«

Durch die Reihen der Journalisten ging ein Anflug von Gelächter. Mehr Hände schossen in die Höhe. Timothy Carter erteilte jemandem das Wort und setzte sich.

»Mr. Rivers«, fragte eine Dame, die ganz hinten saß, »waren Sie in Kalam?«

»Ja.«

»Wie ist jetzt die Lage dort?«

»Kalam existiert nicht mehr.«

Alle wurden aufmerksam und waren nun ganz Ohr.

»Was meinen Sie damit, Mr. Rivers?«

»Kalam hat bereits vor einem Jahr aufgehört zu existieren.«

Eine Welle erregten Geflüsters lief durch den Raum. Papiere raschelten, Hände schossen in die Höhe, jeder wollte die entscheidende Frage stellen.

»Sie wollen uns damit also sagen, daß alle zwanzigtausend Einwohner des Ortes verhungert sind?«

»Auch dafür fehlt mir jeder Beweis«, antwortete Jack Rivers. »Nichts und niemand war dort, wo Kalam einmal war. Ein paar Skelette hier und da, sonst nichts. Kalam ist einfach verschwunden.«

Langes, nachdenkliches Schweigen.

»Wie konnte das geschehen?«

»Ich könnte Ihnen die Version der Rebellen von den Ereignissen erzählen, die dazu führten, daß Kalam vom Angesicht der Erde verschwunden ist«, antwortete Jack Rivers, »doch das will überhaupt nichts besagen.«

»Erzählen Sie sie uns trotzdem«, schlug der Deutsche vor.

Timothy Carter schoß von seinem Stuhl hoch.

»Also bitte, mein Herr«, sagte er. »Sie bitten Mr. Rivers, dem Glaubwürdigkeit zu schenken, was möglicherweise nichts als Propaganda der Rebellen ist.«

»Er hat uns soeben erzählt, daß Kalam nicht mehr existiert.«

»Aber darüber, wie und warum der Ort verschwunden ist, kann man nur Mutmaßungen anstellen.«

»Bei aller Liebe, Mr. Carter, wir sind hierhergekommen, um Mr. Rivers zu interviewen, nicht...«

»Das wär's dann, meine Herren«, sagte Carter. »Mr. Rivers muß sich jetzt eine dringend benötigte Ruhepause gönnen. Danke, daß Sie gekommen sind, und wenn Sie noch weitere Fragen haben, so wenden Sie sich bitte an mein Büro. Ich danke Ihnen allen und wünsche Ihnen einen guten Abend.«

Noch ehe das Pressekorps gegen dieses abrupte Manöver protestieren konnte, geleitete Timothy Carter seinen Gast in einen danebenliegenden Raum und schloß die Tür fest hinter sich.

»Sie sollten Diplomat werden«, sagte er zu Jack Rivers. »Etwas zu trinken?«

Er schenkte aus einer Flasche in einem Schubfach seines Schreibtisches Bourbon ein und reichte Jack ein Glas.

»Auf Ihr Wohl«, er hob sein Glas. »Sehr gut, daß wir dieses Briefing gemacht haben, ehe die Presse kam. Ein falsches Wort, und die Regierung hier würde in ganz Washington Anklageschriften verteilen.«

Jack Rivers trank seinen Whisky, spürte, wie er brennend die Kehle hinunterrann und gelobte sich, bei den Cocktails am Abend Zurückhaltung zu üben.

»Jetzt zu der Party heute abend...«

»Muß ich wirklich?« fragte Jack Rivers.

Carter schüttelte den Kopf, grinste verlegen und lachte dann laut.

»Tut mir leid, Mr. Rivers«, sagte er. »Meine Begeisterung geht gelegentlich mit mir durch. Aber der Empfang findet Ihnen zu Ehren statt. Glauben Sie mir, Sie sind nicht nur ein Botschafter der Hoffnung, sondern eine berühmte Persönlichkeit und außerdem ein Botschafter des guten Willens. Ihre Fans hier wären wirklich enttäuscht, wenn Sie nicht kämen.«

»Was für Gäste sind eingeladen?«

»Nun, alle möglichen, könnte man sagen!«

Und tatsächlich. Da waren Afrikaner aus den verschiedensten Regionen. Die Westafrikaner in ihren charakteristischen, farbenfrohen Bubus – die Männer in langen fließenden Gewändern und die Frauen in eindrucksvollen Roben und mit kunstvoll geschlungenen Stoffen und Tüchern auf dem Kopf. Europäer aus allen Ländern und jeglichen Gewerbes waren da – die Skala reichte von Diplomaten und Geschäftsleuten bis zu Missionaren und Abenteurern. Menschen asiatischer Herkunft waren gekommen, stille Beobachter des immerwährenden Spiels sozialer Irreführungen, das zwischen Europäern und Afrikanern gespielt wird.

»Wie Sie sehen, sind sehr wenige Einheimische da«, sagte Timothy Carter, der sich selbst zum ständigen Begleiter von Jack Rivers ernannt hatte.

»Ich frage mich, warum?«

»Zum einen mögen sie uns einfach nicht«, erklärte Timothy Carter. »Das hängt damit zusammen, daß wir darauf bestehen, Weizen zu liefern statt Waffen. Zum anderen wären die einzigen, die wir einladen könnten, offizielle Regierungsvertreter, und keinem wahren Revolutionär gefiele es, dabei ertappt zu werden, wie er sich mit dekadenten Kapitalisten verbrüdert, es sei denn, die Partei hätte ihm aus Gründen des Auskundschaftens von Geheimdienstmaterial den Befehl dazu erteilt. Man kann deshalb mit Sicherheit davon ausgehen, daß jeder Einheimische, den man hier trifft, ein Spion der Regierung ist, der wahrscheinlich Oberst Gus persönlich Bericht erstattet.«

In seinem schwarzen Abendanzug entsprach Jack Rivers genau dem Bild des berühmten Stars, dem zu Ehren sie gekommen waren. Diplomaten und VIPs, Menschen aus allen Lebensbereichen, schwarze wie weiße, begrüßten ihn, schüttelten ihm die Hand und sprachen ihm ihr Mitgefühl aus wegen der Folterungen, die er in der Hand seiner Kidnapper erlitten haben sollte.

Timothy Carter spielte den vollendeten Gastgeber, wehrte Autogrammjäger ab und reichte Jack Rivers pausenlos herum, um die Journalisten davon abzuhalten, sich seiner zu bemächtigen und zur Sache zu kommen.

Ein Attaché erschien mit der Nachricht, daß sich der amerikanische Botschafter aufgrund unabwendbarer Umstände leider nicht in der Lage sähe, an dem Empfang teilzunehmen. Timothy Carter ging hinaus und führte ein Telefongespräch.

Eine ziemlich dicke europäische Frau mit einem Akzent, der ihre genaue Herkunft verbarg, wollte von Jack Rivers wissen, ob tatsächlich Kinder verhungerten oder ob dies ein Gerücht und nichts anderes sei als kapitalistische Propaganda.

»Es ist wahr«, sagte Jack Rivers.

Sie nickte weise und sagte: »Afrika ändert sich nie.«

Jack entschuldigte sich und wollte sich gerade unbemerkt davonmachen, als er sich unversehens einem bärtigen weißen Mann gegenüber fand, der ein breites, geierähnliches Lächeln im Gesicht hatte und ihn mit einem fetten, von zahlreichen Whiskygläsern feucht gewordenen Handschlag begrüßte.

»Jack Rivers!« sprach er ihn etwas nuschelnd an. »Der Mann, der von sich denkt, er könne auf den Lauf der Geschichte Einfluß nehmen! Nun, Jack, ich will Ihnen etwas sagen. Sie können in der Welt alles, wie es Ihnen paßt, verändern, aber Afrika ist die letzte Schlampe dieser Welt und wird sich nie ändern. Ich nenne Afrika eine lebende Katastrophe. Hungersnöte, Unwissenheit, Krankheiten und Bürgerkrieg, das sind die vier Räder, auf denen sich dieser schöne Kontinent fortbewegt. Die hungernde Bevölkerung und der Tod sind so alt wie die Geschichte des Kontinents, ja, sie sind Teil des Systems hier. Ohne die

Kontrollwirkung dieser Phänomene würde Afrika aus allen Nähten platzen und den Rest der Welt überfluten. Afrika würde die Welt erobern!«

Jack Rivers stand wie betäubt von diesem Ausbruch.

»Ich glaube, Sie haben zuviel getrunken«, sagte er zu dem Mann.

»Nicht ich, Mr. Rivers«, gab ihm der Mann zurück. »Afrika hat zu viel getrunken. Afrika besäuft sich an sich selbst. Die alte Hure braucht von uns keine Hilfe gegen ihren Hunger. Afrika frißt sich selbst auf!«

Der große Mann lachte über seine geistreichen Worte.

»Kannibalismus an sich selbst.« Der Betrunkene brüllte vor Lachen. »Verstehen Sie, von den Afrikanern müssen erst Millionen sterben, ehe der Rest zur Vernunft kommt.«

Der Informationssekretär tauchte wieder auf. Er wollte Jack holen und kam ihm zu Hilfe.

»Tut mir leid, Sir«, sagte er zu dem lachenden Mann. »Aber ich muß Mr. Rivers jetzt zum Botschafter bringen.«

Als sie zusammen weggingen, fragte Jack: »Wer war denn das?«

»Mr. Felix«, antwortete Timothy Carter. »Ein pensionierter Diplomat aus den Tagen des kolonialen Empire. Einmal war er sogar Botschafter in Khartoum.«

»Er ist sehr verbittert.«

»Ja, kann man wohl sagen«, stimmte Carter ihm zu. »Er hat die besten Jahre seines Lebens für das Afrika der Kolonialzeit gegeben. Im alten Abessinien hat er gegen die Italiener gekämpft, in Tanganyika gegen die Deutschen, in Kenia gegen die Mau Mau – es gibt keinen afrikanischen Konflikt, in den er nicht irgendwie verstrickt gewesen wäre. Bei der Unabhängigkeit hat er seinen riesigen Landbesitz in Kenia verloren. Dann ging er nach Rhodesien hinunter und verlor dort bei der Unabhängigkeit seine Bergwerke. Wissen Sie, niemand warnte ihn davor, daß Stürme der Veränderung heranbrausen würden. Solche Leute werden leicht zu allgemeinen Narren.«

»Ein unglaublicher Mensch«, sagte Jack Rivers.

»In Afrika gibt es Dutzende von seiner Sorte«, erwiderte Timothy Carter. »Sie weisen die Tatsache weit von sich, daß die Geschichte immer weitergehen, daß sich alles verändern wird, und werden so zu Generatoren des Hasses, der sich gegen das richtet, was sie am meisten lieben.«

Ein Phänomen, das Jack Rivers schwer zu begreifen fand.

»Warum geht er denn nicht einfach nach Hause?«

»Das kann er nicht, glauben Sie mir«, erwiderte Carter. »Keiner von ihnen bringt das jemals fertig. Und das ist ja gerade das Tragische.«

Am nächsten Tag bestieg Jack Rivers das Flugzeug nach Rom.

KAPITEL 4

In seinem beigefarbenen Anzug mit der hellbraunen Krawatte stellte Jack Rivers das Idol dar, das die Welt kennen und lieben gelernt hatte. Die Stewardeß brachte ihm Aspirin und ein Glas Wasser. Er schluckte die Tabletten, dankte ihr und lehnte sich zurück, um sich endlich zu entspannen.

Nach der Cocktailparty am Abend zuvor war er der Verzweiflung nahe gewesen. Zurück in seinem Hotelzimmer, hatte er Whisky in sich hineingegossen. Das hatte ihm jedoch weder dazu verholfen, Mr. Felix zu vergessen, noch einzuschlafen. Die halbe Nacht hatte er wachgelegen und sich selbst immer wieder gesagt, daß Felix unrecht hätte, daß auch General Dinka unrecht hätte und daß er selbst den Lauf der Geschichte beeinflussen müsse und auch könne. Sollten es denn immer die Bösen sein, die den Lauf der Geschichte bestimmten?

Nun saß Jack Rivers in der abgeteilten ersten Klasse des Jumbojets nach Rom und schloß die Augen, um seinen Kater auszuschlafen. Augenblicklich versank er in einen Alptraum, der ihn in die Empfangsparty zurückversetzte. Er fand sich von einer Meute feindlicher Gesichter umgeben, die ihn beschuldigten, sich in Gottes höchsteigene Pläne für die Welt einzumischen.

Ein hungrig aussehender weißer Mann mit einem zerknitterten Anzug, Tropenhelm und angestaubtem Schnurrbart drängte sich zu ihm durch und verkündete ihm im Brustton der Überzeugung: »Afrika war und ist der Spucknapf der Welt und wird es immer bleiben.«

Der Mann wurde von einer weißen, blondhaarigen Amazone beiseitegeschoben. Sie war so über und über mit afrikanischem Gold, Diamanten und Elfenbein behängt, daß sie sich kaum vorwärtsbewegen konnte. Sie reckte vor seinem Gesicht ihre fette Faust und schrie: »Untersteh Dich, Dich hier in Dinge einzumischen, von denen Du keine Ahnung hast. Afrika muß sterben, damit wir alle leben können.«

Als Jack sich abwandte, um dem üblen Gestank der zornigen Amazone zu entkommen, stieß er mit einem gutgenährten, in einen dreiteiligen Anzug gekleideten schwarzen Mann zusammen.

»Überleg doch mal«, sagte der gebildete Afrikaner, »was für einen Sinn hat es denn, die Kinder heute vor dem Hungertod zu retten, damit sie morgen im Bürgerkrieg umkommen?«

Jack Rivers begann ihm zu erklären, daß es morgen vielleicht gar keinen Bürgerkrieg gäbe, wenn man heute gegen die Hungersnot anginge. Dann wurde ihm klar, daß der wütende Mob sein Blut sehen wollte, und hielt es nun doch für angebracht, sein eigenes Leben zu retten.

Seine Flucht auf einer endlosen und staubigen Straße fand ein plötzliches Ende, als er von einem Opfer der Hungerkatastrophe angehalten wurde. Das Wesen, das so abgemagert war, daß man es kaum mehr als Menschen erkennen konnte, warf seine Lumpen ab, um ihm die nackte Zerstörung seines Körpers zu zeigen. Sein Jammergeschrei war herzzerreißend. Es streckte ihm die Arme entgegen.

»Vater«, rief es. »Umarme mich, Vater. Ich bin die Hölle auf Erden.«

Jack Rivers schreckte zurück, und das Wesen verwandelte sich in einen verwitterten alten weißen Missionar, der eine von der Sonne ausgebleichte Soutane trug.

»Sohn«, sprach der Missionar feierlich, »Mutter Afrika fordert nichts weniger, als daß alle, die sie lieben, ihr Leben opfern. Bist Du bereit, Deins für sie hinzugeben?«

Doch noch ehe Jack sich so oder so entscheiden konnte, weckte ihn die Stewardeß und teilte ihm mit, daß die Maschine gleich auf dem römischen Flughafen Leonardo da Vinci landen werde und er seinen Sitz hochstellen und sich anschnallen müsse. Zehn Minuten später war das Flugzeug gelandet.

Als er in Begleitung eines Botschaftsbeamten die Paßkontrolle passiert hatte, wurde er sofort von einer Meute Reporter überfallen.

»Mr. Rivers?«

»Bitte, machen Sie Platz.«

»Mr. Rivers, welche Eindrücke haben Sie von Afrika mitgebracht?«

»Später«, wehrte der Botschaftsbeamte ab und schob die Reporter beiseite.

»Mr. Rivers, ist es wahr, daß Sie das Singen aufgeben und statt dessen Missionar werden?«

»Unsinn«, sagte der Botschaftsbeamte. »Gehen Sie bitte aus dem Weg.«

»Was veranlaßt Sie zu der Meinung, Sie könnten die Probleme Afrikas lösen?«

Jack Rivers fühlte sich herausgefordert, diese Frage zu beantworten.

»Ich meine nichts dergleichen.«

»Warum widmen Sie Afrika dann so viel Zeit und Geld?«

»Weil ich es mir leisten kann«, erwiderte Jack Rivers. »Außerdem besteht die Möglichkeit, das Leben einiger Menschen zu retten, die vom Hungertod bedroht sind. Im Augenblick denke ich nicht weiter als bis zu diesem Punkt.«

»Das reicht jetzt«, verkündete der Mann von der Botschaft. »Morgen wird im Hotel eine Pressekonferenz stattfinden. Lassen Sie uns jetzt bitte durch.«

Als sie sich zu der bereitstehenden Botschaftslimousine durchkämpften, drängte sich ihnen ein besonders hartnäckiger Auslandskorrespondent auf, dessen Atem Knoblauchwolken verbreitete, und fragte: »Im Ernst, Mr. Rivers, glauben Sie wirklich, daß Afrika noch zu retten ist?«

»Können wir einen Mann auf den Mond schicken?« knurrte Jack Rivers zurück und stieg ein.

Zwei Stunden später fand er sich im Hauptquartier der FAO mit dem Regionaldirektor für Nahrungsmittelhilfe in Afrika in eine hitzige Debatte verwickelt. Der Direktor, ein massiger

Mann aus Liberia mit goldenen Ringen an den Fingern und einem nimmermüden Lächeln, hörte sich zunächst geduldig an, was Jack Rivers zu sagen hatte.

»Mr. Rivers«, sagte er schließlich, »ohne Zweifel ist Ihnen bewußt, daß wir rund um die Uhr arbeiten, um Lösungen für die Lage in Arakan und all den anderen Orten zu finden. Sie haben mit eigenen Augen gesehen, welche riesigen Mengen Lebensmittel in den Häfen liegen. Und, worauf Sie ganz richtig hingewiesen haben, sind die Lebensmittel 400 km von den Mägen entfernt, die sie brauchen, von keinerlei Nutzen. Doch als internationale Organisation dürfen wir uns nicht in innere politische Angelegenheiten einmischen. Wir können unmöglich dort hingehen, Zwangsmaßnahmen ergreifen und die Nahrungsmittellieferungen von den Häfen in die Hungergebiete transportieren. Wie Sie wissen, beharrt die Regierung von Borku auf dem Standpunkt, daß sie selbst vollkommen in der Lage ist, ihre Bevölkerung ausreichend zu versorgen.«

»Man hat mir gesagt, daß keine Lastwagen dafür vorhanden seien«, erwiderte Rivers.

»Wissen Sie, wie viele Militärlastwagen es dort in der Region gibt?«

»Wie viele denn?«

»Sie haben ja keine Ahnung von allem, was dort läuft!« mußte er sich von dem Direktor sagen lassen.

»Also bitte! Ich habe die Nase voll davon, daß man mir sagt, ich hätte keine Ahnung. Menschen sterben dort in Massen, und ich weiß, was los ist. Männer, Frauen, Kinder, Menschen wie Sie und ich, Junge und Alte sterben einen völlig sinnlosen Tod, während die Welt zuschaut und darüber streitet, warum dies oder jenes geschieht oder nicht geschieht. Während wir hier sitzen und reden, spielt sich eine Katastrophe ab, darüber weiß ich sehr wohl Bescheid.«

Der Direktor nickte diplomatisch.

»Mr. Rivers«, sagte er, »es ist mein Volk, das verhungert.«

»Das haben Sie also immerhin bemerkt!«

Der Direktor nahm von Jacks Sarkasmus keine Notiz. Er fuhr fort: »Das Problem, vor dem wir hier stehen, ist keineswegs nur ein logistisches. Wir wären durchaus in der Lage, in der kommenden Woche fünfhundert Lastwagen nach Adan zu schicken. Nur, das würde an der Situation überhaupt nichts ändern…«

»Warum nicht?«

»Warum nicht?« Der Direktor warf verzweifelt die Arme hoch. »Sie sollten lieber bei Ihrer Musik bleiben, Mr. Rivers!«

»Das sagen mir alle«, antwortete Rivers. »Macht es Ihnen denn überhaupt nichts aus, hier herumzusitzen und nichts zu tun?«

»Oh doch, das macht mir sehr viel aus«, sagte der Direktor. »Und das umso mehr, als ich dafür bezahlt werde, Lösungen für derlei Probleme zu finden. Doch glauben Sie mir, es gibt Probleme, die entziehen sich jeder augenfälligen Lösung.«

»Ich weigere mich, mich damit abzufinden«, sagte Jack und stand auf.

Am nächsten Tag flog Jack Rivers nach Genf, wo er eine Begegnung mit einem weiteren Direktor der Vereinten Nationen hatte, der außerordentlich viel lächelte, sehr oft mit dem Kopf nickte und ungefähr zu allem, was Jack Rivers ihm vorschlug, *nein* sagte.

»Das ist unmöglich, Mr. Rivers. Die Menschen aus Arakan können nicht als Flüchtlinge eingestuft werden.«

»Warum nicht?«

»Wie Sie sehr wohl wissen, haben diese Leute keine internationalen Grenzen überschritten. Sie befinden sich in ihrem eigenen Land.«

»Und als was werden sie in diesem Fall eingestuft?«

»Als Deplazierte.«

»Ach so«, sagte Jack Rivers. »Deplazierte, die nur eben dabei sind zu verhungern, was ja schließlich für Deplazierte auf der ganzen Welt die normalste Sache ist.«

»Das habe ich nicht gesagt, Mr. Rivers«, protestierte der Direktor.

»Was, verdammt nochmal, haben Sie dann gesagt?«

»Deplazierte gehören nicht zu unserem Aufgabenbereich.«

»Mein Gott, zu wessen Aufgabenbereich gehören sie denn?«

»Die jeweiligen Regierungen müssen sich darum kümmern.«

»Und wir wissen, daß sie dazu nicht in der Lage sind«, sagte Jack Rivers.

»Es ist nicht meine Sache, ein solches Urteil abzugeben«, sagte der Direktor. »Die Arbeit, die wir hier in unserer Zentrale tun, zwingt uns, uns jeder eigenen politischen Meinung zu enthalten. Wir sind hier, um der Welt mit geschlossenem Auge zu dienen.«

Als Jack Rivers am selben Abend noch westwärts flog, nach New York, mußte er immer an die drei Affen der internationalen Gemeinschaft denken: Der eine sah nichts Böses, der zweite hörte nichts Böses, und der dritte durfte nicht über das Böse reden.

»Mir ist klar, daß ich in den vergangenen Wochen ziemlich viel Kritik heraufbeschworen habe«, erklärte er den Reportern bei seiner Ankunft auf dem J.F. Kennedy Airport. »Neben vielem anderen hat man mir vorgeworfen, ich hätte mich selbst zum Retter Afrikas aufgespielt. Man hat mich, ich zitiere, ›eines rauhen Umgangs mit den empfindlichsten Stellen der Afrikapolitik‹ beschuldigt. Manche dieser Vorwürfe mögen wahr sein. Sie, meine Herren, haben mich sogar den Vater Teresa von Arakan genannt!«

Die Journalisten lachten.

»Ich bin kein Politiker«, fuhr Jack Rivers fort. »Ich gebe sogar zu, daß ich, was die politische Dimension der Nahrungsmittelhilfe anbelangt, von einer gewissen Naivität bin. Das habe ich in Afrika gelernt. Aber eines will ich Ihnen sagen. Wenn politische Erfahrung gebietet, die Opfer der Hungerkatastrophe auf unbestimmte Zeit ihrem Schicksal zu überlassen, dann will ich lieber als naiv gelten.«

»Mr. Rivers«, fragte ein Fernsehjournalist, »Sie haben Millionen Dollars an Spendengeldern mobilisiert, Sie haben viele tausend Tonnen Nahrungsmittel nach Afrika transportiert – was kann man denn mehr tun?«

»Meine Herren, lesen Sie denn nicht Ihre eigenen Zeitungen?« gab Jack Rivers zurück. »Die vielen tausend Tonnen Nahrungsmittel, von denen Sie sprechen, liegen fest, Hunderte von Meilen von den Bäuchen entfernt, für die sie bestimmt sind. Das ist noch milde ausgedrückt. Ich bin viele tausend Meilen gereist und habe mit Dutzenden von Menschen gesprochen, die alle sehr willens scheinen, etwas zu tun, die aber offensichtlich wie mit Ketten an irgendwelche Regeln internationaler Politik und diplomatischer Etikette geschmiedet sind. Ich meine, nein, ich glaube fest daran, daß die Katastrophe ein Ausmaß erreicht hat, wo sie von Politikern und Soldaten allein nicht mehr bewältigt werden kann...«

Das Interview wurde eine Stunde später ausgestrahlt, zusammen mit einem älteren Film, der die Toten und die Sterbenden zeigte, die lebenden Skelette von Arakan, ein Film, der stets eine unfehlbare Schockwirkung auf die Zuschauer hatte. Dieser Film, der auf dem Höhepunkt der Hungerkatastrophe gedreht worden war, noch ehe die Hilfsorganisationen ihre Aktionen hatten anlaufen lassen, galt bereits als ein Klassiker des Fernsehjournalismus. Er bot eine niemanden indifferent lassende Darstellung einer bislang nie dagewesenen, unvorstellbaren Katastrophe der heutigen Zeit. Zusammen mit dem Film wurde eine offizielle Erklärung der Regierung von Borku gesendet, die sich entschieden gegen die Berichte von der Hungerkatastrophe wandte und sie brandmarkte als »vollkommen übertrieben und als ein weiteres Kapitel der momentan laufenden Kampagne, den guten Namen unseres Volkes und unserer Regierung in den Schmutz zu ziehen«. Weiter hieß es: »Es stimmt, daß die erwarteten ergiebigen Regenfälle im vergangenen Jahr ausgeblieben sind, doch das hat es auch früher schon gegeben, und die Regierung ist vollkommen in der Lage, mit der Situation fertigzuwerden.«

Als Jack Rivers seine Wohnungstür aufschloß, klingelte das Telefon.

»Ich hab Dich im Fernsehen gesehen«, sagte eine Frauenstimme. »Du siehst selbst wie ein Skelett aus. Willkommen zu Hause!«

»Hallo, Gail«, sagte er. »Wie schön, Deine Stimme wieder zu hören.«

»Was machst Du heute abend?«

»Wo ist denn was los?«

»Bei Eddie Rook steigt eine Party.«

»Mir ist jetzt nicht gerade nach einer Party zumute.«

»Wie wär's mit einem ruhigen Abendessen zu zweit bei Kerzenlicht?«

»Mir ist auch nicht nach essen zumute.«

»Und wie wär's mit einem Drink?«

»Tut mir leid, aber ich habe heute abend zu nichts Lust.«

»O Mann, ich möchte Dich doch sehen!«

»Warum kommst Du dann nicht einfach rüber?«

»Darf ich denn wenigstens 'ne Pizza mitbringen?«

Jack lachte. Sie legte auf.

Als er geduscht und sich umgezogen hatte, stand sie schon an der Tür. Sie umarmten sich.

Gail Johnson war zweiunddreißig Jahre alt und Ärztin. Sie war einen Meter siebzig groß und hatte eine wunderbare, wohlgerundete Figur. Sie trug ein dunkelblaues Abendkleid und eine Perlenkette um ihren langen schlanken Hals.

Jack Rivers hielt sie eine Armlänge von sich und bewunderte ihre schlichte Schönheit. Seine alten Gefühle regten sich wieder.

»Komm«, sagte sie und lächelte. »Räume Deinen primitiven Instinkten die Alleinherrschaft ein!«

»Du siehst einfach großartig aus.«

»Schon ist der magische Augenblick vorbei«, antwortete sie und machte sich frei. »Jetzt könnten wir auch erst die Pizza essen.«

»Im Ernst, Gail«, sagte er. »Ich habe Dich noch nie so schön gesehen.«

»Was hattest Du denn erwartet?« Sie ging in die Küche. »Ich hatte mich gerade für die Party angezogen, als ich Dich am Fernsehen sah und mir klar wurde, daß Du wieder da bist. Das Kleid hat ein paar hundert Dollar gekostet, und die Perlen sind echt, aber da sie ein Geschenk von Sam waren, sind sie wertlos.

Was noch? Ach, ein Kuß, wie sich's von einem Liebhaber gehört, wäre jetzt auch nicht schlecht!«

Sie legte die Pizza auf den Küchentisch und umarmte ihn wieder. Sie war warm und weich und anschmiegsam und ein Bündel von Energie.

»Weißt Du was?« sagte sie, und in ihren großen braunen Augen tanzte der Schalk. »Warum legen wir uns nicht ein bißchen hin, machen es uns bequem, und Du erzählst mir alles von Deinen Reisen?«

»Prima Idee.«

KAPITEL 5

Gail wachte am nächsten Morgen als erste auf, energiegeladen und zu allem bereit wie immer. Bis Jack geduscht und sich rasiert hatte, war das Frühstück fertig. Sie habe einen anstrengenden Tag vor sich, sagte sie, als sie sich zum Frühstücken an den Tisch setzten.

Sie hatte immer einen ausgefüllten Tag vor sich. Ihr Motto war – und sie sorgte dafür, daß er es nie vergaß – jeden Tag so zu leben, als sei es ihr letzter. Jack Rivers war das genaue Gegenteil. Außer wenn er an einer neuen Aufnahme arbeitete, zog er es vor, ein wenig von jedem Tag mit in den nächsten hineinzunehmen. Diese Kontinuität half ihm, seine Richtung zu finden.

»Tut mir leid wegen gestern abend«, sagte er.

»Ist schon gut«, antwortete sie. »Aber ich hätte von Afrika eigentlich mehr erwartet.«

»Die Bilder wollen mir einfach nicht aus dem Kopf.«

»Ich verstehe Dich ja«, sagte sie und streichelte seine Hand. »Mach Dir keine Vorwürfe.«

Schweigend aßen sie weiter.

»Wie geht es Sam?« fragte er dann.

»Nur zu, verdirb mir den Tag«, antwortete sie und tat resigniert. »Du hast ein Anrecht auf Deine Rache.«

»Tut mir leid, es ist mir einfach so rausgerutscht.«

»In vier Wochen kriege ich die Scheidung.«

»Und dann?«

»Dann...dann, ich weiß nicht, es ist das erste Mal, Du verstehst schon...«

Sie schwiegen.

»Ich muß nach Afrika zurück«, sagte er.

»Ich weiß, das hast Du schon am Flughafen gesagt.«
»Hab ich wirklich?«
»Nicht ganz so deutlich«, sagte sie. »Aber Du hast sehr klar gemacht, daß Deine Konfrontation mit dem Status quo noch keineswegs zu Ende ist.«
»Du wärst eine gute Wortführerin«, meinte er.
»Und Du ein guter Politiker. Oder ein toter Märtyrer. Erzähl doch mal, was hast Du eigentlich vor?«
Ausführlich erklärte er ihr, was er im Sinn hatte.
»Du bist verrückt«, sagte sie entschieden.
»Ich habe das ja alles schon einmal hinter mich gebracht.«
»Und bist fast dabei ums Leben gekommen.«
»Nun«, meinte Jack, »diesmal packen wir es ein bißchen anders an.«
»Wir?«
»Ich nehme Eddie mit. Und jeden, der mitkommen will.«
»Weiß Eddie das?«
»Noch nicht.«
»Du bist verrückt«, sagte Eddie Rook, als er von dem Plan erfuhr.
»Das haben mir auch schon andere gesagt«, stimmte ihm Jack Rivers zu.
Sie saßen an einem Ecktisch in einem Café im Central Park und tranken Irish Coffee, nachdem sie ausgezeichnete Spaghetti mit Fleischklößchen gegessen hatten.
»Erstens einmal, woher willst Du zweihundert Schwerlaster nehmen?« fragte Eddie Rook.
»Überlaß das ruhig mir.«
»Und die Fahrer?« fragte ein verzweifelnder Eddie. »Hast Du darüber überhaupt nachgedacht?«
»Noch keiner hat mich bis jetzt für dumm gehalten«, antwortete Jack. »Deshalb bin ich ja zu Dir gekommen.«
»Die müssen alle verrückt sein, wie Du!«
»Ich bin ganz sicher, daß Du das schaffst.«
Eddie schüttelte resigniert den Kopf.
»Und was ist mit den Rebellen?«

»Eins nach dem anderen«, sagte Jack. »Komm, wir müssen Anrufe tätigen.«

Später setzte ein Taxi sie vor dem Old Jazz Club ab.

»Vergiß nicht«, sagte Jack Rivers, als sie zum Eingang gingen, »keine Kriminellen und keine Söldner!«

»Okay«, antwortete Eddie Rook.

Der Club war in der Tat heruntergekommen und verraucht, voll von Typen aus einem alten Gangsterfilm. Ein Jazztrio spielte auf einer winzigen Bühne, die sich an eine Ecke der Bar lehnte.

»Wer sind all diese Leute?« fragte Jack Rivers, als sie im Eingang stehenblieben und versuchten, sich in dem Dämmerlicht zu orientieren.

»Die meisten sind Musiker«, sagte Eddie Rook. »Einige waren hier und da vielleicht in irgendwelche Geschichten verwickelt, aber glaube mir, das einzige, was sie auf dem Kerbholz haben, ist, daß sie vielleicht mal die Plattensammlung von irgend jemandem abgestaubt haben. Komm, machen wir uns mit ein paar von ihnen bekannt.«

Sie gingen durch den Raum, grüßten hier und da einen alten Freund und ließen sich an einem Tisch rechts von dem Trio nieder. Dann bestellten sie Bier.

Von dieser Ausgangsbasis aus machte Eddie Rook mehrere Runden durch den Club und sprach mit Dutzenden von arbeitslosen Musikern. Als er zu ihrem Tisch zurückkam, schien er noch weniger optimistisch als zuvor.

»Letzten Endes läuft es darauf hinaus, wieviel Du ihnen zahlst«, meinte er zu Jack Rivers.

»Nichts da«, sagte Jack. »Ich suche Freiwillige. Ich dachte, ich hätte Dir das klar gemacht.«

Eddie Rook schüttelte den Kopf.

»Jack, alter Freund«, sagte er leise. »Du bist zu lange in der Sonne gewesen. Sieh Dir diese Typen doch an.«

Jack blickte um sich.

»Sieh sie Dir gut an«, drängte Eddie. »Sehen sie aus wie Männer, die nur zum Spaß Lastwagen fahren?«

»Du willst das doch auch«, erinnerte ihn Jack.

»Weil Du mir keinerlei Gelegenheit gegeben hast, nein zu sagen«, erwiderte Eddie. »Außerdem besitze ich rein zufällig ein Bankkonto, deshalb zählt Bargeld für mich nicht.«

Jack wurde nachdenklich.

»Nun gut«, sagte er. »Ich hatte ja auch nicht erwartet, daß sie es ganz umsonst machen würden. Aber ich fürchte, wenn wir sagen, daß Geld dabei herausspringt, dann haben wir schließlich genau die Typen, die wir nicht wollen. Betrüger und Söldner und Leute, die für Geld alles tun.«

»Wieviel?« fragte Eddie.

»Das, was sie im Augenblick wert sind«, antwortete Jack. »Gewiß mehr als das, was sie verdienen, wenn sie den lieben langen Tag hier herumhängen und Bier trinken.«

»Als Arbeitgeber wärst Du schrecklich«, sagte Eddie Rook.

»Wer eine Ausbildung hat, erhält mehr«, sagte Jack Rivers. »Ärzte, Mechaniker und jeder, dessen Fähigkeiten für unser Projekt nützlich sind, kann seinen Preis nennen. Aber erinnere sie bitte daran, daß es sich im Grunde genommen um einen freiwilligen Einsatz für einen humanitären Auftrag im Ausland handelt.«

Eddie Rook nickte.

»Ich sehe schon, warum Du Vater Teresa genannt wirst.«

Zwei Krüge Bier und drei Stunden später hatten sie eine Liste von mehr als dreißig Freiwilligen beisammen. Darunter waren, wie Eddie aufzählte, einige Profis: Fernfahrer, sechs Automechaniker, drei davon Spezialisten für Dieselmotoren, fünf Köche, zwei Klempner, ein Straßenbauingenieur, ein Abbruchspezialist und drei Berufs…

»Musiker?« fragte Jack.

»Das Old Jazz Trio«, antwortete Eddie. »Der Kontrabaß meldete sich als freiwilliger Helfer, und für die anderen ist es unmöglich, ohne ihn Musik zu machen, also sagten sie alle drei zu.«

»Können sie autofahren?«

»Das ist doch die wesentlichste Voraussetzung, wenn ich das recht verstehe – bei manchen ist der Führerschein zwar ein wenig angestaubt, aber…«

»Wie ist es mit Wasserexperten, Ingenieuren?« rätselte Jack.

»Wir haben Klempner«, sagte Eddie. »Sie sind bereit, für den Fahrerlohn zu arbeiten. Jetzt brauchen wir noch Ärzte.«

»Wir haben eine Ärztin«, informierte ihn Jack. »Gail Johnson.«

»Was, eine Frau?«

»Das finde ich gut, denn dort gibt es doch auch Frauen«, meinte Jack. »Sie muß ja keinen LKW fahren.«

Eddie Rook schien noch immer verunsichert.

»Was ist los?« fragte Jack. »Ich dachte, Du mochtest sie ganz gern?«

»Ihr Mann war der erste, der sich entschloß, mitzukommen.«

»Ihr Ex-Mann«, korrigierte ihn Jack. »Aber darüber brauchen wir uns jetzt keine Gedanken zu machen. Wer steht denn noch auf unserer Liste?«

»Na, fast alle von unserer alten Band«, erklärte Eddie. »Ray, Bob, Phil Cox... Erinnerst Du Dich an Phil Cox? Nach Vietnam hat er eine Plattenfirma aufgemacht und mit Aufnahmen aus seinem Studio das dicke Geld verdient.«

»Ich erinnere mich gut an ihn. Wissen sie alle über den Infotag übermorgen Bescheid?«

»Ja, na klar.«

Zwei Tage später sprach Jack Rivers vor einem Publikum, das sich aus freiwilligen Helfern und einer Reihe von angeheuerten Spezialisten zusammensetzte – insgesamt ungefähr fünfzig Personen. Dreißig Minuten lang beschrieb er ausführlich und im Detail die geographischen Gegebenheiten und den historischen Hintergrund der Republik Borku. Und da er nur zu genau wußte, wie naiv und uninformiert seine Landsleute in allem sein konnten, was außerhalb ihres unmittelbaren Erfahrungsbereichs lag, gab er einen peinlich genauen Bericht von dem, was ihm klar geworden war, seit er sich mit den Hungerkatastrophen in Afrika befaßt hatte.

An der Wand hinter ihm hingen große Landkarten von Afrika und eine Weltkarte. Keiner seiner Freiwilligen war je in Afrika gewesen, deshalb begann er damit, ihnen zu zeigen, wo auf der Welt der afrikanische Kontinent zu finden war. Danach hängte er noch eine große Karte von Nord- und Zentralafrika auf, auf der die Republik Borku und ihre Nachbarstaaten zu sehen waren. Mit dieser Karte beschäftigte er sich am längsten.

»Hier ist das Gebiet, das uns unmittelbar angeht«, erklärte Jack Rivers seinem gebannt lauschenden Publikum und beschrieb einen Kreis auf der Karte. »Innerhalb dieses Kreises hier leben sechs Millionen Menschen, die im Augenblick dringend mindestens 1,2 Millionen Tonnen Nahrungsmittel brauchen, wenn sie bis zur nächsten Ernte am Leben bleiben wollen. Fast zwanzig Prozent dieser Bevölkerung sind unmittelbar vom Hungertod bedroht. Die Lage ist um unendlich vieles schlimmer, als Sie es im Fernsehen gesehen haben. Über eine Million Menschen sind bereits gestorben. Ungefähr dreihunderttausend Kinder sind Waisen oder von ihren Eltern getrennt worden. Ganze Familien wurden ausgelöscht, Dörfer und Siedlungen sind einfach vom Erdboden verschwunden.«

Jack machte eine Pause, um seinen Zuhörern Zeit zu geben, das Gesagte zu verdauen.

»Meine Dame und meine Herren«, fuhr er dann fort. »Wir sind nicht die einzige Organisation, die versucht, diesen Menschen zu helfen. Aber wir sind die einzige Organisation, die je versucht hat, das zu tun, was wir jetzt vorhaben.«

»Und das wäre?« fragte Gail, die einzige Frau im Raum.

»Darauf komme ich sofort«, antwortete Jack. »Ich verfüge über Informationen, die darauf hindeuten, daß die bei den verschiedenen Verteilerstellen vorhandenen Nahrungsmittelvorräte in ungefähr zehn Wochen erschöpft sein werden. Inzwischen jedoch liegt eine halbe Million Tonnen Lebensmittel im Hafen von Richat fest. Das ist hier auf der Karte. Und eine weitere Million Tonnen – das habe ich mit eigenen Augen gesehen – liegt in den Docks von Adan. Die Häfen ersticken im wahrsten Sinn des Wortes an Schiffen, die darauf warten, daß ihre Ladung gelöscht wird. Die Lagerhäuser sind überfüllt, das Getreide liegt unter freiem Himmel und verfault. Wenn wir jetzt nicht handeln – und zwar entscheidend handeln –, dann besteht die Gefahr, daß all die Nahrungsmittel, die Medikamente und anderen Hilfsgüter, die aus Amerika und der ganzen Welt unter viel Mühe und Einsatz dorthin transportiert worden sind, verderben und unbrauchbar werden.«

Dann wandte er sich an Gail Johnson.

»Und nun zu Deiner Frage. Was nun werden wir genau tun? Etwas, was vor uns noch nie jemand zu unternehmen gewagt hat!«

Er wandte sich wieder dem mit gespannter Aufmerksamkeit zuhörenden Publikum zu.

»Ich mache jetzt keine langen Umschweife mehr«, sagte er. »Wir werden versuchen, einen Teil der Nahrungsmittel, die überall in den Häfen lagern, auf Lastwagen zu verladen und sie persönlich zu den hungernden Menschen zu bringen. Nun werden Sie sich fragen, warum das bis jetzt noch niemand getan hat, wenn es so einfach ist? Ich will hier gar nicht den Versuch unternehmen, diese Frage zu beantworten. Ich will nur sagen, daß das, was wir tun wollen, weder einfach noch ganz legal ist. Um unsere Absicht durchzuführen, müssen wir einige Vorschriften umgehen. Weil niemand uns eine Einreiseerlaubnis geben wird, müssen wir illegal Staatsgrenzen überschreiten. Wir werden tausend Meilen quer durchs Land fahren, auf Straßen, die in den meisten Fällen auf keiner Karte zu finden sind. Wir riskieren, daß bei unserem Spießrutenlauf zwischen Rebellen und Regierungseinheiten auf uns geschossen werden wird. Wir fahren mit fünfhundert Lastwagen durch eine unwirtliche Wüste bis ins zentrale Hochland.«

»Fünfhundert?« fragte jemand.

»Fünfhundert«, antwortete Jack Rivers. »Sie alle hier sind nur die Vorhut für eine große Armee tapferer Freiwilliger.«

»Und wo sind die anderen?« fragte Gail Johnson mißtrauisch.

»In Port Sudan.«

KAPITEL 6

Der Konvoi von einhundert beladenen und zur Abfahrt bereiten LKWs erstreckte sich von den Docks durch das Hafengelände bis hinaus in die Hafenstraße. Dahinter beluden und entluden riesige Kräne die im Hafen aufgereihten Frachtschiffe. Der Konvoi setzte sich aus Lastwagen verschiedenster Herkunft und Hersteller zusammen. Bei einigen bestand der Laderaum aus soliden Stahlcontainern, bei anderen wurde die Ladung nur von alten und ausgebleichten, zerrissenen und wieder geflickten Segeltuchplanen bedeckt. Die LKWs lagen tief auf der Straße, jeder bis zur Schmerzgrenze überladen. Viele Lastwagen waren verhältnismäßig neu, doch bei der Mehrzahl handelte es sich um alte Klapperkisten, die mehr als ein Gebet benötigen würden, wenn sie ihren Bestimmungsort je erreichen wollten. Die Amerikaner in der Mannschaft schlossen bereits Wetten darüber ab, welche der LKWs die Reise überleben würden. Happy Harry war der offizielle Buchmacher.

Jack Rivers ging die lange Reihe entlang und inspizierte die Wagen. Er wurde von Abdul Jamar begleitet, dem arabischen Geschäftsmann, der die Lastwagen und ihre sudanesischen Fahrer für Jack angeheuert hatte. Ihnen folgten Eddie Rook und Gail Johnson.

Von Zeit zu Zeit kickte Jack Rivers mit dem Fuß gegen einen alten Reifen, zog an einer Plane und warf einen Blick unter einen offensichtlich völlig überladenen Lastwagen. Jamar, mit Turban und weißem Gewand angetan, wiederholte jede dieser Bewegungen, als wolle er das Ergebnis der Besichtigung bestätigen.

»Also, Jamar«, sagte Jack Rivers, als er unter die Motorhaube von einem der Lastwagen blickte, »Sie wollen mir doch wohl nicht weismachen, daß der hier gerade frisch überholt wurde?«

Jamar warf einen Blick auf den zur Debatte stehenden Motor, verzog das Gesicht und wandte sich an den Fahrer, der gerade dabei war, das Fahrzeug abzustauben. Er rasselte einige hart klingende Worte in Arabisch herunter, die der Fahrer in einem ebenso scharfen Ton erwiderte. Dann drehte Jamar sich nach Jack Rivers um, kratzte sich den grauen Bart und suchte nach einer diplomatischen Möglichkeit, diese Frage zu umgehen.

»Boß«, erwiderte er schließlich. »Sie haben alle Lastwagen, die wir auftreiben konnten, Sir – einhundert. *Inshallah*, einige von ihnen werden zurückkommen.« Dabei zeigte er seine leeren Hände, als wolle er bekunden, daß er nichts zu verbergen hatte. »Also?«

Der Fahrer, ein verwegen aussehender Nubier, der einen zerrissenen Strohhut trug und grünliche Zähne hatte, grinste den Amerikaner an, verbeugte sich übertrieben und küßte Jamars Hand.

»Das ist Gibril«, sagte Jamar. »Gibril, erzähl dem Boß alles über Deinen Laster.«

»Ihr ergebener Diener, Sir.« Gibril verbeugte sich vor Jack Rivers und machte Anstalten, ihm die Hand zu küssen.

Jacks Hand schoß in die Hosentasche. Gibril fuchtelte in der Luft herum, auf der Suche nach einer Hand, die nicht mehr da war.

»Der Lastwagen?« fragte Jack.

»Der Lastwagen, Gibril«, erinnerte ihn Jamar.

»Dieser Lastwagen fährt nach Khartoum, Sir«, sagte Gibril.

»Und zurück«, fügte Jamar hinzu.

»Und zurück«, wiederholte Gibril.

»Wann?« fragte Jack Rivers.

Gail und Eddie starben schier vor Lachen.

Gibril schaute von den lachenden Amerikanern zum Boß und wieder zu Jamar und grinste verwirrt. Jamar übersetzte

Jacks Frage und gab ihm sehr wahrscheinlich auch gleich die Antwort dazu.

»Immer, Boß«, sagte Gibril.

»Etwa zweimal am Tag und sonntags dreimal?« fragte Jack.

»Ja, Boß«, antwortete Gibril und nickte.

»Zweimal die Woche«, korrigierte Jamar. »Gibril kann nicht lesen und zählen, aber er ist ein sehr guter Fahrer.«

Wieder breitete er in großzügiger Geste seine Hände aus und sagte: »Also?«

Jack ging weiter, die anderen folgten ihm.

Es war ein heißer und schwüler Tag in Port Sudan. Die amerikanischen freiwilligen Helfer standen in Gruppen beisammen, ihre Rucksäcke und Reisetaschen lagen auf einem Haufen daneben. Einer spielte auf einer Mundharmonika, während die anderen rauchten oder gelangweilt von einem Fuß auf den anderen traten. Manche waren bei ihrem Gepäck eingeschlafen.

Jack bückte sich, um unter einen überladenen Lastwagen zu sehen, kam wieder hoch, hielt plötzlich inne und richtete seine Augen fest auf einen bestimmten Punkt.

»Ist was los, Boß?« fragte Jamar.

»Wer ist dieser Mann dort?«

Jamar, Eddie und Gail bückten sich, um unter den Lastwagen zu blicken.

Auf der anderen Seite des Wagens, keine zwanzig Schritte von ihnen entfernt, stand ein großer, kräftiger Afrikaner in einem weißen Kaftan, einem hellbraunen Turban und mit einer Sonnenbrille mit Spiegelgläsern. Ein Mystery Man. Unverwandt starrte er sie alle an.

»Wer ist das?« fragte Jack Rivers.

»Niemand, Boß«, antwortete Jamar.

Bei diesen Worten wandte der Mann sich um und ging mit hoch erhobenem Kopf und einem Rücken, steif wie eine Fahnenstange, davon.

Jack stand auf und setzte seine Inspektionstour fort. Die sudanesischen Fahrer standen müßig bei ihren Lastwagen, einige in alten Jeans und zerrissenen T-Shirts, andere mit nacktem

Oberkörper und wieder andere in ihren schmutzigen langen Kaftans, die Turbane von der Sonne verblichen – wie eine echte Schmugglerbande sahen sie aus.

»Ali Babas hundert Räuber«, sagte Gail ernst. »Wir reisen mit einer Piratenbande ins Ungewisse.«

»Wir werden schon ein Auge auf sie halten«, beruhigte Jack sie.

Dann wandte er sich an Jamar, breitete wie der Araber in großzügiger Geste die Hände aus und sagte abschließend: »Also?«

»Sie sind also zufrieden?« fragte Jamar und strahlte.

»Wir wollen mal nicht übertreiben«, antwortete er. »Sagen wir, es hätte noch viel schlimmer ausfallen können!«

»Also?« Diesmal rieb Jamar sich die Hände. »Bezahlen Sie jetzt?«

»Es bleibt mir wohl nichts anderes übrig«, antwortete Jack. Zu Eddie sagte er: »Verteil Du mal unsere Leute, während ich diesen alten Schurken abfertige. Sieh zu, daß sie die neueren Laster kriegen.«

Während Eddie und Gail an dem Konvoi entlang zurückgingen, folgte Jack dem Araber, der ihn quer durch das geschäftige Hafengelände zu einer abgelegenen Ecke führte, wo eine heruntergekommene Holzbaracke stand. Die Luft roch penetrant nach Fisch und Salzwasser. Der Schweiß strömte im Überfluß. Im Hintergrund tuteten Schiffe, Kräne quietschten, und die Hafenarbeiter gingen lärmend ihrer Arbeit nach.

Drinnen in Jamars klimatisiertem Büro war die Luft etwas kühler, und es war ruhiger. Zwei Schlägertypen in weißen Kaftans saßen auf dem Teppich, kauten *khat*, spielten Karten und tranken Cola. Auf dem einzigen Stuhl saß, so still wie eine Statue, der Mystery Man. Seine Spiegelbrille schaute ins Nichts.

Jamar schenkte ihnen allen keinerlei Beachtung, führte Jack in einen anschließenden Raum, in dem ein kleiner Schreibtisch stand, ein Stuhl und ein Kühlschrank. An den Wänden klebten alte verblichene Landkarten und Kalenderbilder von Schiffen und Häfen.

»Mahmoud!« rief Jamar und ließ sich auf den Stuhl hinter dem Schreibtisch fallen. »Bring einen Stuhl für den Boß!«

Zu Jack Rivers sagte er: »Was wollen Sie trinken? Whisky? Bier? Wein?«

Jack schüttelte den Kopf. Es roch nach Wein, Bier und Urin. Und nach abgestandenem Zigarrenrauch.

»Mahmoud!«

Die Tür ging auf und herein kam das Rätsel mit der Sonnenbrille, hinter sich her zog er den einzig anderen verfügbaren Stuhl. Er stellte ihn vor den Schreibtisch, dann ging er zum Fenster, das den Blick auf den Hof hinter der Baracke freigab. Dort blieb er stehen.

»Setzen Sie sich«, forderte Jamar Jack Rivers auf.

Jack setzte sich und versuchte, Jamars Beispiel zu folgen und keine Notiz von dem Mystery Man zu nehmen.

»Nun?« sagte Jamar fragend.

»Nun?« fragte Jack zurück.

»Sie haben die LKWs«, sagte Jamar.

Jack Rivers warf einen Blick auf den Mystery Man, langte in seine Tasche und zog einen dicken Umschlag heraus. Er legte den Umschlag auf den Schreibtisch.

»Zählen Sie nach«, forderte er ihn auf.

Jamar blätterte durch die großen sudanesischen Pfundnoten, seine dicken Finger arbeiteten schnell und kompetent.

»Man hatte mir gesagt, Sie würden mir einen guten Preis machen«, warf Jack Rivers ein.

»So?« sagte Jamar und zählte wie eine Maschine weiter, dabei wichen seine gierigen schwarzen Augen keinen Augenblick von dem Geldbündel in seiner Hand.

»Statt dessen haben Sie mich betrogen«, fuhr Jack fort.

»Nein, Boß!« Diesmal hielt er im Nachzählen inne, um die beleidigte Unschuld zu spielen. »Ich habe für Sie die besten Lastwagen aus dem ganzen Sudan beschafft. Wir machen nur solide Geschäfte. Also?«

Er zählte weiter. Als er fertig war, stopfte er den Umschlag in eine scheinbar bodenlose Tasche in seinem Kaftan und rieb sich die Hände. Dann erhob er sich grinsend, um Jack die Hand zu schütteln.

»Und meine Quittung?« fragte Jack Rivers.

»Ihre Quittung?« Er schien erstaunt.

»Für das Geld«, sagte Jack.

»O ja, Boß«, sein Grinsen wurde breiter. »Natürlich, Boß. Mahmoud!«

Mahmoud langte tief in die Tasche seines Kaftan – sie alle schienen bodenlose Taschen zu haben –, fand aber nichts. Er suchte in der anderen Tasche, und auch dort war nichts zu finden. Dann hob er den Kaftan hoch, so daß spindeldürre haarige Beine zum Vorschein kamen, griff in die Tasche seiner Khaki-Shorts und förderte ein zerknittertes Stück Papier zutage. Er lächelte zufrieden und reichte es Jack Rivers.

Jack zögerte, ehe er es entgegennahm, dann glättete er es vorsichtig und starrte darauf.

»Was ist das?«

Jamar nahm das Stück Papier, schaute es an und gab es Jack zurück.

»Ihre Quittung, Boß.«

»In arabischer Schrift!«

»Wir sind Araber hier, Boß«, sagte Jamar. »Mahmoud, gib dem Boß eine Flasche Coca-Cola!«

Mahmoud öffnete den kleinen Kühlschrank in der Ecke und nahm eine eiskalte Colaflasche heraus. Er öffnete sie geräuschvoll und stellte sie vor Jack auf den Schreibtisch. Die Schrift auf der Flasche war arabisch.

»Ein Punkt für Sie«, sagte Jack und gab ihm die Quittung zurück. »Was steht darauf?«

Jamar las pflichtschuldigst erst den arabischen Text, dann übersetzte er sorgfältig, was er gelesen hatte.

»Hier steht ›Einhundert Lastwagen‹«, sagte er. »Und hier steht die erhaltene Summe, sehen Sie?«

Er reichte Jack die Quittung zurück.

»Ein einziger Beleg für einhundert Lastwagen?« fragte Jack. »Wie rechnen Sie mit den Besitzern ab?«

»Sie haben Ihre Lastwagen, nicht wahr?« sagte der Araber ungeduldig. »Was wollen Sie noch?«

Nun, da er das Geld in der Hand hatte, schien es, als könne er Jack nicht schnell genug loswerden. Mahmoud stand im Hintergrund, und wie ein echter Mystery Man tat er so, als ginge ihn das Ganze überhaupt nichts an.

»Wir haben keine Belege in Port Sudan«, erklärte Jamar. »Ich bekomme alles von Khartoum. Sie haben viel Glück gehabt, Boß!«

»Ja, wahrhaftig.« Jack Rivers stand auf.

Jamar erhob sich ebenfalls, schüttelte ihm die Hand und begleitete Jack zur Tür. Jack blieb noch einen Augenblick stehen und warf einen Blick auf den Mystery Man.

»Und er ist niemand?« fragte er voller Zweifel.

»Niemand, der Anlaß zur Sorge gäbe«, bestätigte Jamar. »Wenn jemand nachfragt, sagen Sie, die Lastwagen kommen von Jamar in Port Sudan. Ich bin überall bekannt.«

»Das werde ich bestimmt nicht vergessen!«

Als er aus dem klimatisierten Büro trat, drohte ihn die heiße feuchte Luft fast wie mit einem Hammer zu erschlagen. Er blieb stehen, um erst einmal zu sich zu kommen, dann fiel sein Blick auf das, was sich vor seinen Augen abspielte. Am ganzen Konvoi entlang sahen die sudanesischen Fahrer zu, wie die Amerikaner die arabischen Aufschriften auf den Lastwagen übertünchten und statt dessen englische aufmalten. Einige der Sudanesen begriffen offensichtlich nicht, was hier geschah, andere amüsierten sich darüber, und wieder andere versuchten zu protestieren. Nur Gibril schien den Geist der Stunde erfaßt zu haben und ging sogar so weit, daß er Eddie half, einen neuen Namen auf einen der Lastwagen zu malen.

Jack ging den Konvoi entlang. Gail kam ihm entgegen.

»Was läuft denn hier?« fragte er.

»Identitätskrise«, antwortete sie. »Die Jungs suchen eine Möglichkeit, ihre Trucks zu identifizieren.«

»Gute Idee.«

Er legte ihr den Arm um die Taille, und zusammen gingen sie so an der langen Reihe der LKWs entlang. Der größte Teil der Arbeit war bereits getan, die Wagen trugen leuchtend neue Namen auf ihren Karosserien – *Brot für den Frieden, Eine Welt, Zion Express, Eilzustellung, Hungerbrecher* – alles Namen, die irgendwie einen Bezug zum Zweck dieses Konvois hatten.

»Alles in Ordnung?« fragte Gail und sah zu ihm auf.

»Ja.«

»Man sieht es Dir nicht an.«

»Es hat was mit Ali Baba zu tun«, sagte er. »Irgendwo stimmt was nicht.«

»Es scheint, daß Eddie seine rauhe Bande gut unter Kontrolle hat«, meinte sie, als sie zum *Arakan Express* kamen, einem fast neuen monströsen Volvo-Zehntonner.

Eddie trat ein paar Schritte zurück, um die noch feuchten Buchstaben zu bewundern. Gibril gesellte sich zu ihm, nickte zustimmend und sagte etwas auf Arabisch.

»Wie gefällt Dir das?« fragte Eddie.

»Nicht schlecht«, sagte Jack. »Sehr passend!«

»Das ist der allgemeine Funkruf«, sagte Eddie. »Sonst heißt der Truck *Arche Noah*, und das ist auch Deine persönliche Kennung. Du siehst nicht sehr glücklich aus.«

»Irgend etwas stimmt nicht«, sagte Jack. »Ich kann den Finger nicht drauflegen, aber der Mann mit der Sonnenbrille war in Jamars Büro. Laut Jamar ist er ohne Bedeutung, aber er hörte alles und sagte kein einziges Wort. Ich frage mich, wer er in Wirklichkeit ist.«

Er blickte auf und ertappte Gibril dabei, wie dieser seinen Worten sehr aufmerksam lauschte. Gibril schrak zusammen, nahm Eddie den Eimer mit der Farbe und den Pinseln aus der Hand und ging weg.

»Sind wir bereit?« fragte Jack.

»Und scharf darauf, loszufahren!« erwiderte Eddie.

»Also, dann fahren wir doch!«

Eddie Rook legte die Hände an den Mund und schrie so laut, daß es an der ganzen Reihe der Lastwagen entlang zu hören war:

»Okay Boys! Es geht los, einsteigen!«

Die Fahrer kletterten in ihre Fahrzeuge. Türen schlugen zu, Motoren wurden angelassen, und der ganze Konvoi knurrte böse wie ein langes, dürres Monster. Die Dieselabgase taten das ihrige, um die unangenehme feuchtschwüle Hafenluft noch mehr zu verschlechtern.

Nachdem er sich überzeugt hatte, daß alles zu seiner Zufriedenheit bereit war, kletterte Eddie auf den Fahrersitz der *Arche Noah*. Gail setzte sich in die Mitte, und Jack folgte ihr.

Die Kabine des riesigen Trucks war geräumig und bequem. Die Sitze waren großzügig gepolstert, um die Härten des Fernfahrens so weit wie möglich zu lindern, und zur Ausstattung gehörte ein Kassettenradio, der Zigarettenanzünder und eine staubsichere Klimaanlage. Hinter und über den Sitzen war ein Klappbett, das zwei Personen Platz bot.

Eddie ließ den Truck an, horchte auf das gleichmäßige Surren des starken Motors und nahm das Mikrofon in die Hand. In zwanzig der vierzig von ihren eigenen Leuten gefahrenen Wagen waren Radios eingebaut worden.

»*Arche Noah*«, rief er ins Mikrofon. »*Arche Noah* ruft *Arakan Express*, hört ihr, Ende?«

Vollkommenes Schweigen, da die Fahrer wohl noch versuchten, mit den Knöpfen an ihren Radios zurechtzukommen.

»*Arche Noah* ruft *AB Express*«, wiederholte Eddie. »Los, Jungs, ich habe euch doch gezeigt, wie das Radio funktioniert. Drückt auf den weißen Knopf an eurem Mikrofon und sprecht.«

Plötzlich waren unzählige Stimmen und Geräusche zu hören.

»Einer nach dem andern«, rief Eddie. »Hört zu, Jungs, hört mal zu. Ich weiß, ihr könnt mich alle hören. Ich werde diesen Truck jetzt langsam an die Spitze des Konvois fahren. Bitte, fahrt nicht los, ehe ich nicht das Zeichen dafür gebe, okay? Vergeßt nicht, daß die Fahrer in eurer Abteilung, die kein Radio haben, sich nach den Zeichen richten, die ihr ihnen gebt. Jetzt gebt mir eure jeweilige Kennung durch, aber bitte einer nach dem anderen!«

Während die Namen durchkamen, reichte Eddie das Mikrofon an Jack weiter.

»Sie gehören alle Dir, Boß«, sagte er und imitierte Gibrils Akzent.

Er scherte mit dem riesigen Truck vorsichtig aus der Reihe und fuhr ihn an die Spitze des Konvois. Die Kennungen kamen durch, ein wenig zögernd, ein wenig unsicher.

»Sie kriegen den Dreh schon noch raus«, sagte Jack.

Die *Arche Noah* überholte langsam den *Zion Express, Eine Welt, Brot für Frieden* und *Rettet die Kinder*. Happy Harry, der Posaunist vom Old Jazz Club, winkte und zeigte mit dem Daumen nach oben.

»Jack, sei bescheiden, Jack, sei schnell«, sang er ins Mikrofon. »Jack, spring über die Hungerhürde. Immer weiter so, Bruder, immer weiter.«

Er lachte vergnügt. Sein Lachen zerriß die Wolke, die bedrohlich über Jack gehangen hatte.

»Danke, Harry«, sagte er ins Mikro. »Das hat mir jetzt geholfen. Jetzt wollen wir die andern mal in Bewegung setzen, Jungs. Vergeßt nicht, kein Anhalten, kein Überholen – los!«

Eddie gab Gas und verfolgte befriedigt im Rückspiegel, wie die andern alle losfuhren. Die lange Reihe der Lastwagen folgte der *Arche Noah* auf dem Weg aus dem Hafengelände. Sie schwankten sanft auf ihren überladenen Achsen und steuerten langsam durch das belebte Geschäftsviertel der Innenstadt von Port Sudan, hinaus auf die in den Süden führende Schnellstraße nach Khartoum.

Eddie Rook handhabte den Riesentruck mit Leichtigkeit. Er tat das nicht zum ersten Mal. Im Vietnamkrieg hatte er als Marinesoldat LKWs gefahren und später in Westdeutschland Tankwagen.

Gail zündete eine Zigarette an und steckte sie ihm zwischen die Lippen.

»Danke, Liebling«, sagte er. Dann fuhr er an Jack gewandt fort: »Jeder mit einem Radio ausgestattete LKW ist für die fünf bis sechs Wagen, die vor ihm fahren, verantwortlich. Wenn einer von ihnen anhält oder eine Panne hat, hält die ganze Abteilung. Die übrigen fahren einige Kilometer weiter und warten dort. Sie werden uns ständig über alles informiert halten. Und Phil ist als letzter im Konvoi, um sicherzustellen, daß keiner von Ali Babas Männern umkehrt oder sich auf eine Privatmission begibt.«

»Klingt gut«, sagte Jack.

»Theoretisch ja«, stimmte ihm Eddie zu. »Wir werden sehen, wie es funktioniert.«

»Es wird funktionieren«, sagte Gail.

»Es muß«, erwiderte Jack. »Wir befinden uns zwölftausend Meilen von zu Hause und tun etwas, wovon wir überzeugt sind, daß es richtig ist. Warum, sag mir, sollte es also nicht funktionieren?«

»Ali Baba«, antwortete Eddie. »Ich mag weder den Mann noch die Bande von Schurken, die er uns angedreht hat.«

»Wir lassen sie keinen Moment aus den Augen«, versprach Jack.

In genau diesem Augenblick stand Ali Baba vor seinem baufälligen Büro und beobachtete mit gespanntem Interesse, wie der letzte Lastwagen des Konvois aus dem Hafengelände fuhr.

»Was ist das?« fragte er den Mystery Man. »Was heißt *Famine Booster*?«

»*Famine Buster – Hungerbrecher*«, antwortete der Mystery Man in perfektem Englisch. »Es bedeutet, daß die Amerikaner einen Sinn für Humor haben.«

Jamar warf einen Blick auf den lachenden Mann, verstand aber nicht, was daran so lustig sein sollte.

»Mahmoud!« bellte er.

Aus dem Hinterhof der Holzbaracke erschien Mahmoud, der lässig hinter dem Steuer eines alten blauen Mercedes saß. Neben ihm saß sein Partner beim Kartenspielen. Er brachte den Mercedes neben den beiden Männern zum Stehen, wartete nur gerade lange genug, daß sie einsteigen konnten, und folgte dem Lastwagen, der einstmals *Inshalla – So Gott will* – geheißen hatte, nun aber von den Amerikanern in *Hungerbrecher* umgetauft worden war.

In der *Arche Noah* schloß Gail erschöpft die Augen und erlag nun doch den Aufregungen des ersten Tages unterwegs. Jack Rivers starrte zum Fenster hinaus. Plötzlich wurde es im Radio lebendig.

»*Hungerbrecher* an *Arche Noah*«, hörte er, »komm schon, alter Junge!« Jack nahm das Mikrofon.

»*Arche Noah*«, sagte er. »Was gibt's, Phil?«

»Wir haben gerade die Stadtgrenze verlassen«, sagte die Stimme im Radio, »und fahren jetzt auf etwas, von dem mir gesagt wurde, es sei eine Schnellstraße.«

»Du tätest gut daran, das zu glauben«, antwortete Jack. »Es ist die berühmte Autobahn nach Khartoum.« Er legte das Mikrofon weg.

»Geht's Dir gut?« fragte Eddie.

»Klar.«

»Lügner«, sagte Gail und öffnete die Augen.

Sie legte ihm den Arm um die Schulter.

»Versuch Dich zu entspannen«, sagte sie. »Es waren lange vierundzwanzig Stunden.«

Jack lehnte sich zurück und schloß die Augen. Der Konvoi machte langsam seinen Weg, verließ den Küstenstreifen und fuhr hinein in die trockene Savanne – eine scheinbar endlose Reihe riesiger Monster, die die Luft mit Staub erfüllten.

Am Rande der Stadt, von einem Hügel aus, beobachtete Jamar das alles. Seine Hintermänner standen neben ihm. Nachdenklich wischte er den Staub von seinem Fernglas und sah noch einmal durch. Der Mystery Man wartete ungeduldig im Mercedes, der hinter ihnen parkte.

»Kommt«, sagte Jamar, als er das Fernglas absetzte. »Ich denke, wir fahren jetzt nach Arakan.

Die Hintermänner tauschten Blicke aus, wandten sich um und folgten ihm zurück zum Auto.

KAPITEL 7

Über den fernen Hügeln ging die Sonne auf und warf dunkle Schatten in die weite Ebene, als der Konvoi in schneller Fahrt über die rauhe Piste rollte und dem vom Morgentau kalten und feuchten Staub aufwirbelte.

In der *Arche Noah* schliefen Gail und Eddie aneinander gelehnt. Jack steuerte den Truck durch die kalte afrikanische Morgendämmerung. Seit Mitternacht hatte das Radio geschwiegen. Jacks Uhr zeigte jetzt sechs.

Er drückte seine Zigarette aus, nahm das Mikrofon und schaltete es ein.

»Hallo, Freunde, guten Morgen«, sagte er munter und imitierte dabei einen populären DJ aus New York. »Hier ist WWMT-FM Stereo 96 mit wunderbarer Musik – schon seit Mitternacht. Nun ist es Zeit aufzustehen, um den herrlichen Duft eines afrikanischen Morgens zu genießen!«

Er hielt inne und wartete auf eine Reaktion. Doch auf der Frequenz blieb es still.

»Hallo, ihr alle!« sagte er, »ist irgend jemand wach?«

Keine Antwort. Er warf einen Blick in den Rückspiegel und war beruhigt, als er durch den Staub die lange Reihe der Scheinwerfer leuchten sah.

»*Arche Noah* ruft *AB Express*«, sagte er ins Radio. »Hört ihr mich, Ende?«

Wieder keine Antwort. Gail räkelte sich.

»Sind wir noch nicht da?«

»Nein.«

Sie schlief sofort wieder ein. Der östliche Horizont war in rotes Licht getaucht, das erst grau, dann weiß und schließlich blau wurde, als die Sonne mit einer Jack unverständlichen Eile am Himmel aufstieg. Innerhalb eines Augenblicks verwandelte sich hier am Äquator die Morgendämmerung in den hellen Morgen. Einen Moment später erwachte das Radio zum Leben.

»Morgen, Jack.«

»Morgen, Phil«, sagte Jack. »Mann, das tut aber gut, Deine Stimme zu hören. Alles in Ordnung bei Dir da hinten?«

»Soweit ich sehen kann, ja.«

»Was ist mit den andern los? Sam, Joe, Harry – kann vielleicht jemand mal antworten?«

»Vermutlich schlafen wir noch alle«, meldete sich Harry, der fröhliche Posaunist.

»Morgen, Harry. Bist Du noch da?«

»Wo sollte ich denn ohne Dich hingehen, Jack?«

»Sam?«

»Was gibt's zum Frühstück, Jack?«

»Was ist das, Frühstück?« fragte Jack zurück.

Sam lachte. Eddie wachte langsam auf, gähnte und zündete sich eine Zigarette an. Auch Gail erwachte und wollte wissen, ob man bald am Ziel sei.

»Noch nicht«, sagte Jack. »Aber es sieht ganz danach aus, als ob wir tatsächlich gleich irgendwo ankämen. Seht mal!«

Sie schauten angestrengt hinaus. Wie ein Chamäleon aus dem Gestrüpp tauchte vor ihnen eine Art Siedlung auf. Als sie näher kamen, entpuppte sie sich als ein vom Staub zugewehter Grenzort, im ganzen zehn Häuser, von denen das größte – ein Gebäude mit Lehmwänden und einem mit Gras gedeckten Dach – ein Polizeiposten war, wie man an den im Hof wehenden Fahnen und an dem Landrover, auf dem POLISI zu lesen stand, erkennen konnte.

Wenige Meter von dem Polizeiposten entfernt befand sich eine Straßensperre. Sie bestand nur aus einem Schlagbaum und ein paar auf beiden Seiten der Straße aufgeschichteten Sandsäcken.

Eddie nahm das Mikrofon.

»Langsam, Jungs, Gas weg«, sagte er ins Radio. »Straßensperre.«

Als der Konvoi näherkam, trat ein dicker Araber mit einem schwarzen Schnäuzer auf die Straße und hob den Arm.

Die *Arche Noah* verlangsamte ihre Fahrt und kam zum Stehen. Jack, Eddie und Gail sprangen heraus, um mit dem Polizisten zu reden. Seine Khakiuniform war in bester Ordnung, und außer der Pistole am Gürtel trug er ein kleines Maschinengewehr. Die übrigen Polizisten, insgesamt ungefähr zwei Dutzend, waren mit automatischen Schußwaffen unterschiedlicher Fabrikate ausgerüstet.

»Guten Morgen«, sagte Jack Rivers.

Der dicke Mann übersah ihn vollkommen, da ihm beim Anblick des großen und langen Konvois, der da auf ihn zukam, vor Verwunderung der Mund offen stehengeblieben war. So weit sein Auge reichte, sah er nichts als die lange Reihe der LKWs, einige der Trucks hielten eben erst, andere rollten noch heran.

»Was ist das?« fragte der Polizeibeamte in sehr ernstem Ton. »Ein Zirkus?«

Eddie fing an zu lachen. Jack und Gail lächelten freundlich. Der Mann blickte von Eddie zu Jack, bedachte Gail ebenfalls mit einem Lächeln, wandte sich wieder an die Männer und reichte ihnen die Hand.

»Guten Morgen«, sagte er. »Ich bin der Polizeichef. Hauptmann Hussein.«

»Es freut mich, Sie kennenzulernen, Hauptmann Hussein«, begrüßte ihn Eddie und schüttelte ihm die Hand. »Gibt es bei Ihnen vielleicht Kaffee?«

»Kaffee?« fragte Hussein, dem die Größe des Konvois gewaltigen Respekt eingeflößt hatte. »O ja, wir haben Kaffee, viel Kaffee, aber eins nach dem anderen. Wer sind Sie? Wohin fahren Sie und woraus besteht Ihre Ladung?«

»Nun, Hauptmann Hussein«, sagte Jack Rivers. »Das sind eine Menge Fragen.«

»Ja«, meinte der Hauptmann. »Es ist nicht einfach, hier, wo nie etwas passiert, Polizeichef zu sein.«

Er wies seine Männer an: »Die Papiere, kontrolliert die Papiere!« Diese beeilten sich, seinem Befehl nachzukommen.

Dann wandte er sich wieder an Jack.

»Woraus besteht Ihre Ladung?« fragte er.

»Nahrungsmittelhilfe«, antwortete Jack. »Für Arakan.«

Der Hauptmann nickte, dann ging er langsam die Reihe der Lastwagen entlang. Jack begleitete ihn, Eddie und Gail folgten den beiden.

»Wie heißt dieser Ort hier?« fragte Gail leise.

»Keine Ahnung«, sagte Eddie. »Er ist auf keiner der Karten verzeichnet.«

Hauptmann Hussein warf den beiden einen kurzen Blick zu, dann sah er nochmal Jack an und ging weiter. Geruhsam und ohne jede Eile.

»In Arakan fließt viel Blut«, sagte er. »Waren Sie schon einmal dort?«

»Ja«, antwortete Jack.

Bei diesem Tempo würden sie noch den ganzen Tag brauchen, um bis ans Ende des Konvois zu gelangen.

Der Hauptmann blieb stehen, um einen Blick unter einen Lastwagen zu werfen, und als er sich wieder erhob, blickte er Jack geradeheraus an.

»Dann wissen Sie also, wie weit es bis dorthin ist?«

»Ja.«

»Warum sind Sie dann nicht von Adan aus gestartet?« fragte der Hauptmann weiter. »Von dort ist es viel näher.«

»Der Hafen in Adan war überfüllt«, erklärte Jack vorsichtig. »Die Schiffe konnten nicht rechtzeitig entladen werden, und diese Hilfsgüter werden in Arakan dringend gebraucht. Dort verhungern die Menschen.«

Der Hauptmann nickte. »Ich habe davon gehört.«

Er hatte jetzt offensichtlich von Gail Notiz genommen. Mit einem prüfenden Blick sah er sie an und schien von ihrer schlichten Schönheit beeindruckt.

»Wer ist sie?« fragte er. »Ihre Frau?«

»Nein.«

»Arakan ist kein Ort für Frauen.«

»Sie ist Ärztin«, sagte Jack.

Diese Antwort schien ihn zu zufriedenzustellen. Er ging noch zwei Wagen weiter, warf einen Blick unter den dritten und fragte dann: »Wieviele Lastwagen sind es im ganzen?«

»Einhundert.«

»Einhundert!« Er war wirklich beeindruckt. »So viele auf einmal habe ich noch nie gesehen. Sind Sie vom Roten Kreuz?«

»Nein«, sagte Jack.

»Wer sind Sie dann?«

»Hungerbrecher«, antwortete Eddie.

Der Hauptmann richtete seinen prüfenden Blick nun auf Eddie.

»Eine andere Hilfsorganisation?«

»Ja.«

»Noch nie von ihr gehört«, sagte er, als sie sich Gibrils Wagen näherten.

Gibril versuchte, sich unsichtbar zu machen, doch nicht schnell genug, um den Adleraugen des Hauptmanns zu entgehen.

»Ja, wen haben wir denn hier?« rief er aus. »Gibril? Wann bist Du denn aus dem Gefängnis gekommen?«

Gibril gab darauf keine Antwort.

»Gibril!« rief der Hauptmann.

»Ja, ja«, ließ sich Gibril vernehmen, blieb aber außer Sicht.

Der Hauptmann wandte sich wieder an Jack Rivers.

»Wir gehen jetzt zurück und warten«, sagte er. »Möchten Sie Kaffee?«

Ohne die Antwort abzuwarten, ging er bis zum Schlagbaum voraus. Dort erteilte er seinen Männern auf arabisch weitere Anweisungen, ehe er Jack, Eddie und Gail in das Polizeigebäude führte.

Drinnen wies er auf eine Bank an der Wand.

»Setzen Sie sich«, forderte er sie auf und ließ sich auf einen einfachen Sessel fallen, der hinter dem Tisch stand, der ihm als Schreibtisch diente. »Idris!«

Eine Ordonnanz stürzte herein und salutierte.

»Idris«, wies ihn der Hauptmann an, »geh und sag Salimar, sie soll Kaffee für meine Gäste bringen.«

Idris beeilte sich, den Auftrag auszuführen.

Durch das Fenster sah Jack, wie die Polizisten ihre Inspektion des Konvois fortführten. Sie hatten sich mit großer Energie und Begeisterung an die Arbeit gemacht. Die Größe der vor ihnen liegenden Aufgabe entmutigte sie anscheinend überhaupt nicht.

Der Hauptmann blickte hoch und sah Jacks besorgte Miene.

»Um alles zu überprüfen, werden wir zwei Wochen brauchen«, informierte er ihn.

»Mit allem Respekt, Hauptmann Hussein, aber wir haben keine zwei Wochen Zeit.«

»Das weiß ich wohl«, nickte dieser. »Wir tun es auch nur, wenn ich Anlaß zu dem Verdacht auf Waffenschmuggel habe. Haben Sie Waffen dabei?«

»Nein.«

»Auch keine Kleinwaffen, die Sie in Ihrer Tasche tragen?«

»Nein.«

»Nun, dann haben Sie nichts zu befürchten. Waffenschmuggler werden nämlich von uns erschossen.«

Eine hochgewachsene arabische Frau in einem fließenden Gewand und leichten Ledersandalen kam mit einem riesigen schwarzen, dampfenden Kaffeekessel herein. Sie reichte jedem eine kleine Porzellantasse, schenkte Kaffee ein und ging, ohne ein Wort zu sagen, wieder hinaus.

»Meine Frau«, erklärte der Hauptmann. »Ihre Pässe bitte!«

Während der folgenden Stunde saß der Hauptmann, die Kaffeetasse vor sich, an seinem Schreibtisch und studierte die Pässe. Er las darin, als seien es spannende Romane. Von Zeit zu Zeit rief er Idris herbei, der Salimar bitten sollte, Kaffee für die Gäste zu bringen. Salimar kam dann mit ihrem dampfenden, rußgeschwärzten Kessel herein und füllte pflichtbewußt die Tassen, dann ging sie wieder hinaus. Die Amerikaner tranken vorsichtig den süßen, gewürzten Kaffee, sahen zum Fenster hinaus und übten sich in Geduld.

»Sie sind schon überall gewesen«, bemerkte der Hauptmann, als er die verschiedenen Visa studierte.

Jack nickte. »Ja.«

»Außer in Bore«, sagte der Hauptmann.

»Davon hab ich noch nie gehört«, gab Jack zu. »Wo liegt denn das?«

»Bore?« Er schaute auf und lächelte. »Sie sind hier in Bore.«

»Auf unseren Karten ist es nicht verzeichnet, Hauptmann«, sagte Jack.

»Nein«, nickte der Hauptmann. »Bore ist nicht auf Ihren Karten, aber trotzdem ein wirklicher Ort. Sie wären überrascht, wenn Sie wüßten, wie viele Schmuggler ich schon geschnappt habe, die einfach durch Bore durchschlüpfen wollten, eben weil es nicht auf den Karten eingezeichnet ist.«

Das gab ihnen eine Weile zu denken. Es war unmöglich, Hauptmann Hussein einzuordnen – ein Wind, der heiß und kalt wehte, stürmisch und sanft und aus allen Richtungen zur selben Zeit. Er war eine harte Nuß und äußerst verwirrend. Gail ergriff das Wort.

»Hauptmann Hussein!«

»Ja?«

»Darf ich rauchen?«

»Draußen«, sagte der Hauptmann. »Am besten gehen wir alle hinaus und sehen mal nach, was meine Männer gefunden haben.«

Sie tranken ihre Kaffeetassen aus und folgten Hauptmann Hussein nach draußen in die heiße Vormittagssonne. Dann blieben sie erstaunt stehen, als sie sahen, wie ungefähr dreißig ihrer sudanesischen Fahrer auf den Hof des Polizeigebäudes geführt wurden und sich in einer Reihe aufstellen mußten.

Hussein wandte sich mit einem kaum bemerkbaren Lächeln im Gesicht an Jack: »Wie mir scheint, haben meine Männer Ihre festgenommen!«

»Weshalb?«

»Weshalb?« Der Hauptmann lachte nun. »Kommen Sie mit mir.«

Jack folgte ihm. Gail zündete sich ihre Zigarette an und ging hinterher. Eddie bedachte einen Augenblick die Lage, ehe auch er sich den anderen anschloß.

»Mit wem wollen wir anfangen?« fragte der Hauptmann, als sie bei den Gefangenen ankamen. »Na, egal. Sehen Sie, der hier ist ein Dieb. Der auch, der ist ein Schmuggler, der ein Kameldieb, der ein Einbrecher...«

Er hielt inne und sah Jack an.

»Ich war neun Jahre lang bei der Kriminalpolizei in Port Sudan«, sagte er. »Fragen Sie nur Ihre Fahrer hier, sie kennen mich alle. Der hier ist auch ein Dieb. Und hier noch einer und noch einer und noch einer. Und der hier ist ein unheilbarer Sexualverbrecher.«

Er warf einen Blick auf Gail, sie erwiderte seinen Blick, ohne sich irgendeine Reaktion anmerken zu lassen.

»Wir haben ihn kastrieren lassen«, erklärte er ihr. »Aber ich glaube nicht, daß es viel gebracht hat.«

Der als Sexualverbrecher Bezeichnete bestätigte dies durch Kopfschütteln, und der Hauptmann ging weiter.

»Der Dicke hier ist ein Schmuggler«, fuhr er fort. »Hauptsächlich Gold. Hier haben wir noch einen Einbrecher, noch einen, hier einen Säufer, einen Fahrraddieb, einen Schmuggler... Ich habe sie alle schon mindestens einmal festgenommen. Fragen Sie sie.«

Jack hegte keinerlei Zweifel daran. Der Hauptmann ging weiter.

»Diesen kenne ich nicht«, sagte er. »Aber Shariff hier ist ein Mörder. Sie wollen ihn hängen – in Khartoum, in Port Sudan und sogar in Adan.«

Er blieb stehen, blickte in der Runde äußerst besorgter Gefangener von einem zum andern und fragte: »Gibril? Wo ist denn Gibril?«

Niemand antwortete. Die Männer taten so, als wüßten sie nicht, wen er meinte. Er sagte zu Jack: »Vielleicht sollte ich Sie auch alle festnehmen.«

»Warum?« fragte Jack.

»Sie haben Diebe eingestellt«, antwortete er. »Und Mörder und Schmuggler und wer weiß, wen sonst noch!«

»Hauptmann Hussein«, erklärte Eddie. »Wir haben diese Männer nicht angeheuert. Sie sind mit den LKWs zu uns gekommen.«

»Von wo?«

»Von Port Sudan.«

»Wer hat sie für Euch angeheuert? Jamar?«

»Sie kennen ihn?« fragte Jack.

»Den größten Waffenschmuggler im ganzen Sudan?« fragte der Hauptmann. »O ja, ich kenne Jamar. Ich hab ihn mal fast erschossen.«

Eddie und Gail warfen sich beredte Blicke zu.

»Das wußten wir nicht«, sagte Eddie.

»Die Lastwagen sind wahrscheinlich alle gestohlen«, sagte Hauptmann Hussein. »Wo sind die Papiere?«

In diesem Augenblick entschloß sich Shariff, der Mörder, sein Heil in der Flucht zu suchen. Er rannte in äußerst gekonntem Zickzacklauf auf das offene Gelände zu. Es war nicht das erste Mal, daß er Gewehrschüssen zu entkommen suchte. Eine Warnung wurde ihm zugerufen, ein halbes Dutzend Polizisten hoben ihre automatischen Schußwaffen und zielten. Er hatte fast den ersten Dornbusch erreicht, als sie losfeuerten. Die Geschosse schleuderten ihn hoch und warfen ihn auf den Dornbusch, wo er wie eine alte Marionette hängenblieb, sein zerschlagener Körper bäumte sich noch einmal auf, das Blut tropfte auf die ausgedörrte Erde.

Durch die Reihe der Gefangenen ging ein Schaudern. Jene, die Ähnliches erwogen hatten wie Shariff, setzten sich. Daß heute noch irgend jemand einen Fluchtversuch unternehmen würde, war wenig wahrscheinlich.

»Die Papiere!« wiederholte Hauptmann Hussein.

Jack holte Jamars Quittung aus der Tasche, strich sie glatt und reichte sie dem Hauptmann.

»Zwanzigtausend Pfund!« staunte er. »Sie haben zu viel bezahlt.«

»Ich weiß«, sagte Jack.

Der Hauptmann drehte das Stück Papier hin und her.

»Sein Name steht nicht drauf.«

Jack zuckte mit den Schultern.

»Ist das alles, was er Ihnen gegeben hat?«

»Ja.«

»Das reicht aber nicht.«

»Das habe ich ihm auch gesagt«, antwortete Jack. »Er hielt mir entgegen, daß man im Sudan keine Quittungen kenne.«

Der Hauptmann schüttelte nur noch verzweifelt den Kopf.

»Was ist mit den Fahrtenbüchern? Den Carnets de Passage?«

»Er hat uns nichts anderes gegeben, das ist alles.«

»Und die Genehmigung, sudanesische LKWs ins Ausland zu bringen?«

»Er sagte, jedermann im Sudan würde ihn kennen.«

»Das stimmt allerdings«, nickte der Hauptmann. »Alle wollen ihn lieber tot als lebendig sehen.«

Er gab Jack die Pässe und Jamars Quittung zurück.

»Ich sollte Euch alle verhaften«, sagte er. »Aber wie Sie sehen, sind meine Zellen nicht groß genug für so viele Gefangene. Sie können gehen.«

»Danke, Hauptmann Hussein.« Eddie konnte seine Erleichterung nicht verbergen.

»Aber ich muß diese Diebe und Verbrecher festnehmen«, sagte der Hauptmann.

»Und was ist mit unseren Lastwagen?«

»Die können Sie mitnehmen.«

»Ohne Fahrer?«

»Wie Sie wollen.«

Die Amerikaner wußten weder, was sie davon halten, noch, was sie tun sollten, und zögerten wegzugehen. Sie spürten, wie erschöpft sie waren. Spannung und Anstrengung dieses Vormittags machten sich nun bemerkbar.

»Hauptmann Hussein«, sagte Eddie schließlich. »Auch wir verabscheuen gemeine Verbrecher wie diese hier, aber wir brauchen die Männer, um die Lastwagen zu fahren. Wir brauchen sie so dringend, daß wir bereit sind, ihre Strafen zu bezahlen, wenn wir damit ihre Freilassung erwirken können.«

»Dann müssen Sie nach Khartoum fahren«, antwortete der Hauptmann.

»Khartoum?«

»Wegen der Gerichtsverhandlung.« Hauptmann Hussein schien an diesem Teil des Geschehens Gefallen zu finden. »Wissen Sie, ich bin nur Polizeibeamter. Die Strafen werden von den Richtern in Khartoum festgelegt.«

»Wir möchten Sie bezahlen«, sagte Eddie und zog seine Brieftasche. »Hier und jetzt, verstehen Sie? Ohne Quittung...«

Der Hauptmann wehrte ab.

»Sie verstehen mich nicht«, sagte Eddie.

»Ich verstehe Sie sehr wohl«, sagte der Hauptmann. »Sie wollen mich bestechen, nicht wahr?«

Eddie warf einen Blick auf das harte Gesicht des Hauptmanns und schüttelte unsicher den Kopf.

»Nehmen Sie mein Angebot nicht an?«

»Ich müßte Sie für hundert Jahre ins Gefängnis werfen«, erklärte Hauptmann Hussein ernst. »Vielleicht sollte ich auch meinen Männern befehlen, Sie zu erschießen.«

Eddie schüttelte nun entschieden den Kopf und steckte seine Brieftasche wieder ein.

»Verschwinden Sie jetzt«, sagte der Hauptmann. »Wenn Sie mir noch einmal so viele Verbrecher bringen, nehme ich Sie auch alle fest.«

Auf Befehl des Hauptmanns wurden die verhafteten Fahrer in ein fensterloses Lehmhaus gebracht, kaum groß genug, um die Hälfte der Männer aufzunehmen.

»Hauptmann Hussein«, sagte Jack. »Dürfen wir die Lastwagen hier stehenlassen, bis wir sie abholen können?«

»Seien Sie meine Gäste.« Hauptmann Hussein zeigte auf das weite offene Grasland hinter der Polizeistation. »Ich verfüge hier über den größten Parkplatz der Welt.«

Er salutierte elegant, ging zu seinem Büro zurück und rief nach Idris.

Jack nahm Gails kalte Hand und ging mit ihr zur *Arche Noah* zurück. Sie stand immer noch unter Schock.

»Kannst Du einen Laster fahren?« fragte er sie.

»Ich hab's noch nie probiert.«

»Mir gefällt der größte Parkplatz der Welt überhaupt nicht. Wir müssen so viele LKWs wie möglich mitnehmen.«

Zwei Stunden später suchten sich die Trucks ihren Weg auf der kaum zu findenden Piste, die in engen Kurven am felsigen Mount Auatu entlang verlief.

In dem riesigen Fiat-LKW mit Namen *Rettet die Kinder* kämpfte Gail Johnson, nachdem sie theoretisch mehr oder weniger begriffen hatte, wie man einen LKW fuhr, mit den Knöpfen und Hebeln und gab sich alle Mühe, mit der *Arche Noah* Schritt zu halten.

Verschwitzt und mit Staub bedeckt fuhr Jack Rivers die *Arche Noah* durch die letzte Haarnadelkurve und dann hinaus in die flache offene Wüste. Es war heiß, kein Lüftchen wehte, und so weit das Auge sehen konnte, hatte sich ein flimmernder Hitzedunst ausgebreitet. Die Piste, die nun kaum mehr erkennbar war, führte in südwestlicher Richtung durch einen ausgedehnten, längst ausgetrockneten Vulkansee, über Sand und vulkanisches Gestein.

Plötzlich meldete sich das Radio.

»Sondermeldung an *Arche Noah*. *Arche Noah*, bitte kommen!«

Jack nahm das Mikrofon.

»Was gibt's Eddie?«

»Polizeifahrzeug hinter mir, ich wiederhole, Polizeilandrover hinter uns, Ende.«

»Was zum Teufel soll das?« fluchte Jack.

»Dein Freund Hauptmann Hussein«, sagte Eddie. »Er blinkt unablässig mit dem Scheinwerfer. Es ist offensichtlich sein sehnlichster Wunsch, daß ich anhalte.«

Jack überlegte schnell.

»Das kann nur eins bedeuten«, sagte er.

»Daß er die Diebe befragt hat?«

»Und sie haben ihm eine interessante Geschichte erzählt«, antwortete Jack. »So interessant, daß er sie jetzt eigenhändig nachprüfen muß.«

»Er setzt an, mich zu überholen.« Eddies Stimme schnappte vor Aufregung über. »Soll ich ihn durchlassen?«

»Nein, auf gar keinen Fall«, sagte Jack. »Wer weiß, was sie ihm erzählt haben!«

Kurze Zeit später tauchte der Polizeilandrover mit blinkenden Scheinwerfern aus der von Eddies Truck hinterlassenen Staubspur wieder auf und machte einen erneuten Versuch, durch die schmale Lücke zwischen dem Lastwagen und der Felswand die Durchfahrt zu erzwingen.

Eddie riß das Steuer nach links und zwang den Landrover zu bremsen und hinter ihm zu bleiben. Hauptmann Hussein lehnte sich zum Fenster hinaus und schickte dem Lastwagen eine zornige Maschinengewehrsalve nach.

Eddie packte das Mikrofon.

»Sie schießen auf mich«, schrie er atemlos. »Ich wiederhole, sie schießen auf mich, Ende.«

»Kannst Du ihn ausschalten?« war Jacks Antwort.

»Ich könnte es probieren.«

»Halte mich auf dem laufenden.«

»Okay.« Eddie legte das Mikrofon zur Seite und packte das Steuerrad mit beiden Händen. »OK Hauptmann, jetzt kann das Spiel beginnen!«

Im Rückspiegel verfolgte er, wie der Landrover mit Hussein und seinen Leuten, die aus den Fenstern lehnten und ihre Gewehre abfeuerten, im Staub seines LKWs auftauchte und wieder verschwand. Der Truck schwankte und schlingerte im Zickzackkurs über die schmale Piste.

Hussein setzte sich wieder, warf verärgert ein leergeschossenes Magazin fort, lud sein Maschinengewehr mit einem neuen und gab dem Fahrer den Befehl: »Überholen!«

Der Fahrer sah ihn verwirrt und erschrocken an.

»Überholen, hab ich gesagt!« schrie der Hauptmann.

Sie fuhren eben auf einem der kurzen, einigermaßen geraden Abschnitte der Straße. Das gab dem Fahrer Mut, Gas zu geben.

Im Rückspiegel sah Eddie, wie der Landrover beschleunigte und sich zwischen die Böschung und den Truck drängte. Dieses Mal ließ er den Landrover fast auf gleiche Höhe herankommen, wartete ab, bis Hussein sein Gewehr aus dem Fenster schob und auf ihn zielte, schwenkte dann auf das Polizeifahrzeug zu und zwang es, mit einem heftigem Aufprall auf die Böschung aufzufahren, was zur Folge hatte, daß das Heck des Landrovers dem LKW in den Weg geriet. Der Truck erfaßte das Fahrzeug und riß es von hinten nach vorne auf, riß die Stoßstangen, Türen und Teile der Karosserie weg und ließ es in der Richtung stehen, aus der es gekommen war.

Hauptmann Hussein und seine Männer sprangen aus dem demolierten Jeep und feuerten dem verschwindenden Truck eine wütende, staubblinde Salve hinterher. Sie stellten das Feuer erst ein, als der Truck, in immer gleichbleibender Geschwindigkeit fahrend, um die nächste Kurve bog und außer Sicht geriet.

»Idioten!« rief Hauptmann Hussein ihnen nach. »Ihr seid sowieso bald alle tot! Jamar bringt Euch alle um!«

KAPITEL 8

An jenem Abend kampierten sie zwanzig Kilometer hinter der Grenze im offenen Buschland. Die Trucks waren in Fahrtformation geparkt – einer dicht hinter dem anderen. Auf fast einen Kilometer, an der ganzen Reihe der Fahrzeuge entlang, saßen die Fahrer um kleine Lagerfeuer, aßen ihre Abendmahlzeit und verbrachten den Abend mit Reden, Singen, Geschichtenerzählen und *khat*-kauen. Die Dunkelheit brach ebenso schnell herein, wie sie am Morgen gewichen war.

Es war eine kalte und klare Nacht. Millionen von Sternen funkelten am Himmel, der grenzenlos schien. Rings um den Konvoi tönten die Geräusche der Wildnis, die Stimmen der nächtlichen Jäger und Räuber im afrikanischen Busch, durch die Nacht. Irgendwo, nicht zu weit draußen, hielten Hyänen und Schakale eine weithin hörbare Versammlung ab.

Gail lehnte ihren Kopf an Jacks Schulter, zu erschöpft, um noch einen klaren Gedanken fassen zu können.

»Alles in Ordnung?« fragte Jack.

Sie nickte.

»Das hast Du gut gemacht heute«, sagte er.

Sie saßen an der Spitze des Konvois um ein kleines Lagerfeuer herum und hatten sich eben an einem scharfen Chili-Eintopf aus der Dose gestärkt. Eddie und Phil, der Besitzer des Tonstudios, hatten sich zu ihnen gesellt.

»Ich hab den ganzen Tag Selbstgespräche geführt«, sagte Gail.

»Tun wir das nicht alle?« fragte Phil. »Ich habe heute bestimmt mehr als ein Dutzend neuer Hits komponiert. Wenn ich sie nur alle behalten hätte!«

Das bot Gail offensichtlich wenig Trost.

»Wie weit ist es noch?«

»Morgen früh passieren wir die Grenze«, sagte Jack. »Von dort nach Arakan... und dann noch ein paar Tage bis Bahadir.«

»Und was ist in Bahadir?« fragte Gail.

»Nichts«, gab Jack zurück. »Kein einziger Grashalm. Dort befindet sich das erste große Lager. Einhundertachtzigtausend verhungernder Menschen, bei denen wir einen Großteil unserer Ladung loswerden sollten. Dann fahren wir weiter nach Hela und anderen Orten.«

Gail seufzte, hob mutlos die Schultern und entschied sich, das zu äußern, was ihr auf dem Herzen brannte.

»Ich glaube nicht, daß ich so lange durchhalten kann. Es tut mir leid, aber ganz allein, mit niemandem, mit dem ich reden kann, in diesem brüllenden Monster zu sitzen, ohne zu wissen, wo ich bin oder was los ist – es ist, als ob ich allein in einem führerlosen Zug säße.«

Die anderen hörten ihr aufmerksam zu.

»Was willst Du damit sagen, Gail?«

»Ich bin fertig, Jack«, erklärte sie, »ich kann nicht mehr.«

»Oh – nein, das kannst Du uns nicht antun«, sagte er. »Du weißt doch, daß wir diesen Truck unmöglich hier in der Wildnis stehen lassen können. Es geht gar nicht anders, Du mußt ihn zumindest bis Hela fahren.«

»Dann beschafft mir ein Radio«, rief sie verzweifelt. »Dann kann ich wenigstens mit jemandem reden.«

»Wir haben aber nicht genug Radios«, sagte Jack.

»Sie kann meins gern haben«, bot Phil an. »Ich bin daran gewöhnt, Selbstgespräche zu führen.«

»Du brauchst das Radio aber, Phil«, sagte Jack.

»Gib ihr doch das Radio von Big Sam«, schlug Eddie vor. »Ich bezweifle, daß er überhaupt weiß, wie man es anstellt.«

»Es könnte sein, daß wir Sam brauchen und ihn über Radio erreichen müssen«, meinte Jack. »Nehmen wir doch Harry's. Er erzählt den ganzen Tag sowieso nichts anderes als schmutzige Witze.«

»Tut mir leid, daß ich Euch Schwierigkeiten mache...«, fing Gail an.

»Ach, hör doch mit dieser Litanei auf«, sagte Jack. »Ich hätte sehr gern jedem ein Radio eingebaut.«

Phil hob die Hand, um sich bemerkbar zu machen.

»Darf ich was sagen?«

»Bitte, Phil.«

»Ich möchte zum hundertsten und wahrscheinlich zum letzten Mal darauf hinweisen, welch geniale Idee es war, die Radios mitzubringen. Wer ist überhaupt darauf gekommen?«

»Du selbst natürlich, Phil«, sagte Jack. »Hör jetzt auf, in Deine Trompete zu blasen, und besorg der Frau ein Radio!«

Am nächsten Morgen brachen sie hellwach und sehr früh auf. Als die Sonne aufging und das flache Land in eine Bratpfanne verwandelte, hatten sie schon seit mindestens einer Stunde Staubfahnen aufgewirbelt.

»*Arche Noah* an *AB Express*«, ließ sich Jacks Stimme am Radio vernehmen. »*Arche Noah* an *AB Express*, gibt's was Neues?«

Ein ganzer Chor antwortete ihm: »Nichts Neues«.

Im *Rettet die Kinder* griff Gail nach dem Mikrofon, dann fiel ihr das Lenkrad ein, sie ließ das Mikrofon fallen, nahm wieder das Lenkrad in die Hände und brachte den schlingernden Truck auf die Piste zurück.

»Gail?« kam Jacks metallene Stimme.

Sie nahm das Mikro und steuerte mühsam mit einer Hand.

»Gail?« Jacks Stimme ertönte wieder. »Kommen, Gail!«

»Ich höre Dich klar und deutlich, Jack«, sagte sie ins Mikrofon. »Was willst Du?«

»Was ich will?«

»Du hast mich doch gerufen.«

»Ich wollte nur eben hören, wie es Dir geht.«

»Danke, gut.«

»Ende und aus.«

»Amen.«

»Ende und aus«, wiederholte Jack. »Amen ist für die Kirche. Los, Mädchen, reiß Dich zusammen. Du bist jetzt einer der Jungs.«

»Ende und aus«, sagte Gail.

»Warum ist sie bloß so sauer?« fragte Jack sich.

Er lehnte sich vor, um das fast unleserliche Hinweisschild am Straßenrand zu lesen, an dem die *Arche Noah* eben vorüberrumpelte – ein Überbleibsel aus der Zeit, als die Piste nicht wie heute ein Schmugglerweg, sondern eine vielbefahrene Piste gewesen war. Auf einer kleinen Anhöhe, von der aus man die Straße überblicken konnte, lag ein Steinhaufen – alles, was von der alten Grenzbefestigung übriggeblieben war, die einstmals über diese Hintertür nach Arakan hinein gewacht hatte. Jenseits der Anhöhe führte die Straße in ständiger Steigung bergauf in das bergige und feindliche westliche Hochland.

Jack Rivers nahm das Mikrofon zur Hand.

»*Arche Noah* an *AB Express*«, sagte er. »Es wird Euch vielleicht freuen zu hören, daß wir jetzt gerade im Begriff sind, illegal eine Staatsgrenze zu überschreiten«.

»Ein Anlaß zum Feiern, oder?«

»Noch nicht, mein Freund«, sagte Jack. »Wir müssen noch durch ein paar Flüsse. Bleibt dran, Jungs. Ende.«

Er legte das Mikrofon aus der Hand und sagte zu sich: »Jetzt sind wir im Niemandsland mit dem Recht auf unserer und der Macht auf ihrer Seite.«

Er konnte nicht umhin, sich der Worte General Dinkas zu erinnern: »...Staatsgrenzen ohne ordnungsgemäße Reisedokumente zu überschreiten, ist illegal und außerdem höchst gefährlich. Waffenschmuggler benutzen dieselben Straßen, und deshalb kann es für eine sichere Durchreise keinerlei Garantien geben...«

KAPITEL 9

Der Konvoi fuhr in die Salzpfanne von Ayeota hinein – eine weite, scheinbar endlose Landschaft, deren einzige Vegetation aus ein paar verkrüppelten Dornakazien bestand, aus einem spärlichen Häufchen Büschen da und dort und dem groben Salzgras mit seinen messerscharfen Kanten, das in den Senken und entlang der ausgetrockneten Flußläufe wuchs.

Wie eine lange träge, in den Luftspiegelungen sich windende Schlange kam der Konvoi auf dem ebenen Gelände, das frei von Steinen und Felsbrocken war, gut voran, wobei die schweren Lastwagen unglaubliche Geschwindigkeiten fuhren. Die Spannung lockerte sich, und die Fahrer fanden langsam Spaß an dem ganzen Unternehmen. Aus der Luft gesehen glich der Konvoi einer langen gebrochenen Wirbelsäule, wobei jeder Wirbel seine eigenen Staubwolken um sich verbreitete.

»*SD* an *Arche Noah*«, hieß es plötzlich im Radio. »*SD* an *Arche Noah*.«

Jack nahm sein Mikrofon.

»*Arche Noah*.«

»Jack«, sagte Eddie aufgeregt, »wir haben Begleitung bekommen, Jack!«

»Was für eine Begleitung?«

»Ein Hubschrauber. Aus Nord-Nordwest.«

Jack spähte zum Fenster hinaus – wo zum Teufel war Nord-Nordwest?

Als könne er Jacks Gedanken lesen, sagte Eddie: »Über Deiner linken Schulter, Jack. Wie ein Höllendrache hat er mich eben überflogen.«

Jack spähte noch einmal hinaus, sah aber nichts als ein paar Wüstenadler, die auf der Suche nach einer leichtsinnigen Eidechse ihre Kreise zogen.

»Das ist ein privater Hubschrauber«, meinte Eddie, »vielleicht auch Polizei.«

»Polizei?« fragte sich Jack. »Die können uns doch nicht über die Grenze verfolgen?«

»Das tun sie aber!« antwortete Eddie.

Der blauweiße Helikopter flog mit hoher Geschwindigkeit rechts am Konvoi entlang und hielt sich knapp über den aufsteigenden Staubwolken. Nur wenige Fahrer sahen ihn. Aber Gail hatte ihn bemerkt und meinte ängstlich am Radio:

»Einem Flugzeug gegenüber sind wir hilflos.«

»Ich weiß«, versuchte Jack sie zu beruhigen. »Aber noch hat uns niemand aufgefordert anzuhalten, deshalb wollen wir mal ein kleines Rennen veranstalten, damit sie für ihr Geld auch was zu sehen bekommen!«

Er legte das Mikrofon zur Seite, schaltete in einen höheren Gang, und das Fahrzeug bretterte weiter auf der sandigen Piste. Ihm war klar, daß sie früher oder später anhalten müßten, um zu erfahren, was es mit dem Hubschrauber für eine Bewandtnis hatte. Doch je größer der Abstand zwischen der Grenze und dem Konvoi wurde, desto wohler wäre ihm erst einmal.

Doch dem sollte nicht so sein, denn zehn Minuten später, als der Hubschrauber fast die Spitze des Konvois erreicht hatte, passierte ein Unfall – und schlimmer hätte es kaum kommen können. Ungefähr in der Mitte der langen Reihe dahindonnernder Trucks verlor ein klappriger LKW mit einem alten sudanesischen Fahrer plötzlich seine Hinterachse, und zwar komplett mit zwei Paar Rädern. Als die Achse seitwärts fortgeschleudert wurde, schleuderte das Fahrzeug einen Augenblick hin und her, dann neigte es sich nach rechts und kippte um.

Bremsen kreischten, weitere Trucks gerieten ins Schleudern. Metall riß Metall auf, Glasscheiben splitterten. An der Unfallstelle stieg eine riesige Staubwolke auf.

Phil, dem schon immer vor genau so einem Unglück gegraut hatte, führte einen wilden Kampf, um seinen ins Schleudern und außer Kontrolle geratenen Wagen zu einem sicheren Halt zu bringen. Er ergriff hastig das Mikrofon.

»May Day, May Day«, rief er dringend. »Konvoi stop, wiederhole, Konvoi anhalten, alle stop, wiederhole, Konvoi stop.«

Der geschlossene Konvoi brach auseinander, als die verschiedenen Abteilungen die Geschwindigkeit zurücknahmen und scharf bremsten. Jack brachte seine Abteilung langsam zum Stehen und griff nach dem Mikrofon.

»*Arche Noah*. Kommen, Phil. Was zum Teufel ist los?«

»Ein Unfall, Jack. Einige Wagen sind ineinandergefahren, hier ist alles ein Riesenchaos. Bleib dran, ich rufe Dich, sobald ich etwas klarer sehe.«

Jack wollte weitere Fragen stellen, unterbrach sich aber, weil der Lärm des Hubschrauberrotors die Luft erfüllte. Der Helikopter flog über seinen Truck und landete vor ihm auf der Straße. Die Tür sprang auf, und heraus trat ein in blendend weißem Anzug mit Schlips piekfein gekleideter Jamar, der eine Aktenmappe in die Hand nahm und, von zwei seiner Hintermänner begleitet, auf die *Arche Noah* zuschritt.

Jack legte das Mikrofon weg, öffnete die Fahrertür und sprang auf die Straße.

»Ah, Mister Jack«, rief Jamar überschwenglich. »Ich bitte tausendmal um Entschuldigung, aber uns ist ein schrecklicher Fehler unterlaufen.«

»Das kann man wohl sagen«, erwiderte Jack, der bemerkt hatte, daß aus der Anrede »Boß« ein einfacher »Mister Jack« geworden war.

»Aber ich werde Ihnen alles erklären«, sagte Jamar aalglatt.

Schweißüberströmt wischte sich Jack mit einem Taschentuch Stirn und Hals, sah von Jamar zum Hubschrauber hinüber, wo er durch die spiegelnden Fenster zwei Gestalten erkennen konnte, die alles genau beobachteten.

»Wollen Sie mir endlich erklären...«, wandte er sich an Jamar.

»Ja, wissen Sie«, sagte der Araber, »meine Leute können nicht lesen und machen deshalb schreckliche Fehler.«

»Zur Sache!«

»Ich bitte tausendmal um Vergebung, aber man hat Ihnen die falschen LKWs gegeben.«

Jack stieß einen Fluch aus.

»Nein, Mr. Jack«, beeilte sich Jamar zu sagen. »So schlimm ist es nun auch wieder nicht. Der Irrtum ist nur bei zehn Lastwagen passiert. Verstehen Sie? Es gibt überhaupt keinen Grund zur Besorgnis. Hier habe ich Ihnen Ihr Geld mitgebracht. Sie geben mir meine Lastwagen, und ich gebe Ihnen das Geld zurück. Okay?«

»Verdammt, das ist überhaupt nicht okay«, sagte Jack böse. »Was ist mit meiner Ladung?«

Jamar hob die Hände in einer Geste vollkommener Niederlage.

»Mister Jack«, sagte er. »Verstehen Sie mich nicht falsch. Auch mit der Ladung ist ein Irrtum passiert. Die Schweinesöhne haben das falsche Ladegut auf die falschen Lastwagen geladen, stellen Sie sich vor! Diese Dummköpfe, die weder lesen noch schreiben können, sind an dem ganzen Chaos schuld. Heute früh erhielt ich von einem wichtigen, einem sehr wichtigen Mann aus Khartoum ein Telegramm. Er wollte wissen, warum ich ihm Milch und Wolldecken vom Roten Kreuz geschickt habe. ›Wo sind meine Felle und Häute geblieben?‹ Also rief ich meinen Vorarbeiter – ein saublöder Kerl. Er sagte mir doch wirklich, daß er Ihnen die LKWs mit den Fellen und Häuten gegeben hätte... Sie fahren sehr schnell, Mister Jack!«

Nachdenklich sah Jack von Jamar zu dessen Begleiter und von den beiden zum Hubschrauber. Wie hatte Jamar nur in Erfahrung bringen können, welche Route sie genommen hatten?

»Zehn LKWs, sagen Sie?«

»Ich bitte tausendmal um Entschuldigung«, wiederholte Jamar. »Aber wenn Sie nach Port Sudan zurückkommen, warten Ihre Lastwagen dort auf Sie.«

»Ich weiß nicht«, sagte Jack zweifelnd. »Kennen Sie irgend jemanden in Bore?«

»Bore?« Jamar schien aufrichtig verwirrt.

»Ein kleiner Ort vor der Grenze.«

»Ah, Boore, ja, ich kenne Boore. Und?«

»Dann kennen Sie auch Hussein?«

»Hussein?«

»Hauptmann Hussein«, sagte Jack. »Ein dicker Mann, grauer Schnurrbart, rote Augen.«

»Ich kenne viele Husseins«, antwortete Jamar. »Warum?«

»Er kennt Sie.«

»Viele Leute im Sudan kennen mich. Also?«

»Also«, sagte Jack, »wir haben achtundzwanzig LKWs bei ihm stehengelassen.«

Jamar geriet vollkommen außer Fassung, erging sich in langen arabischen Flüchen, spuckte auf den Boden und fluchte aufs heftigste weiter. Nachdem sein Repertoire erschöpft war, wechselte er ins Englische.

»Meine Lastwagen?« tobte er. »Sie haben meine Lastwagen diesem Stinktier gegeben?«

»Sie verstehen mich falsch.« Jack schüttelte heftig den Kopf. »Ich sagte, wir haben achtundzwanzig LKWs dort gelassen.«

»Warum?« schrie der Araber.

»Er hat Ihre Fahrer festgenommen«, sagte Jack.

»Warum?« schrie der außer sich geratene Araber.

»Er sagte, sie seien alle Diebe und Mörder«, entgegnete ihm Jack. »Seine Männer haben einen von ihnen sogar erschossen.«

»Diebe!« brüllte Jamar. »Wissen Sie, wer hier der Dieb ist? Hussein! Der größte Dieb im ganzen Sudan!«

Jack zuckte mit den Achseln und meinte nur: »Davon haben Sie uns nichts gesagt.«

»Vertrauen Sie mir, Mr. Jack«, sagte Jamar. »Ich bin ein ehrlicher Mann. Aber Hussein, dieser Sohn eines Wüstenschweins, ist nichts wert. Eines Tages werde ich ihn umbringen.«

Das Radio im Truck meldete sich.

»Rufe *Arche Noah*, rufe *Arche Noah*, bitte kommen.«

Jack entschuldigte sich und langte nach dem Mikrofon in der Kabine.

»*Arche Noah*.«

»Was zum Teufel ist bei Dir los?« fragte Eddie. »Wer ist denn in dem Hubschrauber?«

»Ali Baba«, sagte Jack und beobachtete Jamar. »Kein Grund zur Aufregung. Wie steht's bei Euch?«

»Absolute Katastrophe.« Eddies Stimme klang angespannt. »Die größte Scheiße, die Du je gesehen hast. Alles ineinander verkeilt. Wir haben ungefähr ein Dutzend LKWs verloren. Ernstlich verletzt ist keiner!«

»Und Gail?« fragte Jack. »Wie geht es Gail?«

»Gut, Jack«, antwortete Gail selbst. »Danke für die Nachfrage!«

»Ich bin gleich bei Euch«, sagte Jack. »Haltet die Ohren steif. Ende und aus.«

Er wandte sich an Jamar, hob die Schultern und breitete in einer Was-soll-ich-dazu-sagen-Geste die Arme aus.

»Was ist los?« wollte Jamar wissen.

»Wir haben soeben noch einmal ein Dutzend Lastwagen verloren«, sagte er. »Ein Unfall, an dem ganz gewiß Sie die Hauptschuld tragen!«

Ungefähr einen Kilometer weiter hinten, an der Unfallstelle, sahen die ineinander verkeilten Fahrzeuge wie ein riesenhafter Knoten in einer langen Kette aus. Jamar blickte zurück und murmelte unablässig Worte und Sätze, die sich wie arabische Beschwörungsformeln anhörten.

»Das macht vierzig von hundert«, sagte Jack. »Sie haben noch immer eine reelle Chance, einen oder zwei Ihrer Wagen intakt wiederzufinden.«

»Kommen Sie«, drängte Jamar. »Wir nehmen meinen Helikopter.«

Sie rannten zu dem Hubschrauber und stiegen ein. Der Pilot saß schwitzend hinter dem Steuer. Hinter ihm, ebenfalls in einem eleganten Anzug, saß Mr. Niemand, der Mystery Man aus den Docks von Port Sudan, mit seiner Spiegelglassonnenbrille so anonym wie eh und je.

»Hallo«, sprach Jack ihn an, »hier treffen wir uns also wieder. Mein Name ist Jack Rivers. Wie heißen Sie?«

Die Brillengläser starrten ihn an, ließen die angebotene Hand unbeachtet und saßen so still wie eine Statue.

»Ich weiß«, sagte Jack. »Sie sind niemand.«

»Er spricht nicht«, sagte Jamar und setzte sich neben den Piloten. »Es ist einer, wissen Sie, ohne Zunge und... ohne... ...ohne ...Eier.«

»Ein Eunuch?« fragte Jack ungläubig.

Jamar nickte und gab das Zeichen zum Abflug. Der Hubschrauber flog am Konvoi entlang zurück. Jamar und seine Männer sahen hinunter und lasen im Vorüberfliegen die arabischen Namen der Lastwagen.

Aus der Luft glich die Unfallstelle einer riesigen Müllhalde: mit stählernem Griff ineinander verkeilte Lastwagen, umgekippte LKWs mit zertrümmerten Containern und überall verstreuter Ladung. Der Wind blies Plastik und Papier in alle Richtungen. Gebrochene Achsen lagen herum, weit von ihrem angestammten Platz entfernt.

Einer von Jamars Männern rief etwas und zeigte mit der Hand irgendwohin. Jamars Blick folgte der Richtung, und er wies den Piloten an zu landen. Kaum am Boden, sprang er heraus und rannte, von seinen Helfershelfern und dem Mystery Man gefolgt, zu den zertrümmerten Containern.

Jack ging langsam hinter ihnen her und traf auf Eddie und Gail.

»Was hat Ali Baba eigentlich hier zu suchen, was will er denn?« fragten ihn die beiden.

»Er sucht seine LKWs«, sagte Jack. »Angeblich haben seine Männer uns fälschlicherweise eine Ladung mit Fellen und Häuten mitgeschickt. Kommt, sie haben anscheinend irgend etwas gefunden.«

Er legte den Arm um Gail. Ihm graute davor zu sehen, was sie wohl gefunden hatten. Er ging mit Gail voraus und stieg über die Trümmer, über geplatzte Jutesäcke mit Reis, Weizen und Mehl, über Konservendosen, die sich in den Sand gebohrt hatten, bis sie zu dem LKW kamen, der *Eine Welt* hieß.

Der Truck lag auf der Seite, der Laderaum war auseinandergebrochen, der Inhalt lag zerstreut umher. Einige lange Holzkisten standen offen und gaben das teuflische Geheimnis ihres Inhalts preis.

»Um Gottes willen!« rief Jack aus, als er sah, was sich in den Kisten befand.

Als er Jacks Ausruf hörte, zog Jamar eine Pistole mit langem Lauf und zielte auf ihn.

»Wenn Du Dich von der Stelle rührst, lege ich Dich um«, drohte er.

»Scheiße!« fluchte Eddie.

»Ruhe! Kein Wort!« schrie Jamar.

Von dem lauten Wortwechsel neugierig geworden, kamen die anderen Fahrer langsam näher. Der Mystery Man stand mit gespreizten Beinen und ruhig über der Brust gefalteten Händen etwas abseits, ließ den Ort des Geschehens aber nicht aus den Augen.

»Felle und Häute, wirklich und wahrhaftig!« rief Jack und schüttelte den Kopf. »Wie konnte ich nur so dumm sein?«

»Ruhe!« schrie Jamar und fuchtelte mit seiner Pistole. »Wenn Ihr nicht sofort die Schnauze haltet, lege ich Euch um!«

Er brüllte einen kurzen Befehl, und einer seiner Helfershelfer rannte über die Trümmer zum Hubschrauber. Inzwischen waren die Fahrer immer näher gekommen und hatten sich in einem geschlossenen Kreis aufgestellt.

Der Mystery Man kickte mit dem Fuß an eine der Kisten, hob ein automatisches Gewehr auf und untersuchte es mit unübersehbarem Interesse. Er überprüfte den Abschußmechanismus und das Magazin, das er mit offensichtlicher Fachkenntnis einlegte. Als wäre es die selbstverständlichste Sache der Welt, reichte er Jamar die Schußwaffe.

Dieser dankte ihm durch ein angedeutetes Kopfnicken, schob seine Pistole in die Tasche und drohte den näherkommenden Fahrern mit dem Gewehr. Das hielt ihren Vormarsch ein wenig auf. Sein Helfershelfer kam mit zwei weiteren Gewehren und mehreren sudanesischen Fahrern zurück.

Unter der Aufsicht von Jamar und seinen bewaffneten Helfern begannen die sudanesischen Fahrer mit der Arbeit – die einen entluden den Truck *Eilzustellung*, die anderen sammelten die verstreut umherliegenden Waffen und die dazugehörige Munition ein, um dann alles auf den leeren Truck zu laden.

Der Mystery Man saß auf einer noch intakten Kiste und sah in aller Ruhe zu, wie Jamar die Amerikaner zusammenrief und sie wie eine Herde an eine ungefähr hundert Meter entfernt liegende Stelle draußen in der offenen Wüste trieb, wo man sie mühelos überwachen konnte. Einer der bewaffneten Araber kletterte aufs Dach von *Eilzustellung*, von wo aus er die arbeitenden Sudanesen und die Amerikaner bewachte.

Binnen zwei Stunden waren die gesamten Nahrungsmittel aus dem Lastwagen geräumt, und das Einladen der Waffen und Munition konnte beginnen. Die Männer arbeiteten schweißüberströmt.

Draußen in der Wüste, wo weit und breit nicht einmal ein winziger Dornbusch stand, der sie vor der Hitze hätte schützen können, beobachteten die Amerikaner die Operation und stellten ihre Vermutungen darüber an. Sie standen, saßen, hockten, lagen sogar auf dem heißen Sand und unterhielten sich. Happy Harry improvisierte auf seiner Mundharmonika einige Lieder und komponierte eine Ode an die Wüstenfliegen, die sich von menschlichem Schweiß ernährten.

»Jetzt begreife ich, warum Hauptmann Hussein so sauer war«, sagte Eddie zu Jack. »Er muß etwas von Ali Babas geheimer Ladung entdeckt haben.«

»Wir müssen zusehen, daß Ali Baba das ganze Zeug mitnimmt«, sagte Jack. »Wenn dieser Unfall nicht passiert wäre, hätte er vielleicht einen monumentalen Coup gelandet.«

»Ob sie uns vielleicht erschießen werden?«

Alle schwiegen. Dies war eine Möglichkeit, an die sie bis jetzt nicht gedacht hatten. Niemand wagte eine Vermutung auszusprechen.

Sam Johnson meinte schließlich: »Jack, erzähl uns doch, wie die Waffen zwischen unsere Ladung geraten sind.«

Jack zuckte mit den Achseln. »Jamar ist Berufsschmuggler«, sagte er. »Und außerdem ein begeisterter Waffenschmuggler. Das haben wir aber erst von Hauptmann Hussein erfahren. Herauszufinden, wie die Waffen in unsere Container kamen, das ist Sache des Zollamtes und der Hafenpolizei von Port Sudan. Aber bei jemandem, der in der Lage ist, innerhalb einer Woche einen Konvoi von einhundert LKWs zu beschaffen und zu laden…«

»Und wer ist der Gorilla mit der Sonnenbrille?« fragte Phil.

»Niemand«, antwortete Jack. »Laut Jamar ist er ein Eunuch ohne Zunge. Ich dachte, er sei einer seiner Helfershelfer, bis ich gesehen habe, wie er mit diesem Gewehr umging. Er muß der Hauptdrahtzieher oder so etwas ähnliches sein.«

Ihr Bewacher auf dem Dach des LKWs schrie etwas und zeigte hinaus in die Wüste. Dann folgte ein Wortwechsel mit Jamar. Der Wächter sprang herunter, rannte zum Hubschrauber und kam mit einem Feldstecher zurück. Jamar kletterte mit ihm auf den LKW, riß ihm den Feldstecher aus der Hand und suchte den Horizont in östlicher Richtung ab. Sie wechselten eilig einige Worte, sprangen herunter, rannten zu den arbeitenden Sudanesen und befahlen ihnen, zwei riesige Kisten zum Hubschrauber zu bringen. Die ganze Waffenrettungsaktion löste sich auf. Überall herrschte absolute Verwirrung. Diejenigen, die mit dem Beladen des Trucks beschäftigt gewesen waren, verlangsamten ihr Tempo, die Männer waren unsicher geworden, ob sie weitermachen sollten.

Als Jamars Männer Anstalten machten, in den Hubschrauber zu steigen, bewegten sich Jack und die Amerikaner auf die LKWs zu. Jamar feuerte über ihre Köpfe hinweg. Sie duckten sich und suchten Deckung.

»Ich muß gehen«, rief er ihnen zu. »Aber Ihr bekommt bald genug Besuch. Sagt ihnen nur, die Waffen seien von Jamar in Port Sudan, OK? Jeder kennt mich!«

Während er noch sprach, tauchte einer der sudanesischen Fahrer, mit einem Gewehr bewaffnet, hinter einem LKW auf, hob die Waffe und zielte.

Eine Feuersalve aus dem Hubschrauber warf den bewaffneten Fahrer gegen den Lastwagen.

Jamar sah von dem toten Fahrer auf den Hubschrauber und wieder auf Jack und die Amerikaner.

»Heute ist Euer Glückstag«, rief er. »Wüstenpatrouille erschießt Schmuggler!«

Dann kletterte er ohne jede Eile in den Helikopter, der abhob und schnell in niedriger Höhe über die Wüste davonflog.

Jack sprang auf und rannte nach vorn. Die anderen taten es ihm gleich. Er schnappte sich den Feldstecher, den Jamar in der Eile hatte fallenlassen, sprang auf das Trittbrett von *Eilzustellung* und von dort aufs Dach. Mit bloßem Auge konnte er in der flimmernden Hitze ein dunkles Objekt ausmachen, das sich in ungefähr zwanzig Kilometer Entfernung auf sie zu bewegte. Er hob den Feldstecher und suchte das dunkle Objekt – vor seinen Augen erschien die Wüstenpatrouille, ein schnell herannahender Konvoi von drei gepanzerten Mannschaftswagen, einem Jeep und einem Panzerwagen, der mit einem Hundert-Millimeter-Geschütz ausgerüstet war. Die Fahrzeuge bewegten sich ungeachtet der Unebenheiten des Geländes in schneller Fahrt durch die Wüste.

»Es gibt neue Schwierigkeiten«, Jack reichte Eddie den Feldstecher.

»Verdammte Scheiße!« fluchte Eddie. »Und was für eine Geschwindigkeit sie draufhaben!«

»Wir müssen so schnell wie möglich von hier weg«, sagte Jack. Dann rief er, ohne eine Sekunde Zeit zu verlieren, den anderen zu: »Jeder zurück zu seinem Laster, schnell! Wer einen Wagen verloren hat, fährt bei jemand anderem mit. Gail, Du kommst mit mir. Eddie macht den Schluß. Auf, los geht's! Beeilt Euch, schnell, schnell!«

Alle rannten zu ihren Wagen. Jack und Eddie sprangen vom Dach herunter, schlugen die Laderaumtüren von *Eilzustellung* zu und machten einen Sprung in die Kabine, zusammen mit Gail.

»Du bringst uns jetzt zur *Arche Noah*«, sagte Jack zu Eddie. »Dann wartest Du und bildest den Schluß der Kolonne.«

»*Eilzustellung* sprang an und fuhr mit einem Satz los. Die anderen Lastwagen dröhnten und brüllten, bereit zu starten. *Eilzustellung* fuhr einen halben Kilometer bis zur *Arche Noah*, ließ Jack und Gail aussteigen, parkte dann am Straßenrand und wartete.

Jack warf den Motor von *Arche Noah* an, schaltete und fuhr mit hoher Geschwindigkeit los. Der Konvoi folgte ihm.

»OK, Freunde«, sagte er ins Mikrofon. »Wir müssen im Hitzedunst unsichtbar geworden sein, ehe die Patrouille hier eintrifft, und es bleiben uns dafür genau zwanzig Minuten. Also, setzt alles ein, was Ihr habt!«

Im Radio absolutes Schweigen.

»Hallo«, rief Jack. »Jemand da?«

Ein ganzer Chor antwortete »Roger«. Was vom Konvoi noch übrig war, donnerte über die Salzebene.

Als der Hubschrauber mit großer Geschwindigkeit in die entgegengesetzte Richtung flog, wurde Jamar immer aufgeregter. Er schrie seine Männer und den Piloten an und schimpfte über alles Mögliche. Den Mystery Man überschüttete er mit Entschuldigungen und immer neuen Versprechungen.

»Alles okay«, sagte er. »Bald beschaffe ich Ihnen noch mehr Waffen. Seien Sie unbesorgt. Morgen zeige ich Ihnen etwas Neues.«

Der Mystery Man hörte ruhig zu und sah angeekelt aus dem Fenster. Er schien seinen Gedanken nachzuhängen, dunklen Gedanken. Plötzlich beugte er sich vor, klopfte Jamar auf die Schulter und gab ihm zu verstehen, daß sie landen sollten.

»Warum?« fragte Jamar. »Hier ist nichts als Wüste.«

Der Mystery Man zeigte auf seine Ohren, was heißen sollte, daß er kein Wort verstanden hatte, und gab wieder Zeichen zur Landung.

Jamar zuckte mit den Achseln und wies den Piloten an zu landen. Ebenso verwirrt wie Jamar suchte der Pilot eine geeignete Stelle aus und brachte den Hubschrauber in einer schnellen, viel Staub aufwirbelnden Landung zu Boden.

Der Mystery Man bedeutete dem Mann neben ihm, die Tür zu öffnen. Als dieser der Aufforderung nachkam, setzte ihm der Mystery Man den Fuß auf den Rücken und stieß ihn hinaus, daß er zu Boden fiel, wo er benommen liegenblieb. Als sich die anderen erschrocken nach ihm umwandten, nahm der Mystery Man das Gewehr in die Hand, welches der Mann auf dem Sitz neben ihm hatte liegenlassen, und richtete es auf Jamar.

»Raus!« brüllte er.

»Wie bitte?« keuchte Jamar.

»Raus!«

»Bitte, tun Sie mir das nicht an«, bettelte Jamar. »Ich verspreche, ich schwöre, daß Sie morgen Ihre Waffen bekommen. Sie erhalten auch Ihr Geld zurück, aber bitte, lassen Sie mich nicht hier!«

Der Mystery Man legte den Finger an den Abzug des Gewehrs und stieß Jamar den Lauf an die Kehle. Jamar schnappte nach Luft. Er öffnete die Tür, sprang hinaus und rieb sich den Hals.

Das Gewehr schwenkte herum und richtete sich auf den Piloten und den anderen Mann, beide sprangen hinaus und hoben die Hände. Der Mystery Man folgte ihnen mit dem Gewehr im Anschlag und befahl ihnen, sich einige Meter vom Hubschrauber zu entfernen. Dann stieg er wieder ein, schloß die Tür und setzte sich auf den Platz des Piloten – dabei hielt er noch immer das Gewehr auf die Männer gerichtet. Jamar stöhnte vor Verzweiflung.

»Ich bitte Sie tausendmal um Vergebung, Sir«, rief er. »Bitte, lassen Sie mich nicht hier!«

Ohne ein weiteres Wort eröffnete der Mystery Man das Feuer und schoß, bis das Magazin leer und die Männer von zahlreichen Kugeln durchlöchert waren. Dann legte er das

Gewehr auf den Sitz neben sich, ließ den Motor des Helikopters an und startete in Richtung Adan.

Eine halbe Stunde später sprach er in Talacina mit dem Kontrollturm der Luftwaffe in Adan. Er sprach Talacina fehlerfrei und fließend.

Unterdessen hatte die Wüstenpatrouille die Unfallstelle des Konvois erreicht und stürzte sich wie Geier bei einem Kadaver auf ihre Beute. Um die schweren Kisten mit Waffen und Munition kümmerten sie sich nicht. Statt dessen sammelten sie die Säcke mit Zucker, Milch, Reis und Maisöl ein und luden sie auf ihre Fahrzeuge.

Der befehlshabende Leutnant stand auf dem Geländewagen und suchte mit seinem Feldstecher die Wüste ab. Weit im Südosten sah er, wie die von dem Konvoi aufgewirbelte Staubwolke immer dünner wurde, und er wußte, daß er, schwer beladen, wie seine Fahrzeuge jetzt waren, die Lastwagen nicht mehr einholen konnte. Aber er wußte auch, um wen es sich bei dem Konvoi handelte und wohin sie wollten, also machte er sich darüber keine weiteren Gedanken. Sobald er zurück im Stützpunkt an der Osama Oase wäre, würde er über Funk das Hauptquartier informieren und ihnen alles weitere überlassen.

Er setzte sich hin und sah zu, wie seine Männer schwitzten, als sie die schweren Mehlsäcke auf den Panzerwagen hievten und sie am Turm übereinander stapelten.

Als sie die verunglückten Lastwagen leergeräumt und alles, was sie mitnehmen konnten, aufgeladen hatten, gab der Leutnant den Befehl zum Abfahren. Langsam fuhren sie den Weg zurück, den sie gekommen waren.

Einige Zeit später näherte sich am Himmel, von Osten her kommend, ein einsamer Militärjet der Unfallstelle. Im Tiefflug überflog er die Trümmer, feuerte aus allen Bordkanonen und warf Brandbomben ab. Diese Übung wiederholte er noch ein paar Mal, bis alle LKWs in hellen Flammen standen. Dann, befriedigt, daß gewiß niemand von den Rebellen von der Ladung der Lastwagen profitieren würde, kehrte der einsame

Flieger um, flog nach Osten und verschwand schnell am immer dunkler werdenden Himmel.

Das Feuer brannte die ganze Nacht, warf seinen blutroten Schein auf den größten Teil des zentralen Wüstenlandes und war viele Meilen im Umkreis noch zu sehen.

KAPITEL 10

Aus einer Entfernung von vielen Kilometern beobachtete Jack nachdenklich den grellroten Schein am Himmel. Er fragte sich, was ihnen als nächstes widerfahren würde.

Der Konvoi hatte für die Nacht halt gemacht, und die Lastwagen standen einer hinter dem anderen, Stoßstange an Stoßstange, auf der Piste. Die Fahrer saßen in Grüppchen beisammen, unterhielten sich, rauchten und kauten *khat* – ein bei sudanesischen Fahrern äußerst beliebter Zeitvertreib. In einem der Trucks spielte Happy Harry auf seiner Mundharmonika wehmütige Melodien, während sich Jack und Gail in der *Arche Noah* ausruhten.

Niemand hegte den geringsten Zweifel daran, daß die Wüstenpatrouille sie verfolgen würde. Die große Frage war nur, wie die Soldaten sich verhielten, wenn sie den flüchtigen Konvoi eingeholt hätten.

»Wir sind für sie nichts anderes als Schmuggler und vor allem Waffenschmuggler«, sagte Jack zu Gail. »Sie erschießen derlei unerwünschte Typen – die einen wie die anderen.«

»Aber sie können doch nicht einfach...«

»Uns alle umbringen?«

Gail nickte unsicher.

»Doch, sie können«, sagte Jack.

»Aber wir haben die Waffen ja nicht hereingeschmuggelt«, erwiderte Gail. »Das können wir auch beweisen.«

»Wie denn?«

»Ja nun«, sagte sie, »wir haben schließlich Jamars Fahrer. Sie können bestätigen, daß wir mit dem Laden der Trucks nichts zu tun hatten.«

»Um dann selbst erschossen zu werden?« Jack schüttelte heftig den Kopf. »Keine Chance. Wir haben es hier mit Verrätern zu tun, nicht mit Märtyrern. Du hast ja selbst gesehen, wie schnell sie sich alle auf Jamars Seite geschlagen haben. Machen wir uns nichts vor – der einzige Grund, warum sie noch hier sind, ist doch, daß wir sie nicht loswerden können.«

»Könnten sie uns loswerden?«

»Meuterei?«

»Sowas ähnliches.«

Jack dachte darüber nach. Dann schüttelte er den Kopf.

»Nicht ohne Jamar«, sagte er. »Sie sind daran gewöhnt, daß man ihnen sagt, was sie zu tun haben. Ohne Befehle sind sie nichts anderes als Zombies. Und so lange ich die Führung in der Hand halte, werden sie folgen. Es ist keiner unter ihnen, der fähig wäre, eine Meuterei anzuzetteln.«

»Gibril?«

»Das ist ein Mann, auf den wir achten müssen«, stimmte ihr Jack zu. »Der Hauptmann hat uns nie gesagt, welche Verbrechen er begangen hat.«

»Und wir wissen auch nicht, wie er der Festnahme entgangen ist, als die anderen Diebe und Mörder verhaftet wurden«, ergänzte Gail.

»Wir müssen Gibril wirklich im Auge behalten«, sagte Jack.

»Mr. Jacks«, rief draußen jemand.

»Wenn man vom Teufel spricht…«, sagte Jack.

Im Rückspiegel sah Jack die vertraute Gestalt von Gibril, wie er mit seinen O-Beinen an der Reihe der Trucks entlang angelaufen kam.

»Mr. Jacks!« rief er wieder.

Jack öffnete die Tür und sprang hinunter. Gail lehnte sich aus dem Fenster.

»Mr. Jack«, korrigierte ihn Jack. »Oder einfach Jack. Wo ist eigentlich Dein ›Boß‹ geblieben?« Gibril blieb verwirrt stehen, in seinem Kopf arbeitete es heftig, und er begann, die Rede, die er sich zurechtgelegt hatte, neu zu überlegen, was seine Verwirrung nur noch steigerte.

»Vergiß es. Du scheinst ein Problem zu haben?«

»Ja, Boß«, sagte Gibril. »Aber diese Fahrer…«

»Was ist los mit ihnen?«

»Es sind alles Afrikaner.«

»Ich weiß.«

»Ihnen ist nicht beizubringen, warum sie kein Feuer machen dürfen, wo doch die Nacht so kalt ist.«

»Ich hab es Dir doch erklärt, Gibril«, antwortete Jack geduldig. »Wenn sie Feuer machen, kommen böse Menschen aus der Wüste und werden sie töten.«

»Warum, Mr. Jacks?«

»Warum?« schrie Jack. »Liest Du denn nie die Zeitung?«

»Zeitung?«

»Ach, vergiß es«, sagte Jack. »Sag ihnen, daß hier Krieg ist, ob sie nun etwas davon sehen oder nicht. Menschen bringen sich gegenseitig um, während andere verhungern. Frag nicht wieder, warum. Du mußt es ihnen irgendwie erklären.«

»Ich bin Araber, Mr. Jacks«, erinnerte ihn Gibril.

»Sehr schön«, sagte Jack. »Aber Gewehrkugeln kennen den Unterschied nicht.«

Das gab Gibril einen Augenblick lang zu denken. Zwischen seinem mageren Englisch und seinem Bemühen, als nichts anderes als ein dummer Araber zu erscheinen, entging ihm eine ganze Menge von dem, was um ihn herum passierte.

»Reden Sie jetzt mit den Männern?«

»Nein«, antwortete Jack. »Du sprichst mit ihnen, Gibril. Du bist jetzt mein wichtigster Mann.«

»Ich?«

Jack nickte. Gibril zögerte, und, nicht ganz sicher, ob er auch richtig verstanden hatte, ging er gedankenverloren den Weg zurück, den er gekommen war. Jack sah ihm nach. Er fragte sich, ob er eine kluge Entscheidung getroffen hatte. Als Sprecher der Fahrer hätte Gibril noch größeren Einfluß auf sie und damit mehr als genug Gelegenheiten, um eine Rebellion auszuhecken und zu schüren. Doch das war auf jeden Fall besser, als wenn er herumgeschlichen wäre und dies alles heimlich unternommen hätte. Auf diese Weise glaubte sich Jack in der Lage, noch größere Autorität geltend machen zu können.

Jack kletterte in den Truck zurück, schmiegte sich ganz dicht an Gail und zündete eine Zigarette an. Lange saßen sie so eng nebeneinander, schauten zu, wie die Dunkelheit hereinbrach, und horchten auf die Geräusche der anderen, die ihre Vorbereitungen für die Nacht trafen. Je dunkler es draußen wurde, desto sicherer fühlten sie sich, denn sie wußten, daß die Patrouille sie nachts niemals finden konnte, wenn keine Lagerfeuer brannten.

Schakale und Hyänen waren unterwegs, von Zeit zu Zeit drang ihr Heulen durch die Einsamkeit der Nacht. Millionen Sterne funkelten am wolkenlosen Himmel, und ein kalter Wind blies Staub in die Lastwagen.

»Du hast mir überhaupt nichts von der Kälte erzählt«, klagte Gail und schmiegte sich noch näher an Jack. »Und auch nichts von Skorpionen und Schlangen und all dem Sand.«

Jack streichelte ihr Haar.

»Ich dachte, Dir wäre das klar gewesen.«

Sie hob ihr Gesicht und küßte ihn, dann umarmten sie sich lange.

»*E.Z.* an *Arche Noah*«, knatterte es aus dem Radio. »*E.Z.* an *Arche Noah*. Bitte kommen, *Arche Noah*.«

Ganz außer Atem holte Jack tief Luft, dann griff er zum Mikrofon.

»Was ist los, Eddie?«

»Hallo, Jack, schön, deine Stimme zu hören«, sagte Eddie gutgelaunt. »Überhaupt nichts ist los, nur ein bißchen einsam hier hinten und...«

»Du suchst also jemanden, der Dir eine Gutenachtgeschichte vorliest?«

»Falsch!«

»Was dann?« fragte Jack. »Bist Du vielleicht enttäuscht, daß das hier doch nicht so eine tolle Ferienreise ist, wie Du Dir vorgestellt hast?«

Schweigen. Eddie wunderte sich über den Ton in Jacks Antwort und seine Stimmung.

Schließlich fragte er ruhig: »Worüber ärgerst Du Dich so, Jack?«

Eine andere Stimme platzte herein. »Warum ist er denn so sauer? Er hat doch alles, was Spaß macht!«

»Halt den Mund, Sam«, sagte Eddie.

»Warum sollte ich? Schließlich geht es hier auch um mein Leben, hast Du kapiert?«

»Halt den Mund, Sam.«

»He, he, he...«

»Was soll das, Boys, benehmt Euch nicht wie kleine Kinder!«

»Wollt Ihr wohl bitte alle den Mund halten!« schrie Jack wütend.

Stille. Gail seufzte. Sie schloß die Augen und gab sich alle Mühe, die in ihr hochsteigende Wut zu unterdrücken.

»*Wenn die Zeiten schwierig werden...*«, sang Happy Harry.

»Schalte Dich mal aus, Harry!« sagte Jack. »Offensichtlich habt Ihr alle etwas zu sagen – also, einer nach dem andern, bitte. Was ist los, Eddie?«

»Wie Du weißt«, sagte Eddie, »sitze ich hier hinten ganz allein...«

»Während Du mit meiner Frau vorn sitzt.«

»Halt's Maul, Sam!« sagte Eddie. »Also Jack, ich fühle mich ziemlich ungeschützt, ich sitze hier ganz wehrlos und warte darauf, erschossen oder lebendig gefressen zu werden.«

»Von wem?«

»Woher soll ich das wissen, Mann?« sagte Eddie. »Dies ist ein Land voller Überraschungen!«

»Und?«

»Und wie Du Dich vielleicht erinnerst«, sagte Eddie, »ist bei der Ladung hinten in diesem Truck einiges dabei, was ein gewisser Jamar Ali Baba hinterlassen hat.«

»Vergiß es, Eddie.«

»Ich fühlte mich sicherer, wenn ich ein Gewehr im Arm hätte.«

»Ich hab gesagt, vergiß es!«

»Und warum?«

»Halt Dich hier raus, Sam!«

»Warum?«

»Hast Du eine Vorstellung davon, was passieren würde, wenn herauskäme, daß das Personal eines zivilen und dazu noch illegalen Hilfskonvois, der Nahrungsmittelhilfe transportiert, mit Schußwaffen ausgerüstet ist?«

Ruhe, während alle über Jacks Worte nachdachten.

»Ich kann Euch nur eins sagen: Sie würden uns in einer Reihe aufstellen und uns alle erschießen.«

Das Schweigen lastete schwer. Die Schatten unter den Felsen und den spärlichen Büschen nahmen dunkle, unheimliche Formen an.

»Na, Jack«, sagte Eddie schließlich. »Tatsache ist, daß wir Waffen bei uns haben.«

»Wir laden sie morgen früh aus und lassen sie hier«, sagte Jack.

»Was?« schrie Sam.

»Du hast gehört, was ich gesagt habe, Sam«, sagte Jack. »Hast Du sonst noch ein Problem?«

»Ja, Du bist das Problem.« Sams Stimme klang unwirklich, voller Verachtung. »Du bist nichts als ein Haufen Scheiße!«

»Danke, Sam«, sagte Jack ruhig. »Phil, hast Du noch was zu sagen?«

»Gute Nacht, Jack.«

»Gute Nacht, Phil.«

»Bin mit Dir noch nicht fertig, Jack.«

»Gute Nacht, Sam.«

»Willst Du wohl herhören, Du...«

»Gute Nacht, Sam.«

»Hör zu, Du blöder Typ«, tobte Sam. »Wer, denkst Du eigentlich, daß Du bist? Mit unserem Leben hier Pfadfinderspiele zu veranstalten! Deine total verrückten Ideen kotzen mich an. Morgen verlasse ich dieses verfluchte Land. Hast Du gehört? Verdammt nochmal, antworte mir!«

»Ich habe Dich gehört, Sam«, sagte Jack finster.

Schweigen und schweres Atmen am Radio. Jack starrte auf das Gerät und dachte nach. Gail langte nach dem Mikrofon.

»Dieser Sender macht Schluß für heute«, sagte sie. »Gute Nacht, alle zusammen.«

»Halt die Schnauze, Du Hure...«

Gail schaltete das Radio aus. »Schalte wieder ein«, sagte Jack ruhig.

»Jack...«

»Das Radio ist unsere einzige Verbindung untereinander«, sagte er. »Schalte es wieder ein.«

»Jack«, sagte sie. »Ich habe es nicht nötig, mir die Tobsuchtsanfälle eines Wahnsinnigen anzuhören.«

»Mir gefällt das auch nicht«, sagte er. »Aber wir können das Radio auf keinen Fall ausschalten.«

»Jack, Du mußt einmal eine Nacht richtig durchschlafen, Ihr fangt ja alle an durchzudrehen.«

»Würdest Du jetzt bitte das verdammte Radio einschalten!« fuhr Jack sie an. »Und spiel Dich mir gegenüber nicht als Ärztin auf. Davon hab ich die Schnauze voll.«

Gail schwieg. Sie kochte innerlich und gab sich die größte Mühe, ihre Wut unter Kontrolle zu halten.

»Du Bastard«, brach es aus ihr heraus.

Sie wandte sich von ihm ab, riß die Tür auf und sprang hinaus. Jack beobachtete sie, wie sie den Umkreis des Konvois verließ und vor sich hin schimpfend in die Wüste hinaus stolperte, bis sie nur noch ein Schatten in der Nacht war. Nach ungefähr fünfzig Metern blieb sie stehen und starrte in die Finsternis hinaus.

Der kalte Nachtwind brachte sie wieder zu sich. Plötzlich wurde sie sich der seltsamen Laute bewußt, die von den Tieren kamen, die in der Nacht die Wüste lebendig werden ließen. Ziemlich in der Nähe lachte ein Schakal. Ihr fielen die giftigen Schlangen und Skorpione ein, die in der Dunkelheit sehen konnten, und sie mußte sich sehr zusammenreißen, um nicht geradewegs zum Truck zurückzurennen.

Jack holte eine Wolldecke von dem Bett hinter der Kabine, zog den Reißverschluß seiner Jacke hoch und sprang hinaus.

Langsam ging er auf Gail zu und legte ihr die Decke um die Schulter.

»Tut mir leid«, sagte er.

Sie warf sich ihm in die Arme. Er küßte sie.

»Warum hast Du ihn mitgenommen?«

»Er hat sich freiwillig gemeldet«, sagte Jack. »Wie alle anderen auch. Ich konnte nicht nein sagen.«

»Er haßt mich.«

»Ich weiß.«

»Und Dich jetzt auch.«

»Ich weiß.«

Ein nahes Geräusch schreckte sie auf. Jack richtete seine Taschenlampe in die Richtung, aus der das Geräusch gekommen war. Ein Tier mit funkelnden roten Augen jaulte erschrocken auf und verschwand in der Nacht.

»Hyänen«, sagte Jack. »Gehen wir lieber wieder zum Wagen.«

Er legte den Arm um sie, und sie kehrten ruhig zu ihrem Truck zurück. Jack leuchtete mit der Taschenlampe in alle Richtungen, um die lauernden Hyänen in Schach zu halten.

Aus der Kabine seines Lastwagens beobachtete Sam Johnson, wie sie zusammen zur *Arche Noah* zurückgingen, und ihm wurde klar, daß seine obszönen Tiraden am Radio ganz umsonst gewesen waren. Verärgert nahm er einen großen Schluck aus der Zweiliterflasche mit zollfreiem Whisky, die er auf dem Schoß hielt.

KAPITEL 11

In jener Nacht schlief Eddie am schlechtesten von allen. Als letzter im Konvoi wachte er die halbe Nacht lang kalt und einsam in seinem Lastwagen und machte sich Sorgen. Vielleicht war es doch nicht so gut gewesen, Sam Johnson mitkommen zu lassen. Obwohl er nach außen zäh, stark und draufgängerisch schien, war er genau der Typ, der sich extremen Belastungen nicht gewachsen erwies. Früher war dasselbe schon einmal passiert – im heißen und feuchten Dschungel Vietnams war Sam eines Morgens aus einem Alptraum erwacht und überzeugt gewesen, daß sein Zugführer ihn umbringen lassen wollte. Und nun wollte Sam, obwohl Gail und er seit Jahren nicht mehr zusammengelebt hatten und geschieden waren, einfach nicht wahrhaben, daß Gail das Recht hatte, einen anderen Mann zu lieben.

Eigentlich konnte man sich auf Sam Johnson immer verlassen. Er, Eddie und Jack waren einen langen Weg zusammen gegangen – seit damals, als sie angefangen hatten, sich mit einer kleinen Popgruppe, die unter dem Namen *Atomic Age* bekannt geworden war, einen vorderen Platz in der Musikindustrie zu erobern. Sie hatten zusammen durchgehalten, mehrere Zusammenbrüche und Neuanfänge überstanden, die Dschungel Südostasiens überlebt und später das Leben auf Konzerttour durch die Dschungel der amerikanischen Großstädte.

Trotzdem machte sich Eddie Rook wegen Sam Sorgen. Er saß die halbe Nacht wach, horchte auf die Geräusche der Wüste und beobachtete durch das Fenster, wie die Hyänen rings um die Trucks nach Abfällen suchten und auf weggeworfenen Zigarettenpackungen herumbissen.

Lange nach Mitternacht schlief er endlich ein, fiel in einen leichten, unruhigen Schlaf und träumte, er sei zu Hause in New York.

Als der Morgen dämmerte, wachte er auf und sah, wie das graue Morgenlicht die Wüste überflutete und ihre dürre und öde Kargheit erbarmungslos preisgab. Er warf die leichte Decke von sich und kletterte aus seiner Fahrerkabine. Die Luft war kalt und frisch, so frisch, daß man den Sauerstoff beinahe riechen konnte. Er reckte und streckte sich, holte einige Male tief Luft, dann pinkelte er an die Hinterräder des Lastwagens, wo die Wildhunde in der Nacht dasselbe getan hatten. Sie waren jetzt mit den Hyänen verschwunden und hatten sich in die felsigen Rinnen und Löcher verkrochen, in die sie sich tagsüber vor der Wüstensonne flüchteten.

Als Eddie bemerkte, daß eine Hyäne versucht hatte, einen der Reifen anzuknabbern, ging er um den Wagen herum, um auch die anderen Reifen zu inspizieren. Überrascht blieb er stehen.

Den ganzen Konvoi entlang standen die sudanesischen Fahrer mit erhobenen Händen auf Strohmatten, als befänden sie sich in Trance. Während Eddie zu ihnen hinsah, verbeugten sie sich, knieten nieder und küßten die Erde. Dann, noch immer vor sich hinmurmelnd, erhoben sie sich und wiederholten das Ganze.

»Was zum Teufel soll das heißen?« fragte sich Eddie.

Langsam und erschöpft ging er zu Sams Truck und klopfte ans Fenster. Die Tür öffnete sich. Sam sprang herunter, er trug nichts als seine Shorts. Seine Augen waren blutunterlaufen, das Gesicht aufgedunsen von vielem Alkohol und fehlendem Schlaf. Sein Kopf schmerzte – auch seine Nacht war nicht sehr gut gewesen.

»Was sagst Du dazu«, meinte Eddie und zeigte mit dem Daumen auf die Fahrer.

»Ich beobachte sie schon seit zehn Minuten«, antwortete Sam. »Ich weiß auch nicht, was sie vorhaben. Offensichtlich eine Art organisierter, gut einstudierter Routine.«

»Sonnenanbetung?«

»Die Sonne steht dort drüben.« Sam wies in die andere Richtung.

Tatsächlich ging gerade die Sonne auf, und mit ihr stiegen die Temperaturen fühlbar an. Sam wässerte einen Vorderreifen seines Trucks.

»Hör zu«, sagte er zu Eddie und zog den Reißverschluß an seiner Hose hoch. »Zermartere Dir nicht das Gehirn, um den technischen Namen für diese Erscheinung rauszufinden. Ruf Jack. Der weiß doch alles.«

Eddie langte nach Sams Mikrofon.

»EZ an *Arche Noah. EZ* an *Arche Noah*«.

Keine Antwort.

»EZ an *Arche Noah. EZ* an *Arche Noah.«*

Keine Antwort. Nach mehreren vergeblichen Versuchen, Kontakt mit Jack aufzunehmen, sagte Eddie zu Sam: »Meinst Du, er ist immer noch sauer auf Dich?«

»Stinksauer!«

»Weißt Du, Sam«, sagte Eddie ernst, »Du solltest zum Psychiater gehen.«

Er setzte seine Versuche am Radio fort. Sams lästerliche Flüche beachtete er nicht.

»EZ an *Arche Noah. EZ* an *Arche Noah.* Jack, kommen, bitte! Verdammt nochmal! Der Tag des Jüngsten Gerichts ist möglicherweise angebrochen!«

»Was ist denn das für 'ne Panik?« erkundigte sich dafür eine andere Stimme.

»Phil, wo bist Du?« fragte Eddie.

»Im Bett, wo sonst?«

»Sieh mal zum Fenster raus, Phil!«

»Ich sehe.«

»Und?«

»Was und?«

»Was machen die denn da?«

»Gottesdienst.«

»Gottesdienst?«

»Sie beten.«

»Ach so!« sagte Eddie nachdenklich. »Und warum schauen sie alle auf meinen Lastwagen?«

»Sie sind Muslime«, erklärte Phil. »Muslime müssen beim Beten nach Mekka gucken, eine Stadt in Saudi-Arabien. Es ist eine Art Relaisstation. Mekka befindet sich direkt nördlich von uns.«

»Daher also«, meinte Eddie leise. »Vielen Dank, Phil.«

»Gern geschehen!«

Sam holte seinen Kompaß hervor, schüttelte ihn und richtete ihn nach Norden. Er blickte auf die Fahrer und sagte zu Eddie: »Sie haben sich um fünf Grad vertan.«

Eddie nahm den Kompaß und betrachtete ihn von allen Seiten.

»Wirklich, ein guter Kompaß«, sagte er.

»Den habe ich mir von Jack geliehen«, erklärte Sam. »Ich weiß ganz gern, in welche Richtung ich fahre. Auch wenn ich keine Ahnung habe, wohin ich fahre.«

Laut sagte er zu dem Fahrer, der ihm am nächsten stand: »He, Du guckst in die falsche Richtung!«

»Scheiße, verdammte Scheiße!« rief Eddie mit dem Blick nach Nordosten. »Sieh Dir das mal an!«

Sam folgte seinem Blick bis zu den beiden silbrigen Pfeilen, die am klaren Morgenhimmel herflogen. Das Motorengeräusch war aus dieser Entfernung kaum zu hören.

»Wir müssen Jack rufen«, sagte Eddie und griff nach dem Mikrofon. »*EZ* an *Arche Noah. EZ* an *Arche Noah.*«

Sie beobachteten, wie die Flugzeuge dünne weiße Wolkenstreifen an den kühlen Morgenhimmel malten.

»*EZ* an *Arche Noah. EZ* an *Arche Noah*, kommen, verdammt nochmal!«

Phil kam und stellte sich neben sie, gemeinsam beobachteten sie, wie die Flugzeuge eine Wendeschleife flogen.

»Glaubst Du, daß sie uns gesehen haben?« fragte ihn Sam.

»Aber klar«, erhielt er als Antwort. »Garantiert sind sie unseretwegen so früh aufgestanden.«

Eddie versuchte immer wieder, Jack ans Radio zu kriegen, seine Stimme wurde mit jeder kostbaren Sekunde, die verstrich, lauter.

»*EZ* an *Arche Noah. EZ* an *Arche Noah*.«

»Das kommt davon, wenn man Frauen und Geschäfte nicht auseinanderhalten kann«, sagte Sam.

»*EZ* an *Arche Noah*, bitte kommen!«

»Paßt auf«, sagte Phil, der im Krieg Bomberpilot gewesen war. »Sie fliegen jetzt gleich eine große Rechtsschleife, werden unter ihrer eigenen Spur durchtauchen und dann direkt über uns rauskommen.«

Und während sie noch, hypnotisiert von der akrobatischen Schönheit des Schauspiels den Flugzeugen nachblickten, begannen diese, noch immer in Formation fliegend, das von Phil beschriebene Manöver durchzuführen: Langsam, fast faul tauchten sie herab und direkt auf der Linie des Konvois wieder auf.

»Seht Ihr wohl, sagte Phil. »Diese Kerls sind verdammt gut. Wir müssen schnellstens von hier weg. Wo zum Teufel bleibt Jack?«

»Scheiße!« schrie Sam, als die Flugzeuge direkt auf sie Kurs nahmen.

Eddie ließ das Mikrofon fallen, rannte den Konvoi entlang und schrie aus vollem Hals nach Jack. Sam und Phil unterbrachen das Morgengebet der Araber und scheuchten die verwirrten Fahrer, so schnell wie möglich in die Wüste hinauszurennen, weg von den Lastwagen. Die meisten begriffen überhaupt nicht, um was es ging. Aber ihnen alles zu erklären, dafür blieb keine Zeit mehr.

»Fort!« brüllte Sam. »Weg von den Lastern, rennt los, wenn Euch Euer Leben lieb ist! Schneller, schneller!«

Einen Augenblick später waren die Flugzeuge über ihnen und beschossen aus dem Tiefflug heraus den gesamten Konvoi.

Eddie warf sich auf den Boden und bedeckte den Kopf mit beiden Händen, als die Geschosse niederprasselten, Metall auf Metall schlug und Querschläger gefährlich durch die Luft pfiffen. Die Bomber donnerten über ihn hinweg, ihr Motorengeheul erschütterte die Wüste. Sie hinterließen einen beißenden, heißen Gestank nach verbranntem Treibstoff.

Eddie sprang auf und stieß mit Jack zusammen, der aus der *Arche Noah* schwankte und seine Hose hochzog.

»Was um Himmels willen war das?«

»Jagdflieger«, sagte Eddie atemlos. »Ich habe tausendmal versucht, Dich per Radio zu warnen.«

Chaos und Verwirrung überall. Die Fahrer, die nun begriffen hatten, was los war, rannten in alle Himmelsrichtungen davon. Einige suchten unter den LKWs Schutz.

»Weg von den Lastern«, schrie Jack. »Holt sie von dort weg. Gail! Gail!«

Eddie rannte am Konvoi entlang zurück und brüllte die Fahrer an, in die offene Wüste zu flüchten.

»Das war nur eine Probe«, sagte Phil zu Sam, als sie sahen, wie die Bomber in einiger Entfernung wendeten. »Der richtige Angriff mit Raketen und allem drum und dran kommt erst noch. Holt die Idioten unter den Lastern weg.«

Sam packte ein Bein, zog einen erschrockenen Fahrer unter der Hinterachse seines Trucks hervor und wies hinaus in die Wüste.

»Dort liegt Deine Rettung«, schrie er. »Renn los!«

»Ich hoffe, Du hast um ein langes Leben gebetet«, sagte Phil zu einem anderen. »Jetzt geht's los, hier kommt die wirkliche Scheiße!«

Einen Augenblick lang herrschte Ruhe, als die Bomber ihr Wendemanöver ausführten und sich, die Nasen nun auf den Konvoi gerichtet, zum nächsten Angriff formierten. Unmittelbar danach hörte man das unheimliche Heulen, das sich immer mehr steigerte, als sie näherflogen, bis das erschütternde Donnern der Kampfbomber genau über ihnen war.

»Phil!« brüllte Sam. »Phil!«

Phil gab seine nutzlosen Bemühungen auf, mehrere vor Schreck erstarrte Fahrer unter den LKWs hervorzuzerren, drehte sich um und rannte von den Trucks weg, als es Geschosse zu hageln begann und die Hölle hereinbrach.

Raketen pfiffen herab und explodierten. Ganze Trucks brachen unter den ungläubigen Blicken der Fahrer zusammen, die unter ihnen Schutz gesucht hatten und nun von ihnen begraben wurden. Andere krochen unter den noch intakten Wagen hervor und suchten Rettung in der offenen Wüste. Einige Trucks explodierten, und der schwarze Rauch verstärkte Chaos und Lärm.

In einer leichten Vertiefung im Sand lagen Jack Rivers und Gail Johnson aneinandergepreßt und beobachteten, wie der zweite Bomber den Konvoi beschoß, aus dem Tiefflug wieder hoch ging, wendete und zu einem weiteren Angriff ansetzte. Ganz am Ende des Konvois sprang Sam Johnson auf und rannte los.

»Sam!« schrie Jack verzweifelt. »Ist er wahnsinnig geworden?«

Phil folgte ihm. Zusammen rannten sie zum Truck *Eilzustellung*, rissen den Laderaum auf, kletterten hinein und erschienen einen Augenblick später wieder mit Kisten voll automatischer Gewehre und Munition, die sie aus dem Wagen zerrten.

Mehrere Männer rannten herbei, um ihnen zu helfen. Jack sah im vollen Bewußtsein seiner Niederlage zu, wie die Männer Waffen und Munition aus dem Truck holten und die Holzkisten in sichere Entfernung vom Konvoi brachten.

Die Flugzeuge kehrten zurück und starteten ihren schlimmsten Angriff. Die Männer ließen alles liegen und stehen und rannten los, um sich in Sicherheit zu bringen. Geschosse und Raketen pfiffen durch die Luft. Eine Rakete traf direkt in den offenen Laderaum von *Eilzustellung* und explodierte. Der Truck wurde hochgeworfen und löste sich in seine Einzelteile auf, dabei flogen lichterloh brennende Wagenteile und Metallsplitter in weitem Umkreis durch die Luft.

Wie gebannt starrten die Männer auf die Stelle, wo der Truck in einer riesigen Explosion verschwand, und dort, wo er gestanden hatte, nichts zurückblieb als ein gähnender Krater.

Dann flogen die Bomber eine weit ausholende Schleife und verschwanden, als ob nichts geschehen wäre, Richtung Osten, dorthin, woher sie gekommen waren.

Die Fahrer sahen den Flugzeugen nach, bis sie in der Ferne verschwunden waren, dann sprangen sie wie ein Mann auf, um zu retten, was noch zu retten war.

Jack gab schnelle und genaue Anweisungen. Gibril wiederholte ebenso schnell alles auf Arabisch. Die Männer machten sich an die Arbeit.

Überall standen Lastwagen in Flammen, dicker Rauch erfüllte die Luft. Jene LKWs, die den Angriff heil überstanden hatten, wurden aus dem Chaos gefahren und in einiger Entfernung geparkt. Nur zweiundzwanzig Trucks hatten überlebt, die übrigen waren explodiert, standen in Flammen oder waren so schwer beschädigt, daß eine einfache Reparatur nicht genügt hätte, sie wieder flott zu machen. Unter den Davongekommenen waren *Arche Noah, Zion Express* und *Hungerbrecher*.

Von den fünfzehn fehlenden Fahrern war nur noch ein halb verkohlter Arm übrig geblieben. Die anderen waren in dem rasenden Inferno verbrannt und zu Staub geworden. Bei den Überlebenden gab es wenig und nur kleine Verletzungen, die die meisten sich bei ihrer Flucht in die Sicherheit der Wüste zugezogen hatten.

Während Gail die Verletzten versorgte, kümmerte sich Jack um eine Neuorganisation des Konvois und um Mitfahrgelegenheiten für alle, die ihren Wagen verloren hatten. Seine inständigen Bitten an die Männer, die Schußwaffen liegen zu lassen, stießen auf taube Ohren.

»Phil, Du nimmst zusammen mit Harry *Hungerbrecher*«, sagte er. »Nimm auch noch Sam mit und ungefähr fünf von den Sudanesen.«

»Dort ist kaum für drei Platz«, sagte Sam und schlang sich ein voll geladenes automatisches Gewehr über die Schulter.

»Sucht ihnen irgendeine Ecke, sie können auch auf dem Trittbrett fahren«, antwortete Jack.

Sam stopfte sich die Taschen mit Munition voll.

»Mir wäre lieber, Du würdest dieses Ding nicht mit Dir rumtragen, als befänden wir uns mitten im Krieg«, sagte Jack.

Sam zeigte auf die Trümmer des Konvois. »Was ist dann das hier?«

Jack wandte sich um und ging weg.

Eine halbe Stunde später verließen die Überreste des *Arakan Express* niedergedrückt den Kriegsschauplatz und setzten im Eiltempo ihre Fahrt fort.

KAPITEL 12

Zwei Tage später ließ der Konvoi die rauhen Pisten der grauen Savanne hinter sich und fuhr in das hügelige Vorgebirge des zentralen Hochlandes hinein. Dort kamen sie in das erste Dorf.

Der Ort, der inmitten einer staubigen Senke lag, die einstmals vom reichlich wachsenden Getreide grün gewesen war, umfaßte ungefähr drei Dutzend zerfallene, früher mit Stroh gedeckte Lehmhäuser. In den Tagen gebaut, als das Land noch fruchtbar und die Menschen wohlhabend gewesen waren, sahen die Häuser nun baufällig aus und vom Wetter sehr mitgenommen – das schockierende Nachspiel einer Naturkatastrophe.

Die *Arche Noah* fuhr dem Konvoi voran durch die verlassenen Straßen und hielt auf dem Dorfplatz an. Im Dorf war es totenstill. Angst und Verzweiflung hatten sich wie ein Leichentuch über die zerfallenen Gebäude gebreitet. Nur Staub wirbelte durch die Straßen und in die Hintergassen. Die Fahrer kletterten aus ihren Wagen und trauten kaum ihren Augen, als sie das Bild der Verwüstung sahen, das sich ihnen ringsum bot.

Gail sprang aus dem Truck, stellte sich neben Jack und fragte, wo die Menschen denn hingegangen seien.

»Sie befinden sich hier irgendwo«, meinte er, »und beobachten uns aus ihren Verstecken.«

»Warum?«

»Kann sein, daß sie früher einmal herbeigeeilt sind, um Fremde willkommen zu heißen, und es später bereuen mußten.«

Der Hügel hinter dem Dorf war kahl, so kahl wie ein riesiger weißer Schädel.

»Wie heißt dieses Dorf? Bahadir?«

»Nein, wir sind noch nicht in Bahadir«, er legte ihr den Arm um die Taille, »aber jetzt ist es nicht mehr weit.«

Er küßte sie auf die Stirn. Diese spontane Geste, die fürsorglich und liebevoll aussah, wirkte wie ein Signal. In ihren Verstecken kamen die Beobachter zu dem Schluß, daß Menschen, die Zärtlichkeiten austauschen, unmöglich Böses im Schilde führen können. Türen, die sich öffneten, quietschten laut – was in der Stille unheimlich klang. Fast wie aus ihren Gräbern kamen die Überlebenden der Hungerkatastrophe aus den Ruinen ihrer Häuser gekrochen und näherten sich vorsichtig den Fremden.

Es waren ungefähr hundert, alle bis auf die Knochen abgemagert, so ausgezehrt, daß sie nichts mehr voneinander unterschied – eine Ansammlung von Skeletten. Ihre Kleidung, obwohl nicht ganz zerschlissen, war abgetragen und schmutzig und durchtränkt vom Geruch des Todes – ein heißer und schmutziger Gestank, der alles zu überdecken schien.

Ohne ein Wort zu sprechen, kamen sie zum Brunnen und blieben dort stehen.

Die Fremden standen wie erstarrt einfach da. Sie hatten einen Schock erlitten. Es war ihre erste Begegnung mit dem wahren Gesicht des Hungers, mit dem alles zerstörenden Zustand des Verhungerns, der den Menschen ihre letzte Würde nimmt. Der Schock wirkte sich nicht bei allen gleich aus: Die einen wurden vom Entsetzen gepackt, so daß sie sich am liebsten abgewandt hätten und weggelaufen wären. Andere empfanden derartigen Ekel, daß ihnen schwindelig wurde und ihr Magen sich umdrehte.

Jack Rivers war der erste, der seine Fassung wiedergewann. Er hatte bei seinen früheren Besuchen noch Schlimmeres gesehen und konnte deshalb jetzt den anderen beistehen, mit ihrer ersten Reaktion fertigzuwerden. Das beste Mittel, um über den Schock hinwegzukommen, bestand darin, auf die Menschen zuzugehen, ihre Hände zu schütteln, mit den lebenden Leichnamen zu sprechen und sich selbst davon zu überzeugen, daß es in der Tat Menschen waren.

»Phil«, bestimmte Jack mit aller Entschlossenheit, »gib ihnen Wasser. Sam, öffne *Hungerbrecher*. Harry, sieh zu, daß sie sich in einer Reihe aufstellen.«

Eddie, der sich wie in Trance bewegte, trat an Jacks Seite. Er sah sehr unglücklich aus.

»Jack«, sagte er. »Das hier sind kaum hundert! Was ist mit den sechsundachtzigtausend?«

»Wir sind noch nicht in Bahadir«, antwortete Jack. »Hier lebten früher zwanzigtausend Menschen.«

»Warum sind keine Kinder da?« fragte Gail.

»In einer Situation wie dieser«, erklärte ihr Jack, »sterben die ganz jungen und die ganz alten zuerst. Sie haben die geringste Widerstandskraft und leiden am meisten.«

Gail strömten die Tränen übers Gesicht.

»Nun, Frau Doktor«, sagte Jack. »Jetzt geben wir ihnen, soviel wir können, dann fahren wir weiter. Wir müssen noch viele Flüsse überqueren.«

In der Ferne sahen sie das blaugraue Hochland der Zentralregion – das eigentliche Ziel ihrer Reise.

KAPITEL 13

Als die Guerilleros kamen, schliefen alle noch. Die Trucks standen im Halbkreis in einer kleinen Senke am Fuß eines felsigen Hügels. Die Fahrer, die ihr erstes richtiges Nachtlager nach dem Überschreiten der Grenze auszunutzen gedachten, schliefen lange, einige in den Kabinen ihrer Trucks, andere in ihren Schlafsäcken neben niedergebrannten Lagerfeuern.

Jack Rivers lag neben einem noch immer schwelenden Feuer in seinem Schlafsack. Als einziger war er schon wach. Am Abend hatte er einen heftigen Streit mit Sam Johnson gehabt. Sam hatte Jack plötzlich beschuldigt, ihn und seine Freunde mit Gewalt gezwungen zu haben, auf diese gefährliche, schlecht vorbereitete Expedition mitzukommen. Er machte Jack für die Todesfälle während des Angriffs auf den Konvoi verantwortlich und drohte, ihn vor der ganzen Welt bloßzustellen, sollten sie Afrika jemals wieder lebend verlassen.

Gail hatte wie üblich nichts Besseres zu tun gewußt, als mit beiden Füßen ins Fettnäpfchen zu treten, sie egozentrische kleine Jungen genannt und, um das Faß zum Überlaufen zu bringen, ihren Ex-Ehemann als impotenten Alkoholiker bezeichnet. Sam hatte mit der Whiskyflasche nach ihr geworfen, aber nicht getroffen. Sie war davongestürmt und im LKW verschwunden.

Nun lag Jack wach am Feuer, horchte auf die Geräusche des anbrechenden Morgens und überdachte die Ereignisse vom Abend zuvor. Er fragte sich, warum ihn jemand selbstsüchtig nennen konnte, nachdem sie alle das von der Hungersnot zerstörte Dorf und die Menschen von Shom gesehen hatten.

Eine kaum wahrnehmbare Bewegung – als ob eine Schlange vorsichtig über den steinigen Boden glitt – ließ ihn die Augen aufschlagen. Die aufgestellten Wachposten lagen, der Unerbittlichkeit der Nacht erlegen, zusammengerollt in ihren Schlafsäcken und schliefen fest, die Gewehre an ihrer Seite.

In ungefähr zehn Metern Entfernung stand, als Silhouette gegen den sich rötenden Himmel im Osten, eine große, schlanke Gestalt in einer schlecht sitzenden Uniform. Sie hielt etwas in der Hand, das wie ein Gewehr aussah. Es war auf Jack gerichtet.

Die Gestalt winkte ihn zu sich. Jack sah sich im Camp um. Alle schliefen noch. Die bewaffnete Person winkte wieder. Das Knacken, als der Hahn des Gewehrs gespannt wurde, nahm ihm jede Entscheidung ab. Ganz langsam stand er auf. Immer noch hoffend, jemand würde aufwachen und dem Alptraum ein Ende setzen, gehorchte Jack der Gestalt, die ihn zu sich befahl. Als er näher auf den Fremden zuging, blieb er überrascht stehen. Vor sich erblickte er eine schlanke, hochgewachsene Frau, die schönste, die er je gesehen hatte.

Ihre Gesichtszüge und ihre Haut verrieten ihm, daß sie aus dem zentralen Hochland stammte – die Quintessenz aus dem Blut der vielen Nomadenvölker, die im Laufe der Jahrhunderte durch das weite Grenzland zwischen der Wüste und dem Hochland gezogen waren. Sie trug eine abgewetzte Kampfuniform und eine Art Mao-Mütze, die sie über ihr dichtes, schwarzes Haar gestülpt hatte. Ihr schmales, eckiges Gesicht war streng, sehr ernst und von großer Schönheit.

Mit ihrem Gewehr bedeutete sie ihm mitzukommen, und er ging in die Richtung, die sie ihm wies, in das trockene, mit Dornbusch bewachsene Gelände hinein. Die Frau folgte ihm. Selbstbewußt und mit Leichtigkeit trug sie ihr Gewehr, eine AK 47. Nach kurzer Zeit trafen sie auf den Rest der Guerillaeinheit, ungefähr zwanzig schwerbewaffnete Männer, die einige Packtiere bei sich hatten – Maultiere, Esel und zwei Kamele. Ein paar Maultiere waren als Reittiere gesattelt. Die anderen trugen alle Arten von großen und kleinen Lasten.

»Sind Sie Jack Rivers?« fragte die junge Frau.

Sie sprach mit einem leichten Akzent, der verriet, daß sie der gebildeten Elite angehörte, die an hauptsächlich italienischen Universitäten studiert hatte. Wenn Männer so sprachen, dann klang stets ein abstoßender arroganter Unterton mit, aber aus dem Mund einer so schönen Frau wohnte diesem Akzent eine alle Sinne verwirrende Ausstrahlung inne.

»Wer sind Sie?« fragte Jack.

»Ich bin Zahai Deste. Das hier sind meine Soldaten.«

Jack warf einen Blick auf die harten knochigen Gesichter der Männer, die ihn umringten, auf furchtlose Kämpfer, alterslose Krieger, Nachfahren einer langen Tradition nomadischer Räuber.

»Woher kennen Sie meinen Namen?« fragte er die junge Frau.

Ein kaum merkliches Lächeln ging über ihr Gesicht.

»Sie sind ein berühmter Mann, Mr. Rivers. Aber jetzt müssen Sie mit mir kommen.«

»Wohin?«

»Das werden Sie schon sehen«, beschied sie ihn. »Können Sie reiten?«

»Nein.«

»Ich zeige Ihnen, wie es geht«, sagte sie. »Suleiman!«

Ein o-beiniger Guerillakämpfer mit großen runden Augen und gekräuseltem Haar trat vor.

»Gib ihm Dein Maultier«, befahl die Frau.

Suleiman entfernte sich, um dem Befehl nachzukommen.

»Und was ist mit meinen Leuten?« fragte Jack.

»Die lassen wir hier«, erklärte sie. »Kommen Sie jetzt.«

Suleiman kam mit einem kräftigen schwarzen Maultier zurück, das einen bequem aussehenden, mit einem braunen Schafsfell bedeckten Sattel trug. Er übergab Jack die Zügel und ging wieder davon.

»Was ist, wenn ich nicht mitkommen will?« fragte Jack.

»Sie müssen«, gab sie ihm ernst zur Antwort. »Sie müssen die Wahrheit sehen, die ich Ihnen zeigen werde, und dem zuhören, was ich Ihnen zu sagen habe.«

Jack sah in ihre dunklen Augen. Sie war nicht viel über dreißig, dachte er, aber sie sprach mit der Autorität und dem Selbstbewußtsein einer alten weisen Frau.

»Sie werden froh sein, daß Sie mitgekommen sind«, sagte sie.

Ihr Gesicht, hart, als sei es aus schwarzem Granit gemeißelt, und doch weich, ihre Augen, beunruhigt und doch ruhig und gelassen wie die einer Bergschwalbe, ihre Stimme, bittend und doch zwingend – so sanft wie ein Gebet. Das waren die Dinge, die Jack halfen, sich zu entscheiden.

»Ich gehe mit Ihnen«, sagte er. »Aber nur für eine kleine Weile. Ich muß wieder zurück sein, ehe meine Freunde anfangen, sich Sorgen zu machen.«

Sie langte in die Brusttasche ihres Hemdes und holte ein kleines Notizbuch hervor. Eine Seite riß sie heraus und reichte sie Jack. Er schrieb mit einem Bleistiftstummel, der im Rücken des Notizbuches steckte: *Ich werde zurückkehren. Wartet auf mich.*

Sie nahm das Blatt aus seiner Hand, reichte es einem ihrer Männer und sagte ihm in ihrer Sprache, was er damit tun sollte. Der Mann eilte davon.

»Kommen Sie«, forderte sie Jack auf. »Wir müssen uns beeilen.«

Jack stieg auf das Maultier, und die Gruppe ritt leise davon ins Buschland hinein. Der Pfad führte sie um den Hügel herum in ein Felsental, wo die dürren Dornbüsche höher gewachsen waren als die berittenen Männer.

Schweigend ritten sie eine lange Zeit. Die einzigen Geräusche waren das Klappern der Pferdehufe auf dem felsigen Boden und das leise Knarren der Sättel, Steigbügel und Zügel. Nun wand sich der Pfad aus dem Tal heraus und führte in einem engen Winkel über den nächsten Hügel, was für die Männer und die Tiere sehr anstrengend war. Die Sonne war aufgegangen, stand nun hell und heiß am Himmel und verwandelte das Land in eine Art Ofenplatte. Sie waren in Schweiß gebadet, als der Pfad schließlich die Kuppe des Hügels überschritten hatte und auf das höher gelegene Plateau hinausführte. Das Land dort oben war noch kahler und staubiger. Früher war es einmal die Kornkammer der Region gewesen, durch die wiederholten Dürreperioden nun aber zu einem Meer aus weißem Staub geworden.

Jack trieb sein Maultier an, bis er neben der Frau ritt, die sich Zahai nannte, denn er wollte mit ihr sprechen. Sie hielt ihr kräftiges Reittier zurück, um Schritt mit ihm zu halten.

»Was ist los?« fragte sie.

»Es ist fast Mittag«, sagte er zu ihr. »Und noch immer habe ich keine Ahnung, wo wir sind, und ich habe meinen Leuten versprochen, daß ich bald zurück sein würde.«

Sie schüttelte den Kopf.

»Sie können nicht so schnell zurück, Mr. Rivers«, sagte sie. »Ich muß Ihnen noch vieles zeigen.«

»Was könnten Sie mir denn noch zeigen, das ich noch nicht gesehen hätte? Ich bin schon einmal durch den größten Teil Ihres Landes gereist und habe die schlimmsten Folgen der Hungersnot gesehen. In Geda habe ich gesehen, wie Menschen verhungerten und starben, weil sie zu schwach waren, um die Suppe zu schlucken, die wir ihnen einflößten. Ich half mit, an einem einzigen Tag zwanzig Kinder zu begraben, und...«

»Mr. Rivers«, erklärte sie bestimmt, »mir liegt nichts ferner, als Ihnen noch mehr lebende Skelette zu zeigen.«

Doch so weit das Auge reichte, war nichts zu sehen. Nur Staub und noch mehr Staub auf dem ganzen Weg zum oberen Hochland, das noch sechzig Kilometer entfernt lag.

Jack zügelte sein Maultier, Protest und Zorn wallten in ihm auf.

»Ich reite jetzt zurück«, sagte er.

Zahai hielt ihr Reittier an und sah sich um.

»Ich habe gesagt, ich reite jetzt zu meinen Leuten zurück«, wiederholte er.

Sie betrachtete ihn mit einem Ausdruck, in dem ein Anflug von Mitleid lag. Dann zuckte sie mit den Achseln.

Ärgerlich riß Jack am Zügel und stieß dem Tier die Hacken in die Seite. Das Maultier drehte sich um und blieb stehen. Der Weg wurde von ungefähr einem Dutzend von Zahais Männern blockiert, alle trugen ihr Gewehr über der Schulter. Sie beobachteten Jack.

»Geht mir aus dem Weg!« schrie er.

Sie kamen seiner Aufforderung in aller Ruhe nach und drängten ihre Maultiere auf die Seite. Alle außer dem kleinen und drahtigen Suleiman, der ihm so widerwillig sein Reittier geliehen hatte.

»Mein Maultier!« sagte Suleiman und nahm die Kalaschnikov von der Schulter.

Jack blickte von dem wilden Guerillakämpfer zu dessen Anführerin. Sie schien mit ihrer Geduld bald am Ende zu sein.

»Ich muß Ihnen vieles zeigen«, sagte sie scheinbar gleichmütig.

Suleiman spannte den Hahn seines Gewehrs.

»Das ist Kidnapping«, sagte Jack.

Sie antwortete kein Wort, sondern wendete ihr Maultier und ritt weiter. Jack folgte. Schweigend wie zuvor ritten die Guerilleros hinter ihnen her.

»Wie lange beabsichtigen Sie mich festzuhalten?«

Sie zügelte ihr Maultier, damit er nachkommen konnte.

»Nur so lange, bis Sie alles gesehen und gehört haben, was ich Ihnen sagen will.«

»Und wie lange wird das dauern?«

»So lange, wie es eben dauert, Mr. Rivers.«

»Wie Sie wollen«, sagte er. »Aber ich warne Sie, versuchen Sie nicht, mich in Ihren Krieg zu verwickeln. Ich habe genug Kriege erlebt, und wenn ich eins daraus gelernt habe, dann dieses: Krieg ist destruktiv, verschwendet Leben und Ressourcen, aber vor allem Leben.«

»Mister Rivers«, sagte sie. »Was tun Sie hier in meinem Land?«

»Ich bin hier wegen all jener, die an Hunger und Krankheiten sterben, während Sie sich gegenseitig bekämpfen und sie umbringen, weil es Ihnen um die politische Macht geht.«

»Es geht uns nicht um Macht«, wehrte sie ab.

»Ich weiß, ich weiß, Sie reden von Befreiung«, sagte er. »Aber wie bringen Sie es fertig, genau die Menschen umzubringen, die Sie befreien wollen?«

»Wir bringen unsere eigenen Leute nicht um«, kam die Antwort.

»Ja, das sagen alle«, rief er aus. »In der Zwischenzeit sterben die Menschen. Wer tötet sie? Die Dürre! Naturkatastrophen! Gott bringt sie um, nicht wahr?«

Seine Worte schienen sie zu verletzen. Sie kämpfte mit sich, um ihre Wut herunterzuschlucken.

»Meine Leute glauben, daß Sie ein amerikanischer Spion sind«, sagte sie.

»Was für ein Interesse könnten denn die USA an Euch haben?«

»Vielleicht wollen sie uns vernichten?«

»Warum?«

»Wegen unterschiedlicher ideologischer Auffassungen?«

»Nun nehmen Sie sich mal nicht selbst zu wichtig«, entgegnete er. »Ihre Feinde sind der Überzeugung, ich sei einer von Ihren Spionen.«

»Ich weiß«, sagte sie.

»Und was glauben Sie?« fragte er.

»Ich weiß, daß Sie weder für uns sind noch gegen uns«, antwortete sie. »Das macht Ihr Leben sehr gefährlich, Mr. Rivers.«

Er blickte in ihr ernstes Gesicht und fragte sich, warum wohl eine Frau, die so schön war, eine Bande von Guerillakämpfern anführte. Er schüttelte den Kopf. Mehr denn je war er jetzt davon überzeugt, daß es auf der Welt ein Land geben sollte, in dem Menschen, die keine fremde Führung anerkannten, die Möglichkeit hätten, in Frieden zu leben, unbehelligt vom Wahn der Politik.

»Ich weiß nicht, wer recht hat und wer nicht«, sagte er zu ihr. »Offen gesagt glaube ich nicht, daß diese Frage von Bedeutung ist. Worauf es jetzt ankommt, ist vielmehr, daß Euer Krieg bald zu Ende geht, und zwar, bevor Ihr keine Leute mehr habt, die Ihr umbringen könnt, außer Euch selbst. Alles andere ist irrelevante Politik, und wie ich schon gesagt habe, hege ich keinerlei Wunsch, in Eurer Politik mitzumischen.«

»Mr. Rivers«, sagte sie. »Sie haben sich in unsere Politik in dem Augenblick eingemischt, als Sie beschlossen, die Hungersnot bei uns zu bekämpfen. Ob es Ihnen nun paßt oder nicht, Sie befinden sich an der vordersten Front unseres Kampfes.«

Er sagte: »Nicht für lange, das verspreche ich Ihnen!«

»Warten Sie ab, bis Sie die Wahrheit gesehen haben, die ich Ihnen zeigen werde.«

Jack schüttelte entschlossen den Kopf. Bring die Nahrungsmittel hin und mach Dich so schnell wie möglich wieder davon, hatte er sich geschworen, die Politiker und Machtspekulanten können sich gegenseitig ohne deine Hilfe umbringen. So einfach hatte sich dies alles in New York dargestellt.

Doch auf einem Maultier durch die heiße, staubige Wüste reitend, sah das alles gar nicht mehr so einfach aus. Sein Rücken war steif und sein Hinterteil wundgescheuert. Er war auch hungrig und durstig, doch in dem von der Dürre heimgesuchten Land wagte er es nicht, dieses Thema anzusprechen.

Der alte Guerillaführer, der auf der anderen Seite von Zahai ritt, nickte und lächelte Jack zu. Er war der älteste der Gruppe, ein harter alter Mann mit schütterem grauem Haar. Er schien keine besondere Position zu bekleiden und trug auch kein Gewehr. Jack winkte zurück.

Irgendwann am Nachmittag machte die Karawane Halt und rastete im spärlichen Schatten einiger vertrockneter Dornbüsche. Zahai warf ein Kamelfell auf den Boden und nahm darauf Platz, um sich mit den verantwortlichen Männern zu beraten. Alle anderen suchten sich einen Ruheplatz, nur Jack Rivers stand allein in der glühenden Sonnenhitze. Der alte Mann winkte Jack, sich zu ihm in den Schatten einer niedrigen Schirmakazie zu setzen.

Jack kam der Aufforderung nach, setzte sich dankbar auf die nackte Erde und lehnte seinen schmerzenden Rücken an den knorrigen Stamm des Baumes. Nachdem sie eine Weile geschwiegen hatten, bot ihm der alte Mann seine Wasserflasche an. Jack trank, reichte die Flasche zurück und dankte dem Mann.

»Ich höre, man nennt Dich Many Waters«, sagte der alte Mann.

»Many Waters?« lachte Jack. »Das gefällt mir. Du kannst mich gern Many Waters nennen.«

Der alte Mann lächelte und zeigte dabei für jemanden, der so alt war wie er, eine Reihe überraschend gesunder Zähne.

»Du mußt vorsichtig sein, Many Waters«, sagte er. »Die Wüste ist immer durstig.«

»Ich werde vorsichtig sein«, bestätigte Jack und lächelte. »Wie nennt man Dich?«

»Danachew.«

»Danachew?«

Der alte Mann nickte. »Ich sehe, Du hast die Gabe der Sprachen.«

Sie schüttelten sich die Hand. Danachew bot ihm getrocknete Datteln an.

»Wohin bringt Ihr mich, Danachew?«

»Das weiß nur Zahai«, antwortete der alte Mann.

»Sie ist so... schön«, sagte Jack.

»Ja, sie ist schön.«

Ein paar Meter weiter weg führte das Mädchen mit ihren Männern eine erregte Diskussion.

»Worüber reden sie?«

»Über Dich, Many Waters«, klärte ihn Danachew auf. »Sie sagen, sie müssen Dich töten, und sie sagt nein, Du bist kein amerikanischer Spion, der sterben muß, sondern ein Mann der Musik wie Suleiman dort, und Du bringst viel Gutes.«

»Sie könnte auch noch hinzufügen, daß ich nicht aus freiem Willen mitgekommen bin«, ergänzte Jack ernst. »Ihr habt mich entführt. Ich kann es kaum erwarten, meine Leuten wiederzusehen.«

»Aber das dauert noch eine Weile, Many Waters«, sagte der alte Mann ruhig. »Zahai hat viele Pläne mit Dir. Du wirst schon sehen.«

Der Streit zwischen der Frau und den Männern schien beigelegt. Danachew horchte hinüber.

»Sie haben sich geeinigt«, sagte er zu Jack. »Wenn der Amerikaner getötet werden muß, wird sie ihn selbst töten.«

»Das ist sehr tröstlich«, sagte Jack ruhig.

»Sie ist eine Legende«, erzählte ihm Danachew. »Man sagt, ihre Mutter sei eine der Frauen des Königs Suleiman gewesen. Als Suleiman, von dem Du weißt, daß er viele Frauen hatte, nach Misri zurückging, wurde sie wahnsinnig und schwor, sie würde nie wieder einen Mann lieben. Statt dessen liebte sie den schwarzen Skorpion der Wüste, und Zahai wurde geboren.«

Jack lachte, aber Danachew lächelte nur.

»Eine gute Geschichte«, meinte Jack. »Aber König Salomo lebte, wie Du weißt, vor sehr langer Zeit. Lange, ehe Dein Ururgroßvater geboren wurde.«

Der alte Mann schüttelte den Kopf.

»Many Waters«, sagte er. »Es stimmt, man kann die Zeit nicht genau bestimmen. Aber schau nicht nur den Körper der Frau an, sondern schau in sie hinein, nimm ihren Geist wahr.«

»Der Geist stammt aus alter Zeit, das stimmt«, sagte Jack.

»Sieh in ihre Augen«, sagte der alte Mann. »Aber nicht zu lange, sonst wirst auch Du zugrunde gehen.«

»Mach Dir um mich keine Sorgen«, versicherte ihm Jack. »Ich habe in die Augen der schändlichsten Frauen der Welt gesehen und Herz und Seele der bösesten Hexen erforscht. Das ist ein Zitat aus einem Lied, das ich geschrieben habe, als meine zweite Frau sich das Leben genommen hatte. Ich schwor mir, ich würde nie wieder eine andere lieben.«

Danachew nickte weise und verständnisvoll. Er sagte: »Wenn ein Mann noch viele Flüsse zu überqueren hat, soll er nicht das Wasser verfluchen.«

Plötzlich hörte man Zahai mit lauter Stimme ihre Männer beschimpfen, die aufstanden und weggingen.

»Was ist jetzt los?« fragte Jack.

»Nichts weiter«, antwortete Danachew. »Sie wollen nach Arat reiten. Dort gibt es ein Fest und zu essen und zu trinken. Zahai möchte aber nach Hela reiten.«

»Was ist in Hela?«

»Nichts«, sagte Danachew. »Nichts als der Tod. Tod und Entsetzen.«

Jack beobachtete die verärgerte Frau.

»Sie ist schrecklich, wenn sie wütend ist«, sagte der alte Mann. »Wenn sie sagt, sie muß Dich töten, dann wird sie es tun.«

Aber Zahai war auch eine Führungspersönlichkeit, und ein Führer muß von Zeit zu Zeit den Wünschen seiner Gefolgschaft nachgeben, sonst wird er abgesetzt. Anstatt also direkt nach Hela zu reiten, wie Zahai es beabsichtigt hatte, machte die Gruppe einen Umweg über Arat, um mit den Dorfbewohnern das Fest des Neuen Mondes zu feiern. Der Ort war erst kürzlich vom Internationalen Roten Kreuz mit Nahrungsmitteln beliefert worden, und obschon es keinen Überfluß gab, war genug da, um ein kleines Fest zu feiern.

Auf dem Dorfplatz liefen die Dorfbewohner geschäftig hin und her. Sie hatten ihre schönste Kleidung angelegt. Die Frauen trugen lange Röcke mit vielen Falten und die Männer weite, fließende Gewänder. Diese Art Kleidung leistete sehr gute Dienste, denn sie verbarg die ausgezehrten Körper und die knochigen Gliedmaßen. Aber Kinder waren kaum zu sehen.

Zahai saß auf dem Ehrenplatz zur Rechten des Bürgermeisters, einem mageren alten Mann mit dichtem, schneeweißem Haar und von sehr würdigem Auftreten. Jack saß zu seiner Linken zusammen mit Danachew und Suleiman und anderen weniger wichtigen Gästen.

Auf dem staubigen Platz vor ihnen bewegten sich Tänzer mit unglaublicher Kraft und Behendigkeit zu der vom Orchester des Dorfes gespielten Musik. Trommeln dröhnten, Harfen und Tamburine wurden gezupft und geschlagen, und alle Anwesenden begleiteten die Musik mit Händeklatschen und dem rhythmischen Stampfen der Füße. Staub erfüllte die Luft und färbte sich rot im Licht der Fackeln, die zur Beleuchtung des Dorfplatzes aufgestellt worden waren. Und das ganze Dorf, das sich geweigert hatte, dem Wüten der Dürre zu erliegen, tanzte im rötlichen Schein.

Junge Mädchen in weißen, fließenden Gewändern gingen mit aus Gras geflochtenen Tabletts durch die Reihen und servierten den Gästen kleine Portionen zu essen und Getränke in winzigen Tongefäßen.

»In besseren Zeiten dauerte das Fest viele Tage lang«, erzählte Danachew. »Es war auch eine Zeit der Verlobungen, der Versprechen. Wir aßen sehr viel und tranken auch sehr viel, aber jetzt... jetzt tanzen wir nur noch.«

Jack nahm von einem lächelnden Mädchen einen der Tonbecher entgegen. Danachew leerte seinen mit einem einzigen Schluck und nahm sich einen zweiten.

»Ein Getränk aus alter Zeit«, sagte er. »Sehr gut, sehr stark. Jetzt spielt gleich Suleiman, paß auf!«

Suleiman, der inzwischen eine ganze Menge von dem Getränk aus alter Zeit zu sich genommen hatte, stand unsicher auf und begab sich mit seiner Harfe zu den anderen Musikern. Die Menge wurde um Ruhe gebeten. Suleiman sprach ein paar einleitende Worte zu seiner Musik. Die Menge klatschte Beifall, als eine der Dorfschönen zu Jack Rivers ging und ihn bei der Hand nahm.

»Jetzt bist Du dran, Many Waters«, sagte Danachew.

Jack brachte einige Einwände vor.

»Nein, Many Waters«, sagte der alte Mann, der offensichtlich großes Gefallen fand am Lauf, den die Ereignisse nahmen. »Suleiman sagt, Du seist der berühmteste und größte Tänzer von Amerika.«

»Der Bastard«, zischte Jack.

»Wenn Du nicht tanzt, verhöhnst Du ihn und stempelst ihn zum Lügner«, sagte Danachew. »Suleiman würde Dir das nie vergeben!«

Jack zögerte. Von ihrem Ehrenplatz an der Seite des Bürgermeiters beobachtete Zahai ihn, jeder Zoll an ihr war die königliche Prinzessin.

»Du mußt jetzt tanzen«, drängte Danachew.

Jack erhob sich. Suleiman hatte gewonnen, und die Rache war sein. Die Menge sah erwartungsvoll auf, als Jack dem

Mädchen auf die Mitte des Platzes folgte. Er machte erste Schritte, und die Leute klatschten, als er ihren Rhythmus fand und jedem ihrer Schritte mühelos folgte. Andere Tänzer kamen dazu. Der Platz tobte, der Boden erzitterte unter dem Stampfen der Füße.

Suleiman spielte sich das Herz leer bis zur Erschöpfung, und die Mädchen wetteiferten um jede Chance, mit dem größten Tänzer Amerikas zu tanzen.

KAPITEL 14

Nachdem der Konvoi einen weiteren langen Tag auf Jack gewartet hatte, bereiteten sie sich wieder auf die Nacht vor. Eine Atmosphäre der Ungewißheit hatte sich über das Camp gelegt. Das Schlimmste war, daß sie nicht genau wußten, was geschehen und wohin er gegangen war.

»Das ist doch überhaupt nicht seine Art«, meinte Gail.

Eddie nickte und sagte: »Du kannst ganz sicher sein, daß er, wo immer er sein mag, das Richtige tut.«

Sie saßen auf dem Trittbrett von *Arche Noah*, am äußersten Rand des Camps. Gail wollte sich schlafen legen, und Eddie hatte sie herbegleitet, damit sie sich sicher fühlte und nicht so allein. Die anderen saßen an den Lagerfeuern, rauchten, tranken Kaffee und erzählten Lügengeschichten.

Das Abendessen war ziemlich schweigsam verlaufen und in Eile – Reis und Fischcurry aus den Trockenrationen, die sie bei sich führten.

»Und was ist, wenn er morgen nicht wiederkommt?«

»Laß das meine Sorge sein«, sagte Eddie.

»Es ist nicht seine Art«, wiederholte Gail. »Ich spüre, daß etwas Schreckliches passiert ist.«

»Ziehen wir keine voreiligen Schlüsse«, beruhigte Eddie sie. »Wir warten hier, solange wir können. Dann erst werden wir eine Entscheidung treffen. Jetzt müssen wir so tun, als sei alles in Ordnung, als wüßten wir, wo er ist und was er tut. Es wäre sinnlos, die anderen wissen zu lassen, daß wir uns Sorgen machen.«

Nach der Lautstärke und Lebhaftigkeit der Unterhaltung an den Lagerfeuern zu urteilen, verbrachten die anderen einen außerordentlich vergnüglichen Abend.

»Geh Du nur ruhig schlafen«, sagte Eddie zu Gail. »Ich gehe wieder rüber, um den Jungs das Gefühl zu vermitteln, daß alles in Ordnung ist.«

Er umarmte sie, wartete, bis sie im Lastwagen war, schloß die Tür und ging langsam an das große Lagerfeuer zurück. Der größte Teil der amerikanischen und afrikanischen Fahrer hatte sich um Gibril versammelt, um seinen unendlichen Geschichten von vergrabenem Gold und verlorenen Schätzen zuzuhören. Seit dem ersten Camp hatte er ihnen jeden Abend mit solchen Geschichten die Zeit vertrieben. Er war ein Redner, ein geborener Geschichtenerzähler, ein unverbesserlicher Lügner, der an seinen Geschichten selbst noch mehr Gefallen fand als seine Zuhörer.

Gibril sah auf, als Eddie näherkam, und gab sich jede erdenkliche Mühe, einen ernsthaften und ehrlichen Eindruck zu hinterlassen. Eddie setzte sich zwischen die Fahrer, und die Geschichte nahm ihren Fortgang.

»Diamanten«, Gibrils Augen funkelten, als sähen sie diese Herrlichkeiten vor sich. »Diamanten – so groß wie Kameleier – und Gold. Goldbarren, goldene Teller, genug, um eine ganze Armee zu ernähren, und Silberberge aus den Minen von Kondar. Dann gab es Rubine, Rubine so groß wie Babyköpfe, und...«

»Moment mal«, warf Phil ein und hob die Hand. »Sind das Märchen oder Tatsachen?«

»Das ist doch egal«, rief Eddie dazwischen.

»Nein, der Spinner hier behauptet, er wisse, wo diese Schätze vergraben seien«, sagte Phil.

»Gibril«, bat Eddie, »nicht schon wieder die Geschichte vom verlorenen Schatz des Kaisers!«

»Aber sie möchten sie hören«, sagte Gibril abwehrend.

»Dann sag ihnen, es sei ein Märchen.«

»Märchen?«

»Lügen.«

»Ich erzähle keine Lügen!«

»Das stimmt so ja nicht«, korrigierte ihn Eddie. »Dann erzähl ihnen wenigstens, daß es nur ein Zeitvertreib ist. Eine gute Geschichte, aber nichts dahinter.«

Gibril zögerte. Aller Augen ruhten auf ihm. Schließlich schüttelte er den Kopf.

»Nein, Mister Eddie«, sagte er. »Es ist eine wahre Geschichte.«

»Weißt Du, in welchem Jahr sich Deine Geschichte ereignet hat?« wollte Eddie wissen.

»Nein, Boß«, erwiderte Gibril. »Ich kann keine Jahreszahlen lesen.«

»Es liegt über siebzig Jahre zurück«, erklärte ihm Eddie. »Dein Vater war damals noch gar nicht geboren. Also leg mal 'ne Pause ein. Mach die Männer nicht verrückt mit Deinen beschissenen Geschichten von vergrabenen Schätzen!«

»Mister Eddie, Boß«, erklärte Gibril feierlich. »Ich erzähle, was ich weiß, nicht, was ich gesehen habe.«

»Los, mach weiter, Gibril«, forderte Sam ihn auf. »Wir wollen das Ende hören.«

Gibril blickte sich um. Er sah, daß rings um das Feuer ein aufmerksames Publikum auf den Fortgang der Geschichte wartete. Nichts verschaffte ihm größeres Vergnügen als die ungeteilte Aufmerksamkeit dieser Männer. Nun war sein größter Augenblick gekommen. Er hätte sich gewünscht, daß seine afrikanischen Landsleute ebenso gute Zuhörer wären und ihm ebensoviel Glauben schenkten wie die Ausländer.

»Die Italiener haben den Krieg verloren«, erzählte er. »Wenn die Italiener den Krieg verlieren, rennen sie davon nach Arum und Massata. In Arum vergewaltigen sie die Mädchen und plündern den Sommerpalast des Kaisers. Sie nehmen alles mit, sogar die Krone des alten Kaisers und seine Schätze. Dann gehen sie weg in die Wüste und verschwinden. Nach dem Krieg hat man ihre Knochen bei Alowa gefunden, hundert Meilen weg von Arum, aber ohne Gold und ohne Diamanten.«

»Und woher wußte man, daß es dieselben Italiener waren, die den Palast plünderten?« fragte Eddie.

»Man hat die Knochen gefunden«, antwortete Gibril. »Und die Karte.«

Eine neue Version der alten Geschichte, dachte Eddie. In den bisherigen Fassungen war von einer Karte keine Rede gewesen.

Die Zuhörer verdauten diese Neuigkeit ohne größere Schwierigkeiten.

Die Nacht lebte und war erfüllt von Abenteuern und Geheimnissen. Um die Einbildungskraft zu stärken, gibt es kein besseres Mittel, als am Lagerfeuer die Geschichte von einem vergrabenen Schatz und der Karte, die den Weg dorthin weist, zu erzählen. Aus einem der Lastwagen ertönte das klagende Lied von Harrys Mundharmonika. Harry glaubte nicht an Gespenster und verlorene Schätze.

Sam fragte: »Wo ist die Karte?«

»Jamar hat sie.«

»Du hast sie selbst gesehen?«

»Mit meinen eigenen Augen!«

»Wo?«

Gibril zögerte, so wie jemand zögert, der im Begriff ist, eine wichtige Eröffnung zu machen – eine unglaubliche Wahrheit oder eine monumentale Lüge.

»Jamar besitzt eine Aktenmappe«, sagte er zögernd. »Eines Tages hat er sie in meinem Lastwagen vergessen, also werfe ich einen Blick hinein. Ich stehle nicht viel, nur zwanzig Pfund, aber Jamar ist reich, deshalb merkt er es nicht. Dann sehe ich die Karte.«

»Woher wußtest Du, daß es die richtige Karte war?« fragte Phil.

»Ich kenne die Karte.«

»Warum?«

»Ich weiß alles über die Karte.«

»OK«, sagte Eddie. »Woher weißt Du, daß Jamar den Schatz noch nicht gefunden hat?«

»Er wartet darauf, daß der Krieg zu Ende geht«, antwortete Gibril.

Schweigend sahen sie ihn an. Er breitete die Hände aus, als wolle er sagen, *das war's*. Er war ein geborener Dramatiker. Die Spannung stieg ins Unerträgliche.

»OK, Gibril«, sagte Eddie. »Erzähl's uns.«

»Was, Mister Eddie?«

»Wo ist die Karte?«

»In meinem LKW.«

»Aber Dein LKW ist in die Luft geflogen!«

»Ja, Mister Eddie, Sir. Mein LKW ist zu Asche verbrannt.«

Er beobachtete mit großer Befriedigung, wie sich im Publikum eine Welle der Enttäuschung breitmachte, dann brach er in lautes Gelächter aus.

»Aber Gibril hat einen guten Kopf«, fuhr er fort und tippte sich an seinen großen Schädel. »Ich kann jetzt zu Fuß zu dem Ort gehen.«

Phil schüttelte den Kopf. »Der Mann ist unglaublich.«

»Wie weit ist es von hier?« fragte Sam.

»Zwei Tagesreisen«, sagte Gibril.

Sam ließ seine Augen um das Lagerfeuer wandern. Alle waren sehr still geworden, nachdenklich. Eddie merkte, daß sie angebissen hatten.

»Also hört mal, Boys«, sagte er. »Ihr werdet dieses Großmaul doch wohl nicht ernst nehmen?«

Manche lachten nervös.

»Ich war noch nie auf Schatzsuche!« bemerkte Sam.

»Dann wirst Du auch jetzt nicht gehen!« sagte Eddie bestimmt.

»Wer weiß«, erwiderte Sam.

Eddie wandte sich an Gibril: »Was hat die Italiener getötet?«

»Khamsin«, wurde ihm geantwortet.

»Aha«, sagte Eddie. »Dann besteht doch die Möglichkeit, daß dieser Khamsin den Schatz mitgenommen hat.«

»Nein«, Gibril schüttelte den Kopf.

»Warum nicht?«

»Weil Khamsin nur die Seele raubt. Die Seele der Menschen.«

KAPITEL 15

Kurz vor Tagesanbruch holten Zahai und ihre Leute die Packtiere. Nur wenige Dorfbewohner waren gekommen, um ihnen beim Beladen der Tiere zu helfen, alle anderen schliefen noch nach der langen anstrengenden Nacht des Feierns. Unter den wenigen befand sich der Dorfälteste, der der Anführerin der Guerilleros unablässig Geschenke wie Nahrungsmittel und andere Versorgungsgüter aufdrängte.

Im Dorf war es totenstill, und das Hochland im Osten hob sich scharf vor einem blutroten Himmel ab, als die Rebellen sich vom Bürgermeister und den wenigen Ältesten, die schon wach waren, verabschiedeten und sich still auf den Weg hinaus ins Buschland machten.

Zahai legte ein schnelles Tempo vor – ihr starkes schwarzes Maultier war entschlossen, zu den heimatlichen, sicheren Verstecken in dem von den Guerilleros beherrschten Territorium zurückzukehren, weg von der falschen Sicherheit dörflicher Wohngebiete und unbewaffneter Dorfbewohner. Bei Sonnenaufgang hatten sie bereits zehn Kilometer zwischen sich und Arat gebracht; sie ritten in einer geschlossenen Formation über die niederen, felsigen Hügel, auf die die Sonne gnadenlos herabbrannte und wo die Vegetation zu Staub geworden war.

Sie ritten schweigend, noch stiller als am Tag zuvor. Das war hauptsächlich auf die Nachwirkungen des Getränks aus alter Zeit zurückzuführen. Suleiman sah schrecklich aus – er hing im Sattel wie ein sterbender Mann und litt erbärmlich unter dem rollenden Gang des Maultiers. Danachew war in nicht viel besserer Verfassung, doch da er alt war und erfahren im Genuß des

Getränks aus alter Zeit, ging es ihm nicht ganz so schlecht wie den anderen.

Irgendwann nach Mittag ritten sie durch ein Dorf, in dem niemand mehr lebte und die Häuser völlig zerfallen waren.

»Hela?« fragte Jack, als sie ohne anzuhalten durch den ausgestorbenen Ort ritten.

»Nein«, erwiderte Zahai. »Ehe Hunger und Durst die Menschen davontrieb, hieß es Telec. Jetzt leben nur noch die alten Geister hier.«

»Wohin sind die Leute gegangen?«

»Woanders hin.«

»Werden sie jemals wiederkommen?«

»Ich glaube nicht«, sagte sie und sah über die Schulter zu Jack hinüber. »Aber wenn dieser Krieg vorüber ist, ist nichts mehr unmöglich.«

Die Guerilleros ritten mit gesenkten Augen durch das Dorf. Aus Angst, einem ihnen bekannten Geist zu begegnen, vermieden sie es, die Ruinen anzusehen.

»Los«, sagte Zahai. »Wir müssen uns beeilen, denn bald kommt Khamsin.«

KAPITEL 16

Zahais Hauptquartier am Fuße der Ajut-Berge bestand aus einer Reihe von Höhlen, die vor Jahrtausenden von unterirdischen Flüssen in die Basaltfelsen gegraben worden waren. Zu den Höhlen führte ein schmaler Fußweg, der sich am sanften Hang, ungefähr in zwanzig Meter Höhe, hinwand. Ein zehn Meter breiter, offener Vorsprung auf halbem Weg unterhalb der gut getarnten Höhlen bot Platz für die Tiere und Lagerfeuer, für Möglichkeiten der Freizeitgestaltung und ein halbes Dutzend großer, grasgedeckter Lehmhäuser, die als Lagerverwaltung, Feldlazarett, Moschee und Kaserne dienten. Mehrere Dreieckszelte wurden als zusätzliche Unterkunftsmöglichkeiten genutzt sowie als Lagerräume für Nahrungsmittel und andere Versorgungsgüter. Dornbüsche und anderes dürre Gestrüpp machte das Camp vom Fuß des Berges aus wie auch aus der Luft praktisch unsichtbar.

Auf Zahais Anweisung führte Danachew Jack kurz nach ihrer Ankunft auf einem Rundgang durch das Guerillalager. Von den Zelten, in denen Soldaten auf Matten am Fußboden schliefen, gingen sie zum praktisch leeren Feldlazarett. Die Vorräte an hauptsächlich einfachen Medikamenten und Verbandsmaterial waren bei Feindüberfällen erbeutet worden und wurden nun in einer Ecke des Hospitals aufbewahrt.

»Ihr habt also einen Arzt?« fragte Jack.

»O ja«, antwortete Danachew, »viele.«

Jack, der die Bedeutung dieser Bemerkung erst zu einem späteren Zeitpunkt begriff, folgte Danachew in das Gebäude der Lagerverwaltung, wo Zahai mit mehreren ihrer Gefolgsleute eine Besprechung abhielt. Alle saßen auf Verpackungskisten aus Holz, und jenen, die das Protokoll schreiben mußten, dienten Holzkisten als Tische. An den Wänden hingen Landkarten neben den Lagervorschriften und großen Porträts von gefangenen oder gefallenen Kameraden und Anführern.

Jack wurde als »der Amerikaner« vorgestellt, dann, ohne die Besprechung weiter zu stören, führte ihn Danachew auf den Weg zu den Höhlen.

»Sie hat gesagt, ich soll Dir alles zeigen«, erklärte Danachew.

Die Höhlen waren innen sehr geräumig, zum Teil sogar größer als das Verwaltungsgebäude und wurden hauptsächlich als Lagerräume für die Waffen und anderes Gerät genutzt, doch einige dienten auch als Luftschutzbunker. Aus mehreren der Höhlen führten breite offene Spalten nach draußen, in denen die Luft kühl und frisch war, doch sonst war es in den Höhlen dunkel und stickig, es roch nach Fledermäusen und Vögeln, die in den Felsen nisteten und dort ihren Schmutz hinterlassen hatten.

Danachew, der leicht hinkte, führte Jack auf dem Felsenpfad weiter, vorbei an einer Höhle, deren Eingang mit einer dicken, traditionell gewebten Kamelhaardecke verhängt war und von der er sagte, sie sei Zahais ganz private Wohnung, bis hin zum Waffenlager, das mit vielen, bei Feindüberfällen erbeuteten Waffen und Munition vollgestopft war. In zwei weiteren Höhlen waren Kisten gestapelt, deren Aufschriften verrieten, daß es sich um Lebensmittelkonserven aus dem UN-Zentrum für Katastrophenhilfe handelte.

Dem Pfad noch weiter folgend, kamen sie wieder an eine Höhle, deren Eingang mit einer Decke verhängt war. Danachew hob den Vorhang beiseite und schob Jack hinein.

»Das ist Deine Unterkunft«, sagte er.

Es war eine ziemlich geräumige Höhle. Die Luft war frisch und trocken, kein bißchen staubig und ohne Fledermausmist. Der Fußboden bestand aus ebenem, massivem Felsgestein, und an einer Wand lag eine Schlafmatte mit ordentlich gefalteten Wolldecken. Eine halb herabgebrannte Kerze stand neben der Matte auf dem Fußboden.

»Sehr schön«, nickte Jack. »Aber ich schlafe lieber unter freiem Himmel.«

»Hier oben ist es sehr kalt, Many Waters«, erwiderte Danachew und ging hinaus. »Wenn Du draußen schläfst, bist Du morgen tot.«

Vom Eingang der Höhle aus konnten sie direkt ins Camp sehen. Die Guerilleros gingen, jeder mit dem Gewehr über der Schulter, ihrer Arbeit nach. Von Danachew hatte Jack erfahren, daß sich ungefähr hundert Männer im Camp aufhielten. Manche hinkten aufgrund alter Verletzungen, die sie in den Kämpfen mit dem Feind davongetragen hatten. Anderen fehlte ein Arm oder ein Bein, das sie durch explodierende Landminen, durch Bombensplitter oder bei Raketenangriffen aus der Luft verloren hatten. Fast jeder der Männer hatte Narben der einen oder der anderen Art.

Links von den Höhlen sprudelte ein Bergbach aus den Felsen, floß ungefähr hundert Meter am Fuß des Berges entlang, um dann wieder im Boden zu verschwinden.

Warum Zahai diese Höhlen zu ihrem Hauptquartier gemacht hatte, war nicht schwer zu verstehen. Es gab genügend Raum für Unterkünfte, Wasser, natürliche Verteidigungsmöglichkeiten und ungehinderte Sicht ringsumher, die es unmöglich machte, sich unentdeckt dem Camp zu nähern.

Vom Fußweg über dem Camp aus hatte Jack freie Sicht über das felsige Buschland bis hin zur offenen Wüste. Die Sonne ging unter und hatte das Land in den rotglühenden Schein der Abendsonne getaucht.

Plötzlich erblickte er sie – Dutzende von dunklen Punkten, die langsam auf das Camp zukamen. Als er sicher war, keiner optischen Täuschung zu erliegen, machte er Danachew darauf aufmerksam.

»Die Nomaden kommen, um Lebensmittel abzuholen«, sagte Danachew. »Demnach muß heute Mittwoch sein. Komm, wir müssen Kebre Bescheid geben.«

Gebre Kebre, der einäugige Quartiermeister hatte jedoch längst daran gedacht. Seine Helfer waren bereits damit beschäftigt, Säcke mit Mehl und Kartons mit Nahrungsmittelrationen aus den Lagerräumen zu schleppen und sie vor dem Feldlazarett aufzustapeln.

Groß und mager, mit den harten, knochigen Gesichtszügen der Nomaden aus dem Nordosten, war Gebre Kebre seit seinem fünfzehnten Lebensjahr bei der Guerilla. Jetzt war er beinahe vierzig, und mit Stolz trug er am Körper die vielen Narben aus fünfundzwanzig Jahren Kampf. Die schwerwiegendste war der Verlust eines Auges durch die Kugel eines Heckenschützen, die ihn im Alter von kaum zwanzig getroffen hatte. Er war ein verläßlicher Kamerad, dessen Rat und Meinung von Jung und Alt gleichermaßen respektiert wurde. Die vom Feind erbeuteten Nahrungsmittel einmal in der Woche an die in dem vertrockneten Land umherziehenden Nomaden zu verteilen, war seine Idee gewesen.

Nun, als mit dem Untergang der Sonne keine Gefahr mehr aus der Luft drohte, kamen die Nomaden ins Camp, um ihre wöchentliche Ration abzuholen. Sie kamen gruppenweise – müde, schweigende Menschenhäuflein, die sich geduldig anstellten, um ihre Ration in Empfang zu nehmen, üblicherweise gerade genug für eine sechsköpfige Familie. Dann hievte jeder seine Last auf die Schulter, und ohne unnötig weitere Zeit zu verlieren, verschwanden sie wieder in der sich ausbreitenden Dunkelheit.

Alle, die ärztliche Hilfe brauchten, stellten sich am Eingang des Behelfslazaretts auf, wo mehrere Ärzte Tabletten ausgaben, Zähne zogen und die zahlreichen Wunden versorgten. Bei den Ärzten und Krankenschwestern, so erfuhr Jack später, handelte es sich um Medizinstudenten, die damals, als der Krieg ausbrach, die Universität verlassen und sich der Guerillabewegung angeschlossen hatten.

Um Mitternacht waren alle Nomaden wieder in der Wildnis verschwunden. Diejenigen, die alles organisiert hatten, zogen sich in ihre Schlafstätten zurück, und nur wenige Wachen patrouillierten das Gelände.

Jack und Danachew saßen in ein Gespräch vertieft am Feuer, als Zahai aus dem Verwaltungsgebäude trat und quer über den

Lagerplatz ging. Offensichtlich konnte sie kein Interesse mehr dafür aufbringen, sich mit ihnen zu unterhalten. Den größten Teil des Abends hatte sie wieder mit ihren verantwortlichen Männern verbracht. Eine düstere Wolke umgab sie, als sie müde den Weg zu ihrer Wohnung hinaufstieg. Jack und Danachew sahen ihr nach.

»Schwierigkeiten?« fragte Jack.

»Zahai hat viele Pläne«, antwortete Danachew. »Sie denkt ununterbrochen nach.«

»Warum dachte sie denn nicht daran, eine Ladung mit Nahrungsmitteln von unseren LKWs hierherzubringen?« fragte Jack. »Als Verteilungszentrum eignet sich dieser Ort besser als jeder andere, den ich bis jetzt gesehen habe.«

»Wir haben das natürlich in Betracht gezogen«, erklärte Danachew. »Aber Zahai ist sehr klug. Wenn wir die Nahrungsmittel hierher brächten, gingen die Leute für immer von ihrer angestammten Heimat weg und ließen sich hier nieder. Und sie wären selbst dann noch da, wenn sie die Nahrungsmittelvorräte längst aufgebraucht hätten.«

»Das ist in der Tat sehr klug überlegt«, gab Jack zu.

»Und die Bomber wüßten, wo sie uns finden könnten«, setzte der alte Mann noch hinzu.

In den frühen Tagen des Kampfes, erzählte Danachew, hatten sie nachts auf den Feldern gearbeitet und sich tagsüber, wenn die Gefahr von Luftangriffen sehr groß war, in getarnte Verstecke zurückgezogen. Aber seit die Dürre das Land heimsuchte, waren die Guerilleros auf Nahrungsmittelhilfe von außen angewiesen und auf das, was sie den feindlichen Konvois abnehmen konnten.

Und so redeten sie miteinander bis in die frühen Morgenstunden. Als Jack aufstand, um schlafen zu gehen, kamen zwei Guerilleros, das Gewehr über der Schulter, auf ihn zu.

»Gute Nacht, Jungs«, grüßte Jack und ging weg.

Die Männer folgten ihm. Jack blieb stehen. Sie auch. Jack wandte sich zu Danachew um und fragte ihn: »Sind sie auf mich angesetzt?«

»Ja, Many Waters«, bestätigte der alte Mann.

»Warum?«

»Sie gehorchen ihrem Befehl.«

»Aber«, empörte sich Jack, »ich habe keinerlei Absicht wegzulaufen. Das habe ich ihr doch ausdrücklich gesagt.«

»Die Wachen sind da, um Dich zu beschützen, Many Waters«, erwiderte Danachew. »Es gibt viele unter uns, die Dich lieber tot als lebend sähen. Wir wollen nicht, daß Du stirbst, Many Waters.«

Jack nickte langsam und schwieg.

»Kommt, Jungs«, sagte er zu den Männern. »Gute Nacht, alter Freund.«

»Schlaf gut, Many Waters«, sagte der alte Freund.

Jack schritt seinen Leibwächtern voran auf dem Weg zu den Höhlen. Als er an Zahais Höhle vorbeikam, sah er, daß Licht brannte, und blieb zögernd stehen. Einer der Guerilleros stupste ihn mit dem Gewehr, und sie gingen weiter bis zu Jacks Höhle.

Jack ging hinein und leuchtete mit seiner Taschenlampe in alle Winkel. Das Bett war für ihn hergerichtet worden, zwei grüne Armeedecken lagen ausgebreitet auf dem Kamelfell.

Nachdem er überprüft hatte, daß sich weder Schlangen noch Skorpione im Bett befanden, zog er sich aus und legte sich hin.

Die Wachen saßen neben dem Eingang der Höhle und bewachten seinen Schlaf.

KAPITEL 17

Schließlich, nach endlosen Diskussionen, war man übereingekommen, Sam einen der leichteren Lastwagen für seine Expedition in die Ajut-Berge zu überlassen. Eine ganze Nacht lang hatten sie darüber geredet. Als offensichtlich wurde, daß eine Gruppe von Betonköpfen sich bereits mit Sam abgesprochen hatte, stimmte Eddie der Entscheidung zu.

»Ihr habt vierundzwanzig Stunden Zeit, nicht länger«, erklärte er ihnen.

»Das ist mehr als genug«, sagte Sam.

Keiner der Fahrer, deren Trucks noch betriebstüchtig waren, erhielt die Erlaubnis mitzufahren. Gail, Eddie und Phil sahen zu, wie die Gruppe – einige von ihnen waren bewaffnet – *Zion Express* bestiegen. Eine Handvoll Amerikaner hatte sich aus reiner Abenteuerlust fürs Mitkommen entschieden. Für die meisten bedeutete die Fahrt nichts anderes als ein Ausflug, etwas, das sie unternehmen konnten, solange man auf Jacks Rückkehr wartete. Doch Sam trieb die Aussicht auf einen Schatz in diesen Wahnsinn.

»Du bist verrückt«, sagte Gail zu ihm.

»Möglich«, antwortete er. »Aber Jack ist nun schon seit zwei Tagen weg. Wer weiß, ob er nicht hinter Gibrils Schatz her ist.«

»Gibril ist ein Gauner und Betrüger«, sagte Phil.

»Das werden wir bald wissen«, sagte Sam. »Kann ich eine Karte haben?«

Sie hatten keine übrig, die sie hätten weggeben können, deshalb einigte man sich darauf, daß die Expedition sich ausschließlich auf Gibrils Gedächtnis verlassen müßte, eine Aussicht, von der Sam nicht gerade begeistert war.

»Du kannst nur hoffen, daß ihm niemand eine Kugel durch den Kopf schießt, ehe er Dich dorthin bringt und wieder zurück«, sagte Eddie zu ihm.

Sam lachte.

Er kletterte als letzter in den Lastwagen, sein Gewehr trug er wie ein Söldner, der in den Krieg zieht. Gibril saß am Steuer. Er ließ den Motor an.

Phil schüttelte ungläubig den Kopf. »Ich kann es einfach nicht glauben!«

»Es ist schon wahr, Phil«, sagte Eddie. »In jedem Mann steckt ein kleiner Junge, der darum kämpft, daß er heraus darf.«

»Das stimmt, Phil«, meinte auch Gail. »Und je größer der Mann, desto kleiner der Junge. Ich sollte es wissen, ich war mit ihm verheiratet.«

»Aber warum machen wir diesen Unsinn mit?« wollte Phil wissen.

»Diese Männer schrecken nicht davor zurück, hier eine Meuterei zu veranstalten«, sagte Eddie. »Es ist für uns viel besser, wenn sie weg sind, bis Jack wiederkommt.«

Eddie trat neben den Lastwagen.

»Ihr habt vierundzwanzig Stunden«, wiederholte er noch einmal, den Blick auf Sam gerichtet.

»Wir brauchen nur acht, stimmt's, Gibril?«

»Ja, Boß«, sagte Gibril pflichtbewußt.

»Vierundzwanzig Stunden«, betonte Eddie. »Danach haben wir keinerlei Verpflichtungen mehr, auf Euch zu warten.«

»Mach Dir keine Sorgen«, sagte Sam. »Wir kommen pünktlich wieder!«

Eddie trat zurück und legte den Arm um Gail. Langsam gingen sie zu den Feuerstellen, an denen sie gefrühstückt hatten. Der Lastwagen verließ das Camp. Drei Stunden später, ohne eine Karte, nach der sie sich richten konnten, hatten sie sich hoffnungslos verirrt.

KAPITEL 18

Die Wachposten saßen am Eingang der Höhle, den Rücken gegen die Wand gelehnt, und schliefen, als Jack aufwachte. Er zog sich leise an, stieg, ohne sie zu wecken, über ihre ausgestreckten Beine und ging hinaus. Weil die Nacht so kurz gewesen war, schliefen im Camp noch alle: Einige lagen ausgestreckt unter Armeedecken, andere hatten sich neben den erloschenen Feuern zusammengerollt, die Gewehre an ihrer Seite.

Noch war die Sonne nicht aufgegangen. Das blaugraue Licht des frühen Morgens drang in das Tal unter ihm. Die Luft war frisch und kalt.

Weiter unten am Weg trat Zahai aus ihrer Wohnung. Sie trug ihr Gewehr, einen Eimer und ein Handtuch. Jack sah ihr nach, als sie durch das Camp ging und auf der anderen Seite im Gebüsch verschwand.

Jack ging den Weg weiter den Berg hinauf, bis der Pfad sich schließlich am felsigen Hang verlor. Von dort, wo er stand, fiel der mit dürrem Gestrüpp bewachsene Boden sanft ab, und er konnte erkennen, daß sich die Wüste flach und eintönig bis zum westlichen Horizont erstreckte. Einen Augenblick lang geriet Zahai in sein Blickfeld. Sie war auf dem Weg zum Fluß.

Er ging den Pfad zurück und dann vom Eingang seiner Höhle aus quer durch das Camp, von wo aus er den Weg nahm, den Zahai eingeschlagen hatte. Auf halber Strecke dorthin hörte er sie laut singen – eine Maßnahme, so lernte er später, die ihre Männer warnte, daß sie sich vom Fluß fernhalten sollten, da sie ihr Bad nahm.

Er sah sie nackt auf einem schwarzen Stein in der Mitte des Flusses sitzen. Sie wusch sich und sang ein wunderschönes, gefühlvolles Lied, an das sich Jack gut erinnerte – es war auf dem Fest in Arat gesungen worden. Ihr Gewehr lag, sorgfältig ins Gleichgewicht gebracht, in Reichweite auf einem anderen Stein.

Jack setzte sich ans Ufer, an die Stelle, wo sie ihre Kleider abgelegt hatte. Sie war so in ihr Bad vertieft, daß sie ihn nicht hatte kommen hören, und er saß eine lange Weile einfach da und genoß mit seinen Augen und seiner Seele den Anblick ihrer hinreißenden Schönheit. Sie bemerkte ihn erst, als er ein Streichholz für eine Zigarette anzündete; bei dem kratzenden Geräusch des Streichholzes schreckte sie hoch.

Sie sah herüber und hörte zu singen auf.

»Guten Morgen«, rief er.

»Was tun Sie hier?« fragte sie kalt.

»Ich sehe Ihnen zu, wie Sie baden. Das Wasser muß sehr kalt sein.«

Ihre Augen suchten das Flußufer ab, bis weit den felsigen Hang hinauf.

»Wo sind Ihre Wachen?«

»Sie schlafen.«

»Dafür werde ich sie strafen«, sagte sie.

»Ich hab ihnen die frühen Morgenstunden frei gegeben«, erwiderte er.

»Dazu hatten Sie kein Recht. Gehen Sie jetzt bitte!«

Er schüttelte den Kopf. Sie konnte die Wachen jetzt unmöglich rufen, und er war sich dessen bewußt.

»Sie sind sehr schön«, sagte er.

Mit einem langen und prüfenden Blick schaute sie ihn an. Dann fuhr sie mit ihrer Morgentoilette fort. Mit fester Hand und lässigen, außerordentlich sinnlichen Bewegungen seifte sie ihre langen schwarzen Beine ein.

»Singen Sie doch weiter«, bat er. »Sie singen sehr gut.«

»Nicht so gut wie Sie, Mister Rivers.«

»Sie haben mich gehört?«

»Ja, Mr. Rivers, ich habe Sie singen gehört.«

»Wo?«

»An vielen Orten«, antwortete sie. »Sie tanzen auch sehr gut. Die Mädchen haben sich alle in Sie verliebt.«

»Erinnern Sie mich daran, Suleiman dafür zu danken«, sagte er. »Sie haben nicht getanzt.«

»Nein.«

»Warum nicht?«

»Dazu habe ich keine Zeit.«

Ihr Bad war beendet. Sie nahm ihr Gewehr und hüpfte von einem Stein zum nächsten ans Ufer zurück. Sie ergriff die Hand, die Jack ihr anbot, nicht, stieg aus dem Wasser und ging an Jack vorbei zu ihren Kleidern. Er nahm das Handtuch und wollte es ihr um die Schultern legen. Sie erstarrte.

»Rühren Sie mich nicht an«, zischte sie.

»Ich wollte Ihnen doch nur behilflich sein«, sagte er.

»Ich erschieße Sie auf der Stelle.« Das schien ihr voller Ernst zu sein.

Ihre Nerven waren zum Zerreißen gespannt, so sehr, daß sie zitterte. Es konnte kein Zweifel mehr daran bestehen, daß sie ihre Drohung wahrmachen würde. Er ließ das Handtuch fallen und trat einen Schritt zurück.

»Entschuldigen Sie bitte«, sagte er.

Sie legte das Gewehr nieder und nahm das Handtuch, mit dem sie, ohne Jack eine Sekunde aus den Augen zu lassen, ihren Körper tüchtig abrieb. Jack bemerkte, daß sie eine lange, dünne Narbe hatte, die von ihrer linken Brust bis auf den Rücken ging. Als er fragte, was das sei, antwortete sie: »Nichts.«

»Haben Sie eine Frau?« fragte sie und zog ein Paar olivgrüner Shorts an.

»Zwei«, antwortete er.

»Zwei?«

»Eine hat mich verlassen«, erklärte er. »Die andere hat sich umgebracht.«

»Warum?«

»Sie haben den Streß nicht ausgehalten, den das Leben mit mir bringt.«

Die Atmosphäre entspannte sich etwas. Jack betrachtete sie, wie sie sich anzog, und wurde fast wahnsinnig. Es dauerte eine Weile, bis sie sich ein passendes grünes T-Shirt übergezogen hatte. Als es ihr schließlich gelungen war, den Kopf durchzustecken, merkte sie, wie er auf ihren Busen starrte.

»Warum starren Sie mich so an?«

»Ob Sie es glauben oder nicht«, sagte er, »aber ich habe noch nie so wunderbare Brüste gesehen.«

Sie funkelte ihn böse an und kämpfte mit sich, ihren Zorn zurückzuhalten. Endlich sagte sie: »Füllen Sie den Eimer hier mit Wasser!«

Er nahm den Eimer und tauchte ihn in den Fluß. Als er ihn ans Ufer zurückbrachte, war sie fertig angezogen.

»Brauchen Sie jemals einen Mann?« fragte er.

»Sie haben kein Recht, mir solche Fragen zu stellen«, fuhr sie ihn an.

»Tut mir leid«, sagte er. »Normalerweise benehme ich mich nicht so. Ich weiß nicht, was über mich gekommen ist.«

Sie richtete ihre Augen auf ihn und durchbohrte ihn mit einem Blick, der Frauen erzittern und Männer zur Seite blicken ließ. Er hielt ihrem Blick stand, in der Hoffnung, daß sie die Aufrichtigkeit seines Herzen erkennen würde. Ein leichtes Lächeln trat auf ihre Lippen.

»Kommen Sie«, sagte sie dann. »Heute will ich Ihnen etwas ganz anderes zeigen.«

Er nahm den vollen Wassereimer und folgte ihr zurück ins Camp. Seine Leibwächter suchten ihn schon, sie hatten panische Angst vor Zahai. Als sie sahen, daß Jack in der Begleitung ihrer obersten Chefin wieder auftauchte, gingen sie hinter einem Zelt in Deckung und wagten es den ganzen Tag lang nicht mehr, sich vor Zahai blicken zu lassen.

Bald nach dem Frühstück verließ eine kleine berittene Gruppe das Camp – Zahai, Jack, Danachew und drei schwer bewaffnete Guerilleros. Immer am Fuß des Vorgebirges entlang, ritten sie durch die mit Busch bewachsene Halbwüste nach Norden, durch ein Land, das die Dürre grau und braun gebrannt hatte, eine Landschaft, in der alles, bis auf die zähesten Dornbüsche, verdorrt war.

KAPITEL 19

Zahai hielt ihr Maultier an und stieg ab. Die anderen taten es ihr gleich, führten ihre Reittiere am Zügel und folgten ihr zu Fuß. Zahai führte sie zu einer drei Quadratmeter großen, halb mit Sand bedeckten Betonplatte. Es war deutlich zu sehen, daß sie erst kürzlich dort angebracht worden war. Rings um die Platte war das Gelände mit Gebüsch und verdorrten Bäumen dicht bewachsen.

»Was ist denn das?« fragte Jack.

»Das war einmal die wasserreichste Quelle in der ganzen Wüste«, erklärte Zahai. »Die Soldaten haben sie versiegelt, als sie die Nomaden aus Hela und vom Dawa Plateau vertrieben.«

»Warum?«

»Das liegt doch auf der Hand«, gab sie ihm zur Antwort. »Nicht einmal Nomaden können ganz ohne Wasser leben. Warum sie die Nomaden vertrieben haben... kommen Sie... Sie werden es selbst sehen.«

Sie stieg wieder auf und führte die Gruppe quer durch die zur Wüste gewordene Oase auf die andere Seite.

»Wir könnten die Quelle mit Dynamit wieder öffnen«, sagte sie über die Schulter zu Jack.

»Und warum tun Sie das nicht?«

»Sie würden sie ja sofort wieder versiegeln.«

»Haben Sie es versucht?«

»Nicht hier«, sagte sie. »Aber wir haben das schon einmal getan.«

Gegen Mittag sahen sie LKW-Spuren, die ziellos durch die Wüste führten. Sie hielten an, um sie näher zu untersuchen. Zahai schien verwirrt und besorgt. Jack sah sie fragend an.

»Soldaten?«

»Wer sonst?« sagte sie ruhig und nachdenklich. »Normalerweise fahren sie hier nie her. Die ganze Gegend ist schwer vermint.«

»Von wem?«

»Von uns. Und von ihnen.« Sie sah die Angst in seinem Gesicht und grinste.

»Keine Sorge, Mister Rivers«, sagte sie. »Wir leben schon sehr lange hier!«

In sechzig Kilometern Entfernung fuhr der LKW, dessen Spuren sie gesehen hatten, langsam und schwerfällig durch den Sand. Die Insassen waren durstig, hungrig und schlechter Laune.

In der Kabine des *Zion Express* saßen Sam und Gibril, beide völlig verstaubt und in Schweiß gebadet. Gibril fuhr, seine Augen fest und voller Aufmerksamkeit auf die Piste gerichtet. Sam war zu wütend, um etwas zu sagen.

»Gibril?« stieß er schließlich hervor.

»Ja, Boß.«

»Wenn wir den Schatz gefunden haben...«

»Ja, Boß.«

»Dann bringe ich Dich um.«

Gibril zögerte eine Weile. Dann: »Warum, Boß?«

»Warum?« schrie Sam und hieb mit der Faust auf das Armaturenbrett. »Du hast mir gesagt, acht Stunden. Wir fahren jetzt seit vierundzwanzig Stunden durch diese gottverdammte Wüste!«

»Ja, Boß.«

»Warum?«

»Wir haben uns verfahren, Boß.«

»Warum, Du Idiot! Du hast erklärt, Du könntest uns blindlings hinbringen!«

»Ja, Boß.«

»Halt die Schnauze!«

»Ja, Boß.«

Schweigend fuhren sie weiter. Sam begann sich nun große Sorgen zu machen. Dann fuhren sie über LKW-Spuren, die ihren Weg kreuzten.

»Stop!« befahl er.

Gibril hielt an, und Sam sprang hinaus, um die Spuren zu untersuchen. Er kniete sich nieder und betrachtete sie sehr sorgfältig, dann stand er auf und verglich sie mit den Rillen auf den Reifen von *Zion Express*. Sie waren identisch.

»Das sind unsere eigenen Spuren«, schrie er Gibril entgegen. »Du bist wieder falsch gefahren, Du Vollidiot!«

»Ich bitte tausendmal um Entschuldigung, Boß«, sagte Gibril.

Die Arme in die Hüften gestemmt, blickte Sam den Weg zurück, den sie gekommen waren, suchte in allen Richtungen die flache Landschaft ab. Kein einziger erkennbarer Orientierungspunkt weit und breit. Er konnte fast hören, wie Gail ihn auslachte.

»Kannst Du uns wenigstens zum Konvoi zurückbringen?« fragte er Gibril.

»Ich tue mein Bestes, Boß.«

»Nein, das tust Du nicht! Raus, ich fahre!«

»Nein, Boß«, erklärte ihm Gibril mit großer Bestimmtheit. Plötzlich legte er ein völlig verändertes Auftreten an den Tag.

Sam war bereits dabei, in die Kabine zu klettern und das Steuer zu übernehmen, als er den Gewehrkolben im Rücken spürte.

Erschrocken sah er auf.

»Was soll der Blödsinn?«

»Runter!« befahl Gibril.

Sam zögerte, und wieder fuhr ihm der Kolben des Gewehrs, das er auf dem Sitz hatte liegen lassen, schmerzhaft zwischen die Rippen. Das Gesicht hinter dem Gewehr war nicht das des unterwürfigen Gibril, den er kannte.

»Du kommst jetzt herunter, Boß«, wiederholte der Sudanese.

Selbst seine Stimme hatte sich verändert. Sie klang grob und gemein. Es war kaum zu glauben, doch allem Anschein nach hatte Gibril sie alle auf das erbärmlichste hereingelegt. Sam blieb gar nichts anderes übrig, als herunterzuspringen.

Gibril folgte Sam mit dem Gewehr, das er mit der größten Selbstverständlichkeit handhabte.

»Du hast uns wohl absichtlich in die Irre geführt?«

Gibril nickte, grinste und zeigte dabei seine vom *khat* verfärbten Zähne.

»Und was ist mit dem Schatz?« schrie Sam.

»Schatz?« Gibril tat überrascht. »Den einzigen Schatz, den ich kenne, ist das, was ich bekomme, wenn ich den Lastwagen an die Rebellen verhökere.«

»Wie blöd ich doch war!«

»Nicht blöd, Boß«, sagte Gibril. »Habgierig. Ruf die anderen!«

Die anderen Schatzsucher lagen halb schlafend und halbtot vor Hitze und Erschöpfung zusammengedrängt im Laderaum des LKWs. Als sie mit steifen und schmerzenden Gliedern endlich herausgekrochen kamen, trennte Gibril die Sudanesen von den Amerikanern. Letztere wurden von ihm entwaffnet und gezwungen, ein Stück weit in die Wüste hineinzugehen, weg vom LKW.

»Was zum Teufel soll das?« fragten sie Sam.

»Wir sind Gefangene«, erklärte Sam ihnen. »Ich hätte auf die anderen hören sollen.«

Die sudanesischen Fahrer, die nun mit den Waffen der Amerikaner ausgerüstet waren, stiegen in den Truck. Gibril setzte sich wieder hinter das Steuer.

»Du kannst uns doch nicht hier stehenlassen!« schrie Sam.

»Lauft los«, sagte Gibril. »Dort hinten liegt Euer Camp. Er zeigte in die entgegengesetzte Richtung.

Und als sie zu protestieren begannen, daß sie weder zu essen noch Wasser hätten, gab Gibril Gas und fuhr davon, direkt auf das Hochland zu.

KAPITEL 20

Als Zahais Gruppe weiterritt und das Buschland verließ, kamen sie wieder in ein verwüstetes Dorf, in dem die Häuser niedergebrannt worden waren und zwischen den Ruinen Skelette von Menschen und Tieren herumlagen.

Sie hielten an und betrachteten die Berge von Schutt, die einzigen Überreste von Hunderten von Häusern. Nichts rührte sich außer Wind und Staub.

»Hier haben einmal zwanzigtausend Menschen gewohnt«, sagte Zahai, als sie ihr Maultier durch die Ruinen lenkte. »Hier war das Krankenhaus, sehen Sie? Und dort die Moschee.«

Wo die Moschee gestanden hatte, war der Schuttberg höher als sonst, weiß gekalkte Mauerreste, geborstene Säulen und Teile des Minaretts lagen überall herum. Die große Kuppel war auf den Ruinenberg gestürzt, aber nicht auseinandergebrochen und lag dort wie eine mit Juwelen geschmückte Krone auf einem zerschmetterten Schädel.

»Da unten war der Dorfplatz«, erklärte Zahai. »Noch Tage nach dem Luftangriff war der Platz von dem Geschrei und Gezeter der Geier und Raubvögel erfüllt – Aasfresser aus der ganzen Wüste hielten hier ein wochenlanges Festmahl. Und dort drüben, hinter dem Krankenhaus, stand die Schule. Sie wurde von einem Volltreffer zerstört – sehen Sie den Krater dort? Eine einzige Bombe vernichtete in einem winzigen Augenblick das Schulhaus und tötete alle zweihundert Schüler – so plötzlich, so schrecklich war der Angriff.«

Sie hielt ihr Maultier wieder an und blickte verloren über das verwüstete Dorf. In ihren Ohren hallten die Explosionen wider, die Schreie des Entsetzens, sie spürte wieder die Hitze des Infernos, roch den Rauch und Staub, das verbrannte Fleisch und den Gestank von Tod und Verwesung. Sie seufzte tief und sagte: »Das mußte ich Ihnen unbedingt zeigen.«

Jack nickte. Er hatte schon früher zerstörte Dörfer gesehen, war sogar in Kalam gewesen, das dem Erdboden gleichgemacht worden war, doch er war noch nie in einem Dorf gewesen, das einen so gewaltsamen und grausigen Tod erlitten hatte wie dieses hier.

Er fragte Zahai: »Wollen Sie mir nicht sagen, wer das getan hat?«

»Das ist doch offensichtlich«, war ihre Antwort.

»Warum haben sie es getan?«

»Die Leute haben sich geweigert wegzugehen.«

»Wohin?«

»In eine andere Gegend«, sagte sie. »In Umsiedlungsgebiete.«

Jack schüttelte den Kopf. »Das verstehe ich nicht.«

»Sie werden es gleich verstehen«, sagte sie. »Kommen Sie.«

Er folgte ihr durch die Ruinen und die verdorrten Obstgärten. Nicht weit hinter dem Dorf stiegen sie ab, ließen die Maultiere in der Obhut ihrer Eskorte und gingen dann zusammen hinaus in die Wüste. Zahai führte ihn wieder zu einer halb vom Sand bedeckten Betonplatte.

Wie beim letzten Mal klopfte sie mit dem Absatz ihres Stiefels auf die Platte.

»Noch eine Quelle?«

»Nein, das hier ist keine Wasserquelle.«

»Was denn?«

Sie antwortete mit einem Achselzucken. »Das wissen wir nicht so genau. Zuerst haben sie gebohrt, dann alles zugemacht. Der Zutritt zum ganzen Gebiet hier wurde verboten. Überall auf dem Plateau sind solche Löcher.«

Sie standen nahe beieinander und starrten auf die Betonplatte zu ihren Füßen, als erwarteten sie, daß darauf eine Erklärung für ihre Existenz geschrieben stünde. Jack fühlte vage Zahais Nähe, spürte ihren anziehenden Duft. Er verbot sich solche Gedanken und versuchte sich mit aller Kraft daran zu erinnern, was der Informationssekretär der amerikanischen Botschaft damals in der Hauptstadt von ihm über Quellen hatte wissen wollen.

Zahai saß mit gekreuzten Beinen auf der Platte. Jack hockte sich ihr gegenüber hin.

»Zuerst versiegelten sie alle Wasserquellen«, erzählte sie ihm. »Dann ging eine große Geheimnistuerei los, und alle, die hier wohnten, wurden zwangsweise in den Süden umgesiedelt. Dann bohrten sie diese Löcher und versiegelten sie. Und wir, die wir hier geblieben sind, um zu kämpfen, fragten uns, was das alles zu bedeuten hat.«

»Und dann?«

»Niemand gab uns eine Antwort. Aber wir haben Freunde in Rom und an vielen anderen Orten, und die haben Freunde, die Satellitenaufnahmen von unserer Wüste gesehen haben. Sie haben uns wissen lassen, daß diese ganze Wüste hier voller Öl steckt. Reichere Ölfelder als die arabische Wüste.«

»Aber warum haben sie die Menschen denn umgebracht?« fragte Jack. »Warum sie alle von ihrem Land vertrieben?«

»Die Talac sind ein sehr freies und unabhängiges Volk«, erklärte ihm Zahai. Seit Jahrhunderten, schon vor der Zeit des König Suleiman, kämpften sie gegen jede Art von Fremdherrschaft. Aus zahllosen Anlässen waren sie gegen die Araber losgezogen, ehe die Europäer kamen und die Herrschaft über alle an sich rissen, sogar über die stolzen Menschen aus dem Hochland, die sich jahrhundertelang als die Herren des ganzen Landes betrachtet hatten. Sie hatten gegen Engländer und Italiener gekämpft, und in den vergangenen zwanzig Jahren hatten sie sich mit der Regierung in der Hauptstadt um die Autonomie für ihr Land auseinandergesetzt.

»Seit fünfundzwanzig Jahren haben wir Krieg«, sagte Zahai. »Die einzige Möglichkeit, uns unsere Rohstoffe zu rauben, besteht darin, uns einfach auszulöschen. Dürre und Hungersnot haben ihnen einen guten Vorwand geliefert, das gesamte Gebiet der zentralen und nordwestlichen Wüsten zu entvölkern.«

Was hatte doch der CIA-Mann zu Jack gesagt? »Wir befinden uns im Zeitalter des globalen Kampfes ums Überleben. Im Zeitalter der sich verringernden Rohstoffe und des wachsenden Bevölkerungsdrucks, im Zeitalter des pathologischen Eigeninteresses. Eine Zeit rückt heran, in der es sich als politisch ratsam erweisen könnte, zuzulassen, daß ganze Nationen sterben, damit die übrige Welt leben kann.«

»Wie heißt dieser Ort?« fragte er.

»Hela.«

»Jetzt wird mir manches klar.«

»Wieso?«

»Jetzt wird mir klar, was mich der Mann gefragt hat. Ob ich in Hela gewesen sei, ob ich die Bohranlagen gesehen und irgendwelche Anzeichen von der Anwesenheit der Russen bemerkt hätte.«

»Was für Russen?«

»Keine Ahnung. Haben Sie jemals Russen in dieser Gegend gesehen?«

»Nein. Warum?«

»Typische Neurose einer Supermacht«, sagte er. »Die Amerikaner haben Angst, sich in der Frage der Menschenrechte durchzusetzen, weil sie fürchten, daß sie dann ihre Stellung als Supermacht an die Russen verlieren könnten.«

Sie zeigte ihm noch vieles andere. In einem aufkommenden und schnell heftiger werdenden Sandsturm, der den Staub und Schweiß auf ihrer Haut in Lehm verwandelte, ritten sie ins Camp zurück. Einmal wurden sie von einer kleinen Propellermaschine, einem Aufklärungsflieger, angegriffen, doch das Flugzeug drehte ab und verschwand so schnell, wie es gekommen war, als die bewaffnete Eskorte das Feuer eröffnete.

Am Abend jenes Tages unterhielten sich Jack und Zahai am Lagerfeuer noch lange über alles, was sie gesehen hatten. Danachew saß bei ihnen, hörte zu und steuerte dem Gespräch hier und da eine Bemerkung oder Beobachtung bei. An einem anderen Feuer spielte Suleiman auf seiner Harfe und sang wehmütige Lieder. Von Zeit zu Zeit fielen seine Zuhörer in die Strophen ein.

»Lieder der Befreiung«, erklärte Zahai. »Er singt von den Schlachten, die wir geschlagen haben, preist unsere Helden, zählt die Namen der Männer und Frauen auf, die wir verloren haben. Er singt von den Zeiten, als wir noch Herren über unser eigenes Land waren.«

»Singt er auch von der Zukunft?« fragte Jack.

»O ja, das auch«, sagte sie. »Wenn unsere Feinde besiegt sind und das Land befreit ist.«

»Und was wäre, wenn er von einer einzigen großen, vereinten und starken Nation sänge?« fragte er.

»Wir Talacs sind Talacs und werden niemals etwas anderes sein«, antwortete sie.

Jack schüttelte den Kopf. »Das ist eine sehr enge Sicht von der Zukunft.«

»Unsere Welt ist klein«, erwiderte sie.

Der Wind frischte auf und blies Staub ins Feuer. Zahai hielt einen Finger in den Wind und sah zum klaren Himmel hinauf. Dann hob sie die Handflächen, horchte, wie der Wind durch das dürre Gesträuch fuhr. Auf ihrem Gesicht erschien ein Ausdruck von Besorgnis. Sie wandte sich an Danachew.

»Dana?«

Danachew nickte ihr zu. »*Aye*«, sagte er. »Der Khamsin.«

»Suleiman«, rief sie. »Sieh zu, daß die Tiere heute nacht gut angebunden sind.«

Suleiman antwortete in Talacina.

Zahai sagte noch einiges in Talacina zu dem alten Mann, dann erhob sie sich.

»Gute Nacht, Mister Rivers«, sagte sie. »Morgen können Sie zu Ihren Leuten zurückkehren.«

Ehe er noch antworten konnte, wandte sie sich um und ging davon. Danachew sah mit besorgtem Gesicht hinter ihr her.

»Alles okay?« fragte Jack.

»Ja«, seufzte der alte Mann. »Aber sei vorsichtig heute nacht, Many Waters. Khamsin macht die Menschen wahnsinnig.«

Jack begriff nicht, wovon er sprach. Der Wind wurde immer stärker und zerrte wütend an den Sträuchern. Ein Wolf heulte in der Ferne, was im Sturm noch unheimlicher als sonst klang.

»Wer ist Khamsin?« fragte er.

»Khamsin«, der alte Mann lachte verhalten, »Khamsin ist schrecklich in seinem Zorn.«

»Wer ist er?«

»Khamsin«, sagte Danachew, »Khamsin sticht Dir die Augen aus und läßt Deinen Mund vertrocknen. Khamsin saugt das Blut des Lebens aus Dir und füllt Dich mit Leere. Khamsin ist der älteste und böseste aller Wüstengeister.«

Jack fragte sich, was das heißen sollte.

»Hast Du Angst vor Khamsin?« erkundigte er sich schließlich.

Danachew lachte nur.

Suleiman spielte auf seiner Kamelhautharfe und sang schwermütige Lieder – die einzige Stimme in der vom Sturm ergriffenen Wildnis.

Später in der Nacht, als Jack noch nicht einschlafen konnte, dachte er über das nach, was Danachew von Khamsin gesagt hatte, über die Orte, die er gesehen hatte, über Hela. Der Wind heulte und tobte am Berghang, und Jack war bald davon überzeugt, daß die aufgebrachten Geister von zwanzigtausend toten Wüstenbewohnern in dieser Nacht ihr Unwesen trieben.

Er wälzte sich unruhig hin und her, griff nach seiner Taschenlampe und leuchtete überall herum. Ein schwarzer Skorpion kroch mit erhobenem Schwanz quer über den Höhlenboden und suchte in einer dunklen Ecke Zuflucht. Die Wachen am Eingang sahen zu Jack herein und sagten etwas in ihrer Sprache.

»Danke gleichfalls, Freunde«, erwiderte Jack.

Sie schlossen den Vorhang wieder. Jack knipste die Taschenlampe aus. Dann schlief er ein und träumte von einer weiten, mit menschlichen Schädeln bedeckten Landschaft. In dieser grimmigen, verlassenen Gegend tanzte er einen rituellen Tanz mit einer nackten schwarzen Frau, die Zahai sehr ähnlich sah.

Er erwachte von einem Geräusch, der Vorhang schlug gegen

den Eingang. Einen Augenblick später hörte er, wie sich in der Höhle etwas bewegte. Sein Mund war ausgetrocknet, sein Herz raste, langsam griff er nach der Taschenlampe. Sie fiel ihm aus der Hand, und er hörte, wie sie über den Felsboden rollte. Seine Angst wurde zu Panik.

»Wer ist da?« keuchte er.

Die Bewegung kam näher. Einen Augenblick später ertastete eine kalte Hand sein Gesicht, lange schmale Finger strichen über seine Nase, über Mund, Hals und Ohren. Eine Sekunde, noch ehe das Entsetzen in ihm überhand genommen hatte, erkannte er den warmen Moschusduft, der in der Wüste sein schmerzlichstes Begehren ausgelöst hatte.

»Zahai?«

»*Aye*«, antwortete sie in Talacina.

»Hast Du ein Licht?«

»Nein«, sagte sie. »Hast Du Angst vor der Dunkelheit?«

»Nein.«

»Zünde die Kerze an!«

Er tastete am Fußboden nach seiner Hose, holte die Streichholzschachtel aus der Tasche und zündete ein Streichholz an.

Zahai hockte vor seinem Bett, ihre Knie befanden sich direkt vor Jacks Gesicht. Sie hatte sich eine Armeedecke um die Schulter gelegt und trug ihr Gewehr im Arm. Der Lauf zeigte auf seinen Kopf.

Jack schob den Gewehrlauf beiseite und zündete die Kerze an. Dann fand er die Taschenlampe und leuchtete auf den Eingang.

»Die Wachen?«

»Sind weg«, sagte sie. »Sie fürchten Khamsin. Hörst Du?«

Jack horchte. Der Wind heulte immer heftiger und fegte um den Eingang der Höhle.

»Khamsin erfüllt jeden mit Angst und Schrecken«, sagte sie.

»Und Du?«

»Ich brauche mich vor Khamsin nicht zu fürchten«, sagte sie und legte ihr Gewehr auf den Boden. »In einer solchen Nacht hat meine Mutter mich empfangen.«

Sie warf die Decke von der Schulter und streifte das Hemd über den Kopf. An einem Lederband trug sie ein schwarzes Amulett um den Hals. Jack war wie hypnotisiert, als sie ihre Shorts auszog und sich neben ihn auf die Matte legte.

Der Wind wurde immer noch stärker und erfüllte die Nacht draußen mit rätselhaften, unheilvollen Geräuschen. Der Vorhang wehte im Sturm hin und her und schlug gegen den Höhleneingang. Die Kerze flackerte.

»Nimm mich in Deine Arme!« forderte sie.

Er schlang seine Arme um sie und küßte sie. Sie war warm und weich, weicher, als er es sich je vorgestellt hätte. Sie legte ihre Arme um ihn und küßte ihn, drängend und heftig. Er wollte sich einen Augenblick lang zurückhalten, versuchte, sich von ihrem Hunger nicht überwältigen zu lassen, sagte sich, er müsse diesen Augenblick hinauszögern, doch es war alles umsonst. So wie der Sturm in der Wüste wurde auch ihre wilde Leidenschaft immer heftiger.

Sein eigener Wille galt nichts mehr, und so erlag er ihrer fordernden Leidenschaft, ließ sich von ihr davontragen über den Kamm einer unvorstellbar hohen Welle, und als er in die Tiefe stürzte, schaute er in ihre unergründlichen schwarzen Augen und wußte, daß er verloren war. Sie trank ihn in ihrem Durst leer, sie sog ihn auf wie der Wüstensand das Wasser des Gewittersturms aufsaugt.

Der unerträgliche Schmerz, die Qual, die er litt, verschlungen zu werden, zerriß seinen Körper, seine Nerven und ließ ihn aufheulen wie ein Tier, dem bei lebendigem Leib die Haut abgezogen wird. Der qualvolle Schrei, mit dem Jack sich ergab, löschte, als er aus der Höhle über das schlafende Camp hinausgetragen wurde, die Kerze. Danachew, den Unruhe und Besorgnis nicht schlafen ließen, vernahm den Schrei mit Bestürzung, dann nahm ihn der wirbelnde Sandsturm auf und trug ihn über die Wüste in ein anderes Guerillacamp, das in den fernen Nukha-Bergen lag.

Ein Wachsoldat schreckte auf, rannte durch das Camp und rief den Kommandanten aus seinem Zelt. Drinnen brannte noch eine Kerze. Eine verärgerte Stimme antwortete in Talacina. Nach einem kurzen Wortwechsel kam der Guerillaführer, seine Hose hochziehend, heraus.

»Was ist los?«

»Hörst Du, Babu?« fragte der Wachsoldat. »Hast Du gehört?«

Der Guerillaführer horchte angestrengt in die Nacht hinaus. Er war ein riesiger, ungeschlachter Mann, Haar wucherte auf seinem Kopf, auf der Brust und im Gesicht.

»Khamsin?«

»*Aye*«, antwortete die Wache. »Hör doch nur, Babu!«

Sie hörten den Sturm näherkommen wie Wellen, die das Meer ans Land wirft, dazwischen das gequälte Heulen eines eingesperrten Wolfes. Beunruhigt roch der Guerillaführer in der Luft, seine Nasenflügel bebten wie bei einem Bluthund, der einen Geruch aufgenommen hat.

»Ich bringe ihn um«, brüllte er. »Ich bringe den Hund um!«

Er packte das automatische Gewehr des Wachsoldaten und schoß wild in die Luft. Als die erschreckten Guerilleros aus ihren Zelten stolperten, gab er dem Wachposten das Gewehr zurück und brüllte den schlaftrunkenen und verwirrten Männern einige Befehle zu.

Aus dem Zelt hinter ihm trat eine Nomadenfrau, völlig nackt, mit langem, fließendem Haar und vor Angst weit aufgerissenen Augen.

KAPITEL 21

Als Jack aufwachte, war der Sturm vorüber und Zahai nicht mehr da. Zusammengerollt und erschöpft, mit Sand und Schweiß bedeckt, fand er sich auf der Schlafmatte. Das Bettzeug und seine Kleider lagen überall in der Höhle verstreut. Sein ganzer Körper schmerzte.

Langsam stand er auf. Er sammelte seine Kleidungsstücke eines nach dem anderen ein, zog sich an und trat aus der Höhle. Die Sonne ging gerade über den Ajut-Bergen auf, und das Camp erwachte langsam zum Leben, als Jack leise durch das Lager hinunter zum Fluß ging.

Zahai badete und sang, als er sich dem Ufer näherte.

»Guten Morgen«, rief er.

»Guten Morgen, Mister Rivers«, rief sie vergnügt.

»Ist das Wasser kalt?«

»Sehr kalt.«

»Gut.«

Sie sah auf, lächelte und badete weiter. Jack zog sich aus.

»Was machen Sie da?« fragte sie.

»Ich ziehe mich aus.«

»Das ist nicht klug von Ihnen«, warnte sie ihn.

Doch er tat es trotzdem und watete zu ihr hinaus in den Fluß. Er setzte sich neben sie auf den Stein und versuchte sie zu küssen. Sie stieß ihn derart heftig von sich, daß er ins tiefe Wasser fiel und unterging. Mit den Armen um sich schlagend und nach Luft schnappend, kam er wieder hoch. Hatte er in der Nacht geträumt? Das eiskalte Wasser ging ihm bis zur Taille.

»Das war unfair!«

»Wir befinden uns im Krieg, Mister Rivers«, sagte sie. »Wir haben keine Zeit für Spielereien.«

»Verstehe.«

Er blieb im tiefen Wasser, während er sich wusch und seine verkrampften Muskeln massierte.

»Sind Sie je in der Hauptstadt gewesen?« fragte er.

»Ja.«

»Wann?«

»Das ist schon lange her«, sagte sie. »Ich studierte dort an der Universität. Und in Rom und Paris.«

»Wo haben Sie das Kriegshandwerk gelernt?«

»Überall, wo ich war«, antwortete sie. »Aber hauptsächlich hier. Die Männer und Frauen meines Clans waren schon immer Krieger – von ihnen stamme ich ab.«

»Das ist nicht zu übersehen«, nickte er.

»An den Universitäten lernt man zu denken, sich ein Urteil zu bilden«, sagte sie. »Man lernt, kompromißlos zu seiner Überzeugung zu stehen. Dort habe ich gelernt, mich einer etablierten Autorität zu widersetzen, bei Ausschreitungen nein zu sagen. Ich habe gelernt, Steine zu werfen.«

In Europa hatte sie Politik studiert, Wirtschaftswissenschaften und noch ein bißchen von allem anderen. Sie war nach Hause zurückgekehrt, entschlossen, ihrem Volk, um den Schritt in die heutige Welt tun zu können, zu helfen, sich vom Mittelalter und den lähmenden Fesseln des traditionellen Feudalismus zu befreien. Dann waren andere Probleme aufgetaucht, von denen das wichtigste und entscheidendste in der Frage nach den Rechten eines Volkes bestand, nach dem Recht auf Wohlstand und dem Recht auf den Ertrag aus den natürlichen Rohstoffen, die in dem Land vorkamen, das ihrem Volk von altersher gehörte.

Jack sah abwesend in die Luft.

»Sie hören mir ja gar nicht zu«, sagte sie.

»Ich liebe Dich.«

»Nein, das tust Du nicht!«

»Ob Du es glaubst oder nicht, ich liebe Dich.«

»Warum?«

»Warum nicht?«

Sie sah, daß er es ernst meinte, und hörte auf zu lachen. Es sei ein guter Witz, sagte sie, aber nicht sehr komisch. Bei ihr zu Hause wählten sich die Frauen den Mann aus, nicht umgekehrt wie in Amerika.

»Laß Deine Wahl auf mich fallen«, bat er.

»Und Du würdest mir gehören?«

»Das wäre wunderschön.«

»Und keine andere Frau lieben?«

»Kein Problem.«

»Du würdest mein Sklave sein?«

»Ich werde dein Sklave sein.«

»Das macht keinen Sinn«, meinte sie. »Es stimmt nicht mit dem überein, was Du für richtig hältst und glaubst.«

»Ich kann mich ja ändern, kann lernen.«

»Nein«, sagte sie. »Wir müssen dieses Gespräch abbrechen. Es führt zu nichts.«

Sie sah weg, und da sie alles darauf anlegte, ihre Unsicherheit zu verbergen, vermied sie es, ihm in die Augen zu schauen. Plötzlich erkannte Jack den Schleier der Verletzlichkeit, der sie umgab. Schließlich war auch sie ein menschliches Wesen, anfällig für Emotionen, die Menschen zu Menschen machen.

Er watete durch das Wasser zu ihr hin, beugte sich nieder und küßte sie, trotz ihrer lebhaften Proteste, auf den Mund. Sie stieß ihn nicht beiseite, ließ sich aber auch keine Reaktion anmerken, sondern saß still. Ihre kalten Lippen lagen auf den seinen, bis er sie losließ.

»Das war nicht sehr gut«, bemerkte sie.

»Ich kann es auch besser.«

»Nein, bitte nicht«, sagte sie. »Meine Leute sehen zu.«

Er wandte sich ab, blickte sich um und sah niemanden. Die morgendliche Stille wurde nur vom Murmeln des Wassers auf den Steinen unterbrochen.

»Du kannst sie nicht sehen«, erklärte Zahai. »Aber sie sind trotzdem da. Es ist ihre Pflicht, mich zu beschützen.«

Das ernüchterte ihn ein wenig. Erst jetzt merkte er, wie eiskalt das Wasser war.

»Ich meine es ernst«, sagte sie, »diese ganze Geschichte ist nichts anderes als eine schreckliche Schwäche. Wir dürfen uns nicht verlieben. Hier gibt es so viel Arbeit für mich.«

»Ich kann Dir helfen.«

»Ja, sicher«, nickte sie. »Aber die Hilfe, die wir brauchen, die kannst Du uns hier nicht geben. Du mußt zurück in die USA.«

Damit stand sie auf, nahm ihr Gewehr und ihre übrigen Sachen und begab sich zurück ans Ufer. Sie zog sich schnell und mit wütenden Bewegungen an. Dann füllte sie den Eimer, um ihn ins Camp zurückzutragen.

Auch Jack watete ans Ufer und trocknete sich mit ihrem Handtuch ab.

»Heute zeige ich Dir noch eine einzige Wahrheit«, erklärte sie feierlich. »Dann mußt Du zu Deinen Leuten zurückgehen.«

Sie wandte sich um, nahm ihr Gewehr und trug den Wassereimer ins Camp. Jack sah ihr nach. Etwas Gutes war gestorben, noch ehe es geboren war.

Später am Vormittag kamen die Kundschafter und berichteten, daß die schon seit langem erwartete Winteroffensive begonnen habe und überall im Gebirge Regierungstruppen von Borku gesichtet worden seien.

Daraufhin sagte Zahai ihren geplanten Ausflug mit Jack Rivers ab. Alle Mitglieder der Einheit blieben den Tag über im Camp.

KAPITEL 22

Den ganzen Tag lang donnerten Aufklärungsflugzeuge über die Ajut-Berge, und in großer Höhe wurden sie immer wieder von Truppentransportmaschinen auf ihrem Weg zu den Stützpunkten im Südwesten überflogen.

Gegen zehn Uhr, als die Sonne schon hoch über dem Gebirge stand und das Land erwärmt hatte, nahm Zahai ihr Gewehr und stieg mit Jack zu den über dem Camp gelegenen Hängen hinauf.

»Es gibt noch so vieles, das ich Ihnen sagen muß«, erklärte sie.

Nachdem sie ungefähr einen Kilometer gegangen waren, fanden sie eine geschützte Stelle, wo sie sich hinsetzen und reden konnten.

»Ich hatte gehofft, ich könnte Sie heute zurückbringen«, sprach sie weiter. »Nun müssen wir aber warten, bis der Sturm vorüber ist.«

Die ersten paar Tage seien immer die schlimmsten, erklärte sie ihm. Danach seien die Soldaten – meistens junge, frisch eingezogene Rekruten, die Angst hätten – von ihren Einsätzen erschöpft und ebenso wie die Guerilleros vor allem daran interessiert, direkte Konfrontationen zu vermeiden.

»Haben Sie jemals daran gedacht zu verhandeln?« fragte Jack. »Mit dem Militärregime?«

»Manche von ihnen sind gar nicht so übel.«

Zahai schüttelte den Kopf. »Sie kennen unsere Feinde nicht, Mister Rivers. Militärs haben nur eins im Sinn: Macht. Vernunft interessiert sie nicht, Recht und Unrecht auch nicht. Deshalb kann man einem Militärregime nie trauen.«

Jack Rivers verstand sie nur zu gut. Der Oberst, der das Kommando über den Hafen von Adan hatte, hatte ihm auf eine sehr direkte Art die offizielle Taubheit gegenüber allem, was die Vernunft zu sagen hat, vor Augen geführt.

»Mister Rivers«, hatte der Oberst ihm entgegnet, »wir befinden uns mitten in der Kaffee-Ernte, und jetzt ist der Zeitpunkt, wo wir den Kaffee exportieren. Wie Sie wissen, macht der Kaffee-Export sechzig Prozent unserer Deviseneinkünfte aus. Alle LKWs im ganzen Land werden dafür gebraucht. Kommen Sie in zwei Monaten wieder. Dann kann ich mich vielleicht mit Ihrer Anfrage befassen.«

»Bis dahin sind vielleicht eine halbe Million Menschen tot«, hatte Jack ihm zu bedenken gegeben.

»Was soll ich denn machen, Mister Rivers? Der Kaffee muß nach Europa und in die USA. Sonst fehlt uns das Geld, um das Land zu regieren.«

»Dollars sind also wichtiger als Menschen?«

»Dollars sind wichtig für die Menschen«, hatte der Oberst ihm entgegengehalten. »Ohne Dollars ist Ihre kapitalistische Regierung nicht bereit, Beziehungen zu unserer sozialistischen Regierung einzugehen. Bedenken Sie doch, wir haben dreißig Millionen Menschen in Borku. Eine Regierung kann sich nicht nur um einen kleinen Teil der Bevölkerung kümmern. Wir müssen das tun, was für die gesamte Bevölkerung von Nutzen ist. Wir sind nämlich eine Demokratie, wissen Sie.«

Zahai nickte. »Es ist immer dasselbe Argument. Der Kaiser hat es schon benutzt, um seine Gleichgültigkeit gegenüber dem Elend und dem Leid der Nomaden während der ersten Hungerkatastrophe zu rechtfertigen.«

Von dem Hang aus, wo sie saßen, konnten sie meilenweit in die Wüste sehen. Nichts bewegte sich, nur der Wind wehte über die verlassene Ebene. Ein Felsüberhang schützte sie vor den Windböen, sie betrachteten das in der Hitze flimmernde Land. Jack erzählte Zahai von seiner Begegnung mit Timothy Carter in Sokotra.

»Natürlich wissen wir, was los ist«, hatte Mr. Carter gemeint. »Wir haben sie schon zwei Jahre, bevor die Hungersnot ausbrach, gewarnt. Können Sie sich vorstellen, daß sie sich nicht einmal die Mühe gemacht haben, den Empfang unseres Berichtes zu bestätigen?«

Die Guerilleros hatten sogar schon länger als die Amerikaner von der bevorstehenden Hungerkatastrophe gewußt. Als sie die Aufmerksamkeit der Weltöffentlichkeit auf die drohende Katastrophe lenken wollten, waren ihre Versuche als bloße Hirngespinste habgieriger Banditen abgetan worden.

»Es spielte sich vor unseren Augen ab«, sagte Zahai. »Die Lagerhäuser wurden immer leerer. Der Wasserstand in den Brunnen sank, und der Wind blies unablässig Staub durch die Luft. Wir sahen die Katastrophe kommen und konnten nichts tun, um sie aufzuhalten.«

Sie schwieg, in Erinnerungen versunken.

»Mister Rivers,« fuhr sie nach einer langen Weile fort. »Was Sie tun, ist im Prinzip richtig. Es genügt aber nicht. Ein Mensch, der von Nahrungsmittelhilfe abhängig ist, wird zum Sklaven dessen, der ihn ernährt. Um uns mit Lebensmitteln zu versorgen, dürfen wir nicht von der Hilfe von außen abhängig werden. Wenn die Amerikaner morgen alle die von ihnen produzierten Nahrungsmittel selbst brauchen sollten, dann müßten wir alle verhungern, und Sie hätten Ihr Leben bei dem Versuch vergeudet, uns zu retten.«

»So dürfen Sie nicht denken«, sagte Jack eindringlich.

»Muß ich aber, Mister Rivers. Auch ein Mensch, der verdurstet, darf niemals vergessen, daß überall die Gefahr des Ertrinkens lauert. Es stimmt, wir brauchen die Lebensmittel, die Sie uns überlassen. Aber bei uns gibt es ein Sprichwort: ›Wenn Du einem Mann Brot gibst, hat er genug für einen Tag. Wenn Du ihn aber lehrst, sein Land zu bebauen, haben Generationen genug.‹ Wir müssen unser Schicksal in unsere eigene Hand nehmen, wir müssen für uns das tun, was Sie jetzt für uns tun. Für die immer wiederkehrenden Probleme wie Dürre, Krankheiten und Despotismus müssen wir selbst Lösungen finden.«

»Ja, das müßt ihr«, pflichtete Jack ihr bei.

»Unsere Bauern haben schon vergessen, wie man das Land bestellt«, sprach sie weiter. »Vor den nächsten Regenfällen müssen wir ihnen wieder beibringen, wie man den Boden landwirtschaftlich nutzt und was angebaut werden kann.«

»Dieses Land hier bestellen? Hier säen und pflanzen?«

»Ja, sicherlich ist unser Land nicht mehr so reich und fruchtbar wie früher«, gab sie zu. »Aber wir müssen lernen, damit zu leben, es im Rahmen des Möglichen zu nutzen. Dann brauchen wir nur noch Regen.«

»Nein, Zahai«, sagte Jack mit einem Anflug von Trauer in seiner Stimme. »Wenn der Regen eines Tages wirklich käme, dann würde dieses ganze Land ins Meer geschwemmt. Ihr werdet mehr als Regen brauchen, um euch wieder auf die eigenen Füße zu stellen.«

Der Sonnenuntergang ist ein friedlicher Augenblick im zentralen Hochland. Die Berge kleiden sich in Gold, und wenn die Sonne in die Wüste versinkt, färben sie sich grau.

Die Guerilleros gingen nun, da ein Überraschungsangriff unmöglich war, in aller Ruhe den Pflichten nach, die sie im Camp hatten. In den ganzen zehn Jahren seit dem Bestehen des Camps war kein einziger Soldat näher als dreißig Kilometer an das Hauptquartier herangekommen. Möglicherweise deswegen, weil der militärische Geheimdienst nichts von seiner Existenz wußte. Vielleicht lag es aber auch daran, daß es nur einen einzigen Zugang gab und der führte durch die offene Wüste, wo jede Bewegung über Meilen hinweg zu sehen war. Und schließlich lag es im Herzen des von der Guerilla kontrollierten Gebietes.

Trotz alledem hatte Zahai angeordnet, daß zusätzliche Späher auf dem Berg über dem Camp postiert werden sollten und daß die Anzahl der regulären Wachen für den Tag oder bis zu dem Zeitpunkt, wo die Berichte der Kundschafter bestätigt werden konnten, verdoppelt wurden.

Jack verbrachte den Nachmittag in der Gesellschaft von Suleiman und Dawit, die für seine Sicherheit verantwortlich waren. Um sich die Zeit zu vertreiben, zeigte er ihnen, wie man einen Kompaß gebraucht.

Weit mehr als an einer kostenlosen Unterrichtsstunde im Kompaßlesen war Suleiman jedoch an Jacks goldener Uhr interessiert.

»Schenkst Du sie mir?« fragte er unablässig.

»Nein«, beschied ihn Jack. »Würdest Du jetzt bitte versuchen, Dich auf das zu konzentrieren, was ich Dir hier zeige?«

»Warum?«

»Weil es Euch das Leben retten könnte«, sagte Jack. »Siehst Du, dieser rote Pfeil zeigt Dir, in welcher Richtung Mekka liegt.«

»Und?« fragte Dawit.

»Norden«, sagte Jack. »Stellt euch Norden als die Richtung vor von... Hela...«

»Wozu?« fragte Dawit.

Jack sah sich hilfesuchend nach Danachew um. Der alte Mann saß ein paar Schritte weit weg und flickte seine zerrissenen Hosen. Er sah Jack an und hob ratlos die Schultern.

»Also«, erklärte Jack Dawit, »um zu wissen, in welche Richtung Du gehen sollst, mußt Du erst einmal wissen, wo Du bist.«

»Wir sind hier«, sagte Dawit.

»Wo hier?«

»Hier!«

Jack schüttelte verzweifelt den Kopf und dachte, das kann doch nicht wahr sein!

»Nein, Dawit«, fuhr er geduldig fort. »So funktioniert das nicht. Nimm mal an, Du möchtest irgendwo hingehen. Dann mußt Du erstens genau wissen, wohin. Zweitens mußt Du wissen, wo Du Dich jetzt befindest im Verhältnis zu dem Ort, zu dem Du gehen willst. Dann, und erst dann, wirst Du wissen, in welche Richtung Du gehen mußt, um dorthin zu kommen, wo Du hinwillst.«

Das wird sie jetzt erst recht durcheinanderbringen, dachte Danachew. Dawit brummte von derart komplizierten Gedankengängen der Kopf, aber Suleiman hatte überhaupt nicht zugehört. Seine Augen, sein Herz und sein Verstand waren entschlossen, Jacks Uhr für sich zu gewinnen.

»Schenkst Du sie mir?«

»Nein.«

»Verkaufst Du sie?«

»Nein.«

»Warum nicht?«

Jack faltete seine Landkarte zusammen, stand auf und ließ seine unwilligen Schüler allein. Danachew sah ihm entgegen und lächelte.

»Es ist hoffnungslos«, sagte Jack. »Sie wollen nichts Neues lernen.«

Danachew lachte. »Many Waters«, sagte er. »Der hungrige Löwe braucht kein Werkzeug, um seine Beute zu finden.«

»Wir sind schließlich keine Tiere«, erwiderte Jack und steckte seinen Kompaß ein.

»Richtig«, räumte der alte Mann ein. »Aber wir leben seit vielen Jahren in diesen Bergen, und keiner, nicht einmal Dawit, der, wie Du gemerkt hast, nicht sehr helle ist, hat sich jemals verirrt. Wenn sie aber überzeugt würden, daß sie einen Kompaß brauchten, dann, so fürchte ich, werden sie sich ohne Kompaß verirren.«

Suleiman erschien und sagte etwas in Talacina zu dem alten Mann. Dann zog er seine Pistole und reichte sie Jack.

»Was soll ich damit?« fragte Jack verwirrt.

»Ein sehr gutes Modell«, antwortete Suleiman.

»Das sehe ich.«

»In Amerika hergestellt.«

»Ja, das steht hier«, sagte Jack. »Made in USA. Aber warum gibst Du sie mir?«

Seine Frage wurde von Danachew beantwortet: »Für deine Armbanduhr.«

Jack schüttelte den Kopf und gab ihm die Pistole zurück.

»Tut mir leid, Suleiman. Aber das ist kein Geschäft für mich.«

Suleiman stand die Enttäuschung im Gesicht geschrieben. Er ging weg.

Jack sah Danachew an und fragte: »Wenn man gelernt hat, mit einer Waffe zu leben, ist man dann ohne sie nicht hilflos?«

Danachew nickte. »Aber Suleiman gibt nicht so schnell auf«, sagte er. »Du wirst schon sehen.«

»Ich habe die Uhr von jemandem geschenkt bekommen, der mir sehr nahe steht«, erzählte ihm Jack. »Sollte ich mich jemals von ihr trennen, dann gäbe ich sie nur jemandem, den ich sehr gern habe.«

Danachew nickte wieder. Er stammte aus einem Land, in dem Weisheit und Intelligenz als hohes Gut galten. Selbst wenn Frauen und Kinder diese Fähigkeiten besaßen, wurden sie anerkannt und geschätzt.

»Ich würde Suleiman ja den Kompaß schenken«, meinte Jack. »Aber wie Du gesagt hast – er kann nicht viel damit anfangen.«

»Many Waters«, sagte der alte Mann und lächelte. »Auch Du mußt lernen, Deine Nase zu benutzen. Du kannst Deinen Kompaß verlieren, Deine Nase aber nicht!«

»Meine Nase ist auch sehr gut«, sagte Jack lachend und schnüffelte im Wind. »Ich rieche Pulverrauch und Staub und Pferdemist. Ich rieche Schweiß und ungewaschene Körper. Viele ungewaschene Körper.«

Danachew lachte laut.

»Schade, daß Du kein Talac bist, Many Waters. Du wärest ein guter Partner für Zahai.«

Jack war wie vor den Kopf gestoßen. Er las in Danachews Gesicht, wie ernst es ihm war, und er wollte etwas sagen, um seine Verlegenheit zu überspielen, aber es fiel ihm nichts Intelligentes oder Passendes ein.

»Es ist nicht leicht für eine Frau, Anführerin einer Männereinheit zu sein«, fuhr der alte Mann fort. »Ganz besonders nicht, wenn sie so schön und lebhaft ist wie Zahai.«

»Sie macht es sehr gut«, sagte Jack.

»Ja«, nickte der alte Mann. »Aber sie ist immer einsam, sehr einsam. Manchmal liest sie, um die Einsamkeit zu verbannen.

Ich wache im Morgengrauen auf, und bei ihr brennt noch immer Licht. Das tut mir weh, weil ich sie gern habe. Es ist nicht gut, wenn eine Frau unter Männern einsam ist. Aber wie Du gesehen hast, ist hier niemand, der ihr ein ebenbürtiger Partner sein und ihren großen geistigen und physischen Hunger stillen könnte.«

Jacks Gesicht brannte vor Verlegenheit. Danachew entging das nicht. Er wurde seinerseits verlegen. Langsam und traurig schüttelte er den Kopf hin und her.

»Ich weiß nicht, warum ich so rede«, sagte er leise. »Aber ich bin froh, daß ihre eiserne Entschlossenheit den Sieg davongetragen hat über unsere gutgemeinte Beurteilung Deiner Person und unseren weisen Rat und daß sie Dich hierhergebracht hat. Sie hat eindeutig richtiger geurteilt als wir.«

Plötzlich rief der Wachposten auf dem Aussichtspunkt oberhalb der Höhlen etwas. Hektik und Aufregung ergriffen vom ganzen Camp Besitz.

»Deine Nase gibt Dir recht, wie mir scheint«, sagte Danachew zu Jack. »Es kommt irgendwer«

Dann folgte eine kurze Zeitspanne zwischen Chaos und Ordnung, als die Vorbereitungen zur Verteidigung des Camps in die Tat umgesetzt wurden. Die Soldaten waren darauf gedrillt worden – die ganze Übung war perfekt trainiert und wurde ebenso ausgeführt. Waffen und andere Ausrüstung wurden aus den Bunkern geholt und verteilt. Jeder rannte zu dem ihm seit langem angewiesenen Platz.

Zahai, die so ruhig und gefaßt aussah wie immer, nahm die Meldung entgegen, daß ihre Befehle ausgeführt wären, und überprüfte alles noch einmal. Mit einer Kalaschnikov über der einen und einem Patronengurt über der anderen Schulter marschierte sie den Pfad zu den Höhlen entlang, Jack und Danachew folgten ihr. Von dort konnten sie sehen, welcher Art die Bedrohung war.

Ungefähr in einem Kilometer Entfernung draußen in der Wüste näherte sich ihnen langsam und vorsichtig eine kleine Karawane von Männern und Pferden. Aus der Entfernung gesehen, machte die Karawane keinen bedrohlichen oder alarmierenden Eindruck.

Vom Ende des Fußpfads, der an den Höhlen vorbeiführte, beobachtete Jack die näherkommenden Männer. Die Besucher waren ohne allen Zweifel bewaffnet. Was sie mit ihrem Besuch beabsichtigten, das würde sich sicher bald herausstellen.

Jack stand zwischen Danachew und Zahai, so nahe neben ihr, daß er ihren Schweiß riechen konnte – diesen berauschenden, moschusartigen Duft, den er in seiner Magengegend spürte. Die aggressiven Drüsenabsonderungen einer furchtlosen Kreatur.

Der Wachposten am Aussichtspunkt rief nun etwas, was wohl eine Entwarnung darstellte, dann folgte ein kurzer Wortwechsel zwischen Zahai und Danachew. Weder war der Unwille in ihrer Stimme zu überhören, noch bei ihrer Gestik die Verärgerung zu übersehen, als sie sich schnell umdrehte und davonstürmte.

Fragend schaute Jack Danachew an.

»Shakira kommt«, erklärte der alte Mann.

»Shakira, der Wolf?«

»Kennst Du ihn?«

»Und ob ich den Verrückten kenne! Er hat mich beinahe umgebracht!«

Danachew lachte. »Shakira ist immer dabei, irgend jemanden fast umzubringen«, sagte er. »Furcht kennt er nicht.«

Er ging auf dem Weg voran, der zum Camp zurückführte, wo sich die Männer, nachdem der Alarm abgeblasen worden war, zur Begrüßung der Ankömmlinge versammelten. Erwartungsvolle Aufgeregtheit lag in der Luft. Sie freuten sich auf Neuigkeiten aus anderen Teilen des Landes, auf ein Wiedersehen mit alten Freunden.

Zahai, die jetzt ihr Gewehr und die Patronen wieder abgelegt hatte, trat aus ihrer Höhle und blieb neben dem Eingang stehen, um die Ankunft von Shakiras Gruppe im Auge zu behalten.

Es waren ungefähr dreißig Männer auf Maultieren und Kamelen, mit Staub überzogen und sehr erschöpft von ihrem langen Marsch von den Nukha-Bergen quer durch die Wüste. Shakira hatte darauf bestanden, im hellen Tageslicht zu reiten. Die Gefahr von Luftangriffen schien er vergessen zu haben, was seinen sonstigen Gewohnheiten keineswegs entsprach.

Als die Männer abstiegen und sich unter ihre Kameraden mischten, traf Shakira im Vorübergehen auf Danachew. Er schlang seine riesigen Arme um die zerbrechlichen Schultern des alten Mannes, drückte ihm die Luft aus den Lungen und schrie so laut »Dana! Dana!«, daß das Echo von den Bergen zurückgeworfen wurde.

»Shakira!« rief Danachew etwas leiser.

»Danasteri, alter Freund«, schrie Shakira. »Du bist noch nicht tot?«

»Noch nicht«, lachte Danachew. »Ein Tod fordert nicht einen anderen – ich sehe, Shakira, daß auch Du noch lebst!«

»Nicht nur, daß ich noch lebe – ich kämpfe auch noch immer«, entgegnete Shakira.

»Wenn Du dem Tod Angst einjagen willst, laß es mich wissen. Vielleicht helfe ich Dir dabei!«

Da erst fiel sein Blick auf Jack. Er sah ihn mit zusammengekniffenen Augen an und zermarterte sich das Gehirn, woher er ihn kannte.

»Wer ist das?« fragte er. »Etwa der Amerikaner?«

Jack nickte, worauf Shakira ein großes Gelächter anstimmte.

»Was tust Du denn hier, Amerikaner?« fragte er belustigt. »Hast Du Dich schon wieder verirrt?«

Jack verneinte: »Diesmal nicht.«

»Warum bist Du dann nicht in Amerika?«

»Ich war dort und bin hierher zurückgekommen.«

»An diesen schrecklichen Ort? Weißt Du noch, Dein alter Lastwagen? Krach! Bum!« lachte er. »Krach! Bum! Und weißt Du, wer die Landmine gelegt hatte? Meine eigenen Männer, ha, ha, ha!«

Laut lachend drehte er sich nach Danachew um.

»Dana«, sagte er. »Kennst Du diesen Amerikaner? Er hat Eier wie ein Kamel, er ist sehr draufgängerisch und sehr tapfer.

Aber er fährt Auto wie ein Verrückter und hätte mich fast umgebracht.«

Er lachte wie ein Irrer. Jack grinste nur.

Plötzlich erstarrte er. Jack folgte seinem Blick zum Eingang von Zahais Wohnung, wo sie in aller Ruhe stand und beobachtete, was vor sich ging.

»Moment mal«, sagte Shakira zu Jack. »Ich bin gleich wieder da.«

Er rannte den Weg zu ihr hinauf. Zahai drehte sich um und verschwand in ihrer Wohnung. Shakira rannte den Rest des Weges schneller, schob den Vorhang zur Seite und trat in die Höhle.

Danachew sah, wie dies Jack verletzte, und auch ihm tat es weh. Jack ging davon. Warum war er nicht trotz allem aufgebrochen und zu seinen Leuten zurückgekehrt?

Zahai und Shakira zeigten sich an diesem Abend nicht mehr.

Während die allgemeine Ausgelassenheit sich nach und nach legte und es langsam ruhig wurde im Camp, saßen Jack und Danachew noch immer am Feuer beisammen und unterhielten sich leise, wie sie es an den Abenden zuvor auch getan hatten. Von Zeit zu Zeit warf Jack einen verstohlenen Blick auf Zahais Wohnung. Anders als in den vorangegangenen Nächten, wo bis spät eine Kerze gebrannt hatte, war alles dunkel.

»Wir waren eine große Armee unter dem Oberkommando von Begemdar«, erzählte Danachew. »Als Begemdar durch eine Bombe ums Leben kam, stritten sich seine Stellvertreter um die Führung, und wir teilten uns in zwei gleich starke Einheiten auf.

Eine Einheit zog nach Norden in die Nukha-Berge, während die andere nach Süden ging, in die Ajut-Berge und in die Zentralregion. Aber auch diese Einteilung wurde hinfällig, als Shakira zu ehrgeizig wurde und gegen den Rat seiner Offiziere die Kasernen in Madalla überfiel. Madalla liegt sehr weit von hier entfernt«, fuhr der alte Mann fort.

»Ich kenne Madalla«, warf Jack ein.

»In Madalla haben wir viele gute Männer verloren, aber nichts gewonnen«, sagte Danachew.

»Und Zahai?«

»Sie war damals Anführerin einer kleineren Einheit«, antwortete Danachew.

»Sie verlor viele ihrer Männer, viele Kameraden der alten Schule. Sie wurde selbst verwundet, doch darauf achtete sie nicht.«

Jack hatte die alte Verwundung gesehen und gespürt. Eine lange Narbe auf ihrer linken Seite, von der sie sagte, es sei »nichts«.

»Sie hat damals versucht, Shakira umzubringen.«

»Warum?«

»Es war völlig unsinnig gewesen, Madalla anzugreifen, nichts konnte dadurch gewonnen werden.«

Danachew berichtete weiter, daß Zahai diese Meinung von Anfang an Shakira gegenüber vertreten hatte. Die Verteidigung von Madalla wäre zu gut. Die Guerilleros hatten damals weder genug Truppen noch Waffen für einen Angriff auf eine volle Division des 12. Pionierbataillons. Folglich erlitten sie eine äußerst demütigende Niederlage.

»Wir wurden vollkommen in die Flucht geschlagen«, sagte Danachew und schüttelte den Kopf. »Hinterher lachte Shakira nur darüber. Der Verlust von hundert Männern, meinte er, was mache der schon aus? Ich habe Tausende zur Verfügung. Da verlor Zahai die Beherrschung und schoß auf ihn.«

»Sie hat richtig geschossen?«

»Daneben«, sagte Danachew. »Sie ist schrecklich in ihrem Zorn.«

Danach hatte es noch einmal eine Spaltung gegeben. Wider besseres Wissen hatte Shakira seine Männer nach Norden geführt, um den Luftwaffenstützpunkt in Adan zu überfallen. Der jetzt noch verbliebene Teil der Truppe – hauptsächlich weise alte Männer, kriegsmüde Männer – ritt zurück nach Kafta, wo sie einen Stützpunkt errichteten. Von dort aus operierten sie, bis die Armee kam, den Stützpunkt mit Granatwerfern beschoß und ihn in Staub und Asche legte. Shakira tauchte immer wieder mit seinen Männern auf und wollte Zahai dazu überreden, mit vereinten Kräften einen Angriff auf die Provinzhauptstadt Satar zu wagen. Aber Zahai weigerte sich, schickte ihn fort, und dann ließ er monatelang nichts mehr von sich hören.

»Wir nennen ihn Wüstenwolf«, sagte Danachew. »Du wirst sehen, morgen früh ist er wieder verschwunden.«

In weiter Ferne hörten sie einen Wolf bellen. Danachew sah, wie besorgt Jack war.

»Shakira ist ein guter Mann«, sagte er beruhigend.

»Er hat mich fast getötet«, erwiderte Jack.

»Er hat uns alle fast getötet«, sagte Danachew. »Er ist sehr hitzköpfig, sehr jähzornig. Aber er ist auch ein guter und mutiger Kämpfer und kümmert sich um seine Männer.«

»Drei Männer?« sagte Jack und imitierte Shakiras Redeweise. »Bah! Ich habe überall Männer genug!«

»Ja«, gab Danachew traurig zu. »Mit Menschenleben geht er nicht gerade sparsam um.«

»Warum findet sie sich damit ab?«

»Was bleibt ihr anderes übrig?«

»Und sie nimmt ihn immer wieder auf?«

»Was soll sie denn sonst tun?«

Jack wußte eine Antwort auf diese Frage, doch er hielt sich zurück. ›Könnte es sein, daß ich eifersüchtig bin?‹ fragte er sich im stillen. ›Nein, das darf nicht sein. Warum hasse ich ihn so?‹

»Es gibt keinen unter uns, der ihm gleich wäre«, sagte Danachew. »Er allein kann ihr etwas entgegensetzen.«

In der Nacht lag Jack wach und lauschte dem fernen Heulen eines Wolfes – dem Ausdruck des schmerzerfüllten Sehnens eines verlassenen Liebhabers. Er haßte sich selbst dafür, haßte sich, daß er es zuließ, sich nach etwas Unmöglichem zu sehnen, eine Frau zu brauchen, die völlig unerreichbar für ihn war. Um sein schmerzliches Verlangen, die Leere und das Verletztsein zu bekämpfen, versuchte er, sich die Millionen attraktiver Frauen auf der ganzen Welt ins Gedächtnis zu rufen, die ihn liebten,

Frauen, die alles dafür gäben, auch nur einen Blick von ihm zu erhaschen. Er bemühte sich, Bilder von Gail Johnson heraufzubeschwören, die doch auch eine anerkannte Schönheit war und ein Engel: Sie wollte ihn, brauchte ihn und liebte ihn. Doch alle Bilder, die vor seinem geistigen Auge vorüberzogen, verschwammen, die Ereignisse der vergangenen Tage und die Magie der Ajut-Berge hüllten sie in einen dichten Nebel ein.

»Sieh ihr in die Augen«, hatte Danachew ihn an seinem ersten Tag bei den Guerilleros gewarnt. »Aber sieh nicht zu lange hin, sonst wirst Du zugrunde gehen.«

Der Wind raschelte im Vorhang und draußen in den dürren Zweigen. Die Grillen und Nachtvögel erfüllten die Dunkelheit mit Trauer. So schwach, daß er es sich wohl eingebildet hatte, meinte Jack aus einer Höhle weiter unten am Hang das leise Stöhnen und Seufzen des erfüllten Verlangens zweier Liebender zu hören.

Während der ganzen Nacht fand Jack keinen Schlaf. Er warf sich unruhig hin und her. Im Morgengrauen saß er nicht weit vom Camp und blickte auf die Wüste, wie sie aus der Dunkelheit auftauchte. Und so war er der erste, der die berittene Armeepatrouille entdeckte, die sich langsam ihren Weg zum Stützpunkt suchte, und zwar auf den Spuren, die Shakira und seine Männer am Abend zuvor hinterlassen hatten.

Jack beobachtete die näherkommenden Soldaten einen Augenblick, dann, als er sich der drohenden Gefahr sicher war, rannte er den Hang hinunter zum Camp. Vor Zahais Höhle zögerte er einen Augenblick, dann rannte er weiter dorthin, wo Danachew neben dem Feuer schlief.

»Dana!« rief er.

Der alte Mann lag in seine Decke eingewickelt im tiefen Schlaf und schnarchte ein wenig.

»Dana!« Jack rüttelte ihn wach. »Dana, wach auf, alter Freund, wir sind in Schwierigkeiten!«

Danachew zog die Decke vom Kopf.

»Soldaten«, sagte Jack atemlos. »Viele Soldaten, und sie kommen direkt hierher. Komm und sieh selbst.«

Danachew stand auf, warf sich die Decke um die Schulter und folgte Jack zum Aussichtspunkt.

Ungefähr sechzig Soldaten auf Pferden und Kamelen, schwer bewaffnet, folgten langsam, eher zögerlich einer Spur, die sie durch die ganze Wüste geführt hatte. Wie nah sie ihrem Ziel waren, ahnten sie nicht.

Danachew runzelte erschrocken die Stirn. »Shakira?«

»Zweifellos«, antwortete Jack.

»Zahai wird sehr böse sein.«

»Geh lieber und hol sie.«

Danachew rannte los, lief, so schnell er mit seinem hinkenden Bein konnte. Jack zündete sich eine Zigarette an und versuchte mit aller Kraft, nicht daran zu denken, daß er sich bald inmitten des Krieges befinden würde, den er doch so sehr zu meiden gesucht hatte. Aus dem Camp waren jetzt laute Stimmen zu hören und die Geräusche eiliger Vorbereitungen. Männer griffen nach ihren Waffen und rannten zu den ihnen zugewiesenen Stellungen.

Zahai tauchte auf, bewaffnet mit ihrer Kalaschnikov und dem Patronengurt. Hinter ihr erschien Shakira, der ein ganzes Waffenarsenal am Körper trug.

Gemeinsam beobachteten sie, wie die Patrouille sich ihnen langsam näherte. Sie wurde von einem Spurensucher angeführt. Er hielt sein Pferd an, prüfte den Boden und führte die Soldaten immer näher an das Camp heran. Zahai hatte im Nu erfaßt, was der Spurensucher entdeckt hatte.

»Dir sind sie gefolgt«, fuhr sie Shakira an. »Du hast sie hierhergeführt, Du...«

»Nicht schlimm«, sagte Shakira. »Wir bringen sie um.«

»Nein«, widersprach sie und legte die Hand auf sein Gewehr. »Nur wenn sie uns finden.«

Danachew kam zurück, in der Hand trug er einen alten Einzellader, ein Erbe aus anderen Kriegen. Er nickte Zahai zu. Er hatte, was immer ihm aufgetragen worden war, ausgeführt.

Sie beobachteten, wie die Patrouille die Stelle erreichte, wo Shakiras Männer nach rechts in das verborgene Camp abgebogen waren. Dort endete die Spur mit keinerlei Anzeichen, in welche Richtung sich das verfolgte Wild begeben hatte. Der Spurensucher prüfte eingehend den Boden, dann ließ er suchende Blicke den Berg hoch schweifen. Er wandte sich um und beriet sich mit drei Offizieren. Dann hoben alle vier die Köpfe und suchten mit den Augen die Hänge ab.

Einer faltete eine Landkarte auf, legte sie auf den Rücken eines Pferdes und studierte sie sorgfältig.

Das Maultier mit der Funkausrüstung wurde geholt, und der Offizier mit der Landkarte ergriff das Mikrofon und sprach lange und ausführlich hinein. Inzwischen suchten seine Kameraden noch immer die Hänge und das Buschland ab.

»Sie wissen, daß wir hier sind«, bemerkte Jack leise.

»Wir könnten sie jetzt töten«, schlug Shakira vor.

»Nein!« erwiderte Zahai. »Seht, sie ziehen sich zurück.«

Die Patrouille war tatsächlich im Abmarsch begriffen, trieb die Pferde an und wandte sich nach links, weg vom Zugang zu dem verborgenen Camp.

Zahais Leute beobachteten, wie sie wegritten. Erleichterung machte sich bei allen breit – außer bei Jack Rivers, der neugierig geworden war, und bei Shakira, der vor Wut schäumte.

»Du läßt sie gehen?« rief er ungläubig.

»Ja«, sagte Zahai entschieden.

»Du willst die Hunde wirklich gehen lassen?«

»Du darfst sie ein anderes Mal umbringen«, versprach ihm Danachew.

»Nein!« schrie Shakira und hob sein Gewehr. »Jetzt sofort!«

Zahai wollte ihm das Gewehr aus der Hand reißen, aber es gelang ihr nicht. Der Schuß zerriß die stille Morgenluft. Die Patrouille saß ab und suchte Deckung im Buschland.

Zahai fluchte und versetzte Shakira einen heftigen Tritt zwischen die Beine. Er krümmte sich vor Schmerz, dann schrie er vor Wut, nahm seine Maschinenpistole und zielte auf sie. Danachew packte seine Hand, und als der Schuß sich löste, flog die Kugel über Jacks Kopf hinweg.

Dann brach die Hölle los. Die Guerilleros fielen über die Armeepatrouille her mit allem, was ihnen zur Verfügung stand – von Uralt-Gewehren bis zu den tödlichen Kalaschnikovs, die sie von ihren Freunden im Osten erworben hatten. Die Patrouille erwiderte das Feuer. Es dauerte nicht lange, und der ganze Hang erzitterte unter dem Rattern schweren Maschinengewehrfeuers.

Shakira grinste schadenfroh. »Jetzt bleibt uns ja gar nichts anderes mehr übrig, als die Soldaten zu töten«, meinte er selbstgefällig.

Sie warfen sich in Deckung. Geschosse und Querschläger heulten durch die Luft. Shakira rannte in einem schiefen Winkel los, sprang von Deckung zu Deckung und feuerte wie wild. Danachew hockte hinter einem Felsen und schoß sorgfältig und bedacht auf die Soldaten unten am Berg. Er handhabte die Ladevorrichtung seines alten verläßlichen Gewehrs mit der überlegten Präzision eines erfahrenen Heckenschützen.

Jack lag neben Zahai, strengte sich an, das Geschehen durchs Gebüsch zu verfolgen, und kam sich unbewaffnet, inmitten einer bewaffneten Auseinandersetzung, ziemlich überflüssig vor. Doch selbst hier, wo die Möglichkeit des sofortigen Todes auf Haaresbreite an ihn herangerückt war, war er sich schmerzlich Zahais unmittelbarer Nähe bewußt.

Zahai drehte sich zu ihm hin, sah, wie er sie mit glasigen Augen anstarrte, und warf ihm ein bitteres, kaum merkliches Lächeln zu. Sie hatte noch keinen einzigen Schuß abgegeben. Langsam kroch sie weg und suchte sich einen besseren Ausgangspunkt.

Ein Guerillero brach neben Jack mit einem Kopfschuß zusammen, und als er sich im Todeskampf wand, griff Jack zu seinem Gewehr und hielt es zweifelnd in der Hand. Aber es gab nun kein Zurück mehr.

Ein Geschoßhagel überschüttete ihn mit dürrem Laub. Er duckte sich tiefer hinter den Felsen. Langsam kroch er in eine günstigere Position und schoß wahllos in das Gebüsch unten am Hang. Das Knallen der Geschosse war ohrenbetäubend.

Sein Feuer wurde erwidert, und Sand und Felsensplitter flogen in alle Richtungen. Die nächste Salve leerte das Magazin, und als er noch überlegte, was er jetzt tun sollte, schlug die erste Bazooka-Granate ein.

Sie landete irgendwo hinter ihren Reihen, links von der Stelle, wo sie lagen, riß Felsen und Buschwerk aus dem Boden und wirbelte alles durch die Luft. Die zweite Granate kam im Bruchteil einer Sekunde danach und traf den Granitfelsen so hart, daß der ganze Berg erzitterte.

Jack grub seinen Kopf in den Sand, bedeckte ihn mit den Händen und hörte, wie die ungeheuren Trümmermassen rings um ihn her niederregneten. Es schien eine Ewigkeit zu dauern, doch schließlich wurde es still. Auch das Schießen hörte auf. Irgendwo stöhnte jemand. Jack hob den Kopf und war froh, als er Danachew und Zahai noch an ihrem alten Platz sah, ein wenig benommen, mit Schmutz bedeckt, aber unversehrt.

Shakira kam angekrochen, mit Erde und zu Staub gewordener Vegetation bedeckt. Aus einem Schnitt über seiner rechten Schläfe sickerte ein wenig Blut. Er wischte es mit dem Handrücken ab.

»Hallo, Amerikaner,« begrüßte er Jack grinsend. »Was machst Du hier an diesem schrecklichen Ort?«

Diese Frage hatte sich Jack auch schon selbst gestellt. Shakira fiel das Gewehr in seiner Hand auf.

»Hast Du schon mal geschossen?«

»Einmal«, sagte Jack, »das ist lange her.«

»Wo?«

»Hast Du schon mal was von Vietnam gehört?«

»Nein.«

»Auch so ein schrecklicher Ort«, sagte Jack.

»Komm«, sagte Shakira. »Heute machen wir zusammen gute Musik. Heute töten wir die Soldaten.«

»Ich habe keine Munition mehr«, sagte Jack.

»Hier«, Shakira reichte ihm ein Magazin. »Komm mit mir.«

Noch eine Bazooka krachte in den Berg. Sie duckten sich und bedeckten die Köpfe, bis keine Trümmer mehr umherflogen.

»*Ole*«, sagte Shakira. »Es ist furchtbar, am frühen Morgen zu sterben.«

Sie krochen dorthin, wo Zahai hinter einem Felsen lag, und überlegten, wie sie weiter vorgehen sollten.

»Sie haben die Bomber hergerufen«, sagte sie.

»Welche Bomber?«

»Hört doch!«

»Was?«

»Hört Ihr denn nicht?«

Sie horchten. Aus großer Entfernung, weit weg über den Ajut-Bergen, hörten sie den typischen Lärm eines sich nähernden Jagdbombers.

»Wir müssen sofort weg«, rief sie.

»Aber wir sind doch eben erst gekommen«, erwiderte Shakira.

»Du kannst hierbleiben«, sagte sie. »Ich und meine Männer verschwinden jetzt, und zwar sofort.«

»Hast Du Angst zu sterben?«

Zahai erstarrte, die Wut sprang ihr aus den Augen. Tödliches Gift war in ihrer Stimme, als sie sprach.

»Eines Tages bringe ich Dich um«, sagte sie. Dann wandte sie sich an Danachew und befahl ihm: »Dana! Ruf die Männer. Wir müssen uns zurückziehen.«

Danachew hinkte davon und rief den Männern den Befehl zu.

Das Flugzeug brauste über dem anderen Ende der Bergkette heran, in einer Entfernung von ungefähr zehn Kilometern, und flog jetzt hinaus über die Wüste. Sie beobachteten, wie es eine weite Schleife flog, sahen, wie seine Nase sich jetzt auf den Berg richtete und zu einem langen flachen Tiefflug ansetzte.

Unten am Berg griffen die Soldaten die Zügel ihrer Reittiere und rannten hinaus in die Ebene, weg von den dem Untergang geweihten Berghängen. Das eine oder andere Pferd riß sich los und raste in Panik hinaus in die Wüste.

»Ja«, sagte Shakira ernst. »Wir müssen diesen schrecklichen Ort sofort verlassen.«

Er blies in seine kleine schrille Pfeife. Alle verließen ihre Posten und rannten um ihr Leben. Danachew hielt die Maultiere und Kamele bereit für den Rückzug – eine normale Übung, wann immer es Alarm gab. Einige waren mit den Dingen beladen, die sie fürs Überleben brauchen würden – Nahrungsmittel, Zelte, Wolldecken und Ersatzwaffen mit Munition. Die übrigen waren gesattelt und abmarschbereit. Jeder nahm sich das Reittier, das gerade zur Hand war, und dann ritten sie parallel zum Berghang nordwärts durch den Busch, weg von ihrem alten Stützpunkt.

Der Jagdbomber nahm die Position ein, die ihm übers Radio durchgegeben wurde, und löste über dem Guerillalager zwei hell orangefarbene Bomben aus. Dann drehte der Pilot ab, riß die Maschine scharf in die Höhe und verschwand hinter den Bergen.

Eine Sekunde später erschütterte der Donner der einschlagenden Bomben den Berg, Erdfontänen warfen Gestein und Felsbrocken meilenweit in die Luft. Als Staub und Rauch sich endlich legten, erinnerte nichts mehr an das Camp der Guerilleros. Alles – die Häuser, die Vorrätsräume, das Lazarett, die Verwundeten und jene, denen das Glück nicht zur Seite gestanden hatte – war ohne Ausnahme unter einem Berg von Trümmern begraben worden.

Auch der geheimnisvolle Fluß, in dem Zahai jeden Tag in der Morgendämmerung gebadet hatte, existierte nicht mehr – Hunderte von Tonnen riesiger schwarzer Felsbrocken hatten ihn unter sich verschwinden lassen.

KAPITEL 23

Zwei Drittel der Männer hatten den Bombenangriff überlebt. Sie zogen nun mit ihren Tieren durch das unwirtliche Bergland, um einen Platz zu suchen, wo man ein neues Camp anlegen könnte.

Shakira führte die Karawane an, sein kräftiges kleines Pferd kletterte leichtfüßig über Steine und Felsen. Hinter ihm kamen die Verwundeten und Erschöpften, einige gingen zu Fuß, andere ritten auf Maultieren, die unberechenbar waren, denn sie standen noch unter dem Schock, den sie bei dem Bombenangriff erlitten hatten.

»Schneller«, drängte Shakira. »Schneller!«

Niemand hörte auf ihn. Der Pfad, dem sie folgten, war fast nicht zu erkennen und ging durch abgestorbene Wälder, an sandigen ehemaligen Flußufern entlang und in Schluchten hinein, in denen seit Jahren kein Wasser mehr geflossen war. Dann ging es steile Berghänge hinauf, so daß sie absitzen und die Pferde und Maultiere an den Zügeln hochzerren mußten. Alle waren todmüde, als Zahai schließlich anzuhalten befahl.

Weit in den Bergen, auf einer von Bäumen umstandenen Lichtung, schlugen sie ihr Lager auf. Die wenigen Zelte wurden aufgebaut, Feuer angezündet und die Abendmahlzeit zubereitet. Die Männer warfen sich erschöpft in der Nähe der Feuerstellen oder, wo immer sie einen bequemen Platz fanden, zu Boden und rührten sich nicht mehr.

Nachdem sie sich vergewissert hatte, daß die Wachen auf ihrem Posten standen, zog Zahai sich voller Wut und Trauer in ihr Zelt zurück, während Shakira ruhelos durch das Lager ging und mit seinen Soldaten schimpfte.

Wie immer saßen Danachew und Jack beisammen, und ein jeder fand Trost in der Gelassenheit des anderen.

»Ein tapferer Mann«, sagte Danachew und meinte Shakira. »Aber er handelt nicht klug.«

Jack starrte ins Feuer. Er fragte sich verzweifelt, was er eigentlich hier zu suchen hatte, an diesem schrecklichen Ort, wo er doch bei seinem Konvoi sein und seine Leute beschützen sollte.

Kurz vor Mitternacht wurde die Abendmahlzeit eingenommen – Curry aus getrocknetem Fisch und Reis. Danach legten sich die Männer schlafen, und das Lager versank in der Stille der Nacht.

Zahai trat aus ihrem Zelt, und als sie die beiden sitzen sah, ging sie mit langsamen Schritten auf sie zu.

»Dana?«

»*Aye*«, antwortete der alte Mann in Talacina.

»Wie geht es den Männern?«

»Sie haben gegessen«, sagte er. »Die Verwundeten sind versorgt.«

Ihrer selbst nicht mehr sicher, stand sie da, der Blick ihrer Augen verlor sich im Unendlichen. Ihr Gesicht war eingefallen, und tiefe Sorgenfalten hatten sich um ihren Mund eingegraben. Sie blickte auf Jack, aber sie sah ihn nicht.

»Dana?«

»*Aye*.«

»Wie geht es Dir?«

»Gut«, sagte der alte Mann. »wirklich, es geht mir gut.«

»Mir auch«, sagte sie leise. »Aber ich muß jetzt schlafen, sonst falle ich tot um.«

Danachew nickte. »Ja, unbedingt«, sagte er. »Der Weg heute war lang und schwer, und wir müssen uns alle ein wenig ausruhen.«

»Dann wünsche ich Euch eine gute Nacht«, sagte Zahai. »Ich hoffe, der morgige Tag wird uns ein wenig Freude bringen.«

Sie wollte sich umdrehen und weggehen, da fiel ihr Blick auf Jack.

»Ist alles in Ordnung mit Dir?« fragte sie ihn.

»Ja.«

»Schlaf gut.«

»Du auch.«

Sie sahen ihr nach, als sie fortging, jeder neue Schritt fiel ihr schwerer als der vorige, bis sie ihr Zelt erreichte. Shakira erhob sich aus dem Schatten und ging zu ihr ins Zelt. Einen Augenblick später zerriß ein Brüllen wie von einem wildgewordenen Tier die nächtliche Stille, dann ein lautes Krachen. Shakira schoß aus dem Zelt und verschwand laut fluchend in der Dunkelheit.

Jack fiel seine erste Begegnung mit Shakira ein, als der Guerillaführer ihm erzählt hatte, alles über die Liebe und wenig über das Leben zu wissen.

»Von der Liebe verstehe ich ein wenig«, hatte er gesagt. »Aber vom Leben mußt Du mir eines Tages noch berichten.«

Seine Worte hatten sich als wahr erwiesen.

Die traurigen Melodien aus Suleimans Mundharmonika übertönten das Zirpen der Grillen und die Nachtgeräusche der Klippschliefer. Er spielte eine Wehklage um die Toten und die Lebenden, die Leidenden und die Trauernden.

»Kennt er auch fröhliche Lieder?« fragte Jack.

»Unsere Tage sind nicht fröhlich, Many Waters«, antwortete Danachew.

Und Jack stimmte ihm aus tiefstem Herzen zu, als er Suleiman sah, der, nur von seinen schlafenden Kameraden umgeben, allein am Feuer saß und Lieder von seinen anderen Kameraden sang, die auf dem Schlachtfeld geblieben waren.

»Die Winteroffensive hat jetzt schon begonnen«, sagte Danachew. »Die Soldaten werden auf jede erdenkliche Weise versuchen, uns alle umzubringen. Jetzt, ehe die Regenzeit beginnt. Wenn die Regenzeit dann kommt, werden wir wachsen wie der Weizen, unsere Seele wird stark und unsere Zahl wird größer werden. *Ole*, es war entsetzlich heute.«

»Werden wir es überleben?«

»Ja«, nickte Danachew. »Aber nicht alle, denn einige von uns müssen sterben und im Sand der Wüste ihr Grab finden.«

Ganz in der Nähe stritt Shakira sich mit seinen Wachsoldaten, während an einem Ort, der jetzt in weiter Ferne lag, Schakale und Hyänen sich um die leblosen Körper der Toten stritten.

Danachew wickelte sich in seine alte Armeedecke und legte sich zum Schlafen nieder.

»Du mußt dich ausruhen, Many Waters«, sagte er. »Der morgige Tag kann uns Schreckliches bringen.«

»Noch Schrecklicheres als heute?«

»Wir werden sehen«, sagte der alte Mann. »Wir werden sehen.«

Eingelullt von Suleimans einsamer Musik schliefen sie bald ein. Jack lag lang ausgestreckt auf der bloßen Erde, der alte, in seine Armeedecken eingewickelte Mann sah aus wie ein Leichnam.

Wenig später wachte Jack wieder auf, weil ihn jemand am Arm gefaßt hatte. Es war Zahai.

»Komm«, flüsterte sie.

Ohne ein Wort zu sagen, stand er auf und ging mit ihr durch das schlafende Lager in ihr Zelt. Danachew sah sie gehen, und obwohl er wußte, daß es furchtbar für sie sein mußte, jetzt gerade allein zu bleiben, ließ der Schmerz über das drohende Unheil, das er über sie alle hereinbrechen sah, sein Herz stillstehen.

Suleiman spielte noch immer.

Danachew wurde vom Dröhnen eines Aufklärungsflugzeuges hoch oben am blauen Himmel geweckt. Mit diesem Lärm hatten sie zu leben gelernt. Die Feuer wurden angezündet, und im Lager machten sich alle daran, ein Frühstück zuzubereiten.

Am anderen Ende des Lagers, weit weg von seinen Männern, lehnte Shakira an einem Baumstamm und schlief fest; sein Gewehr hielt er im Arm, die Mütze hatte er über die Augen gezogen. Auch ihn weckte das Aufklärungsflugzeug. Er blickte um sich und war erstaunt, daß die Nacht schon so schnell zu Ende gegangen war.

Suleiman, der die ganze Nacht gewacht und um seine toten Freunde getrauert hatte, sah als erster, wie Shakira mit finsterer

Miene ins Lager zurückkam, und weil ihm sein untrügliches Gespür sagte, daß gleich etwas Schreckliches geschehen würde, rief er leise den alten Mann.

»Dana?«

Danachew schaute auf. Er sah, wie Shakira stehenblieb, um sich ein Stück Kautabak in den Mund zu schieben. Und in genau diesem denkbar ungeeigneten Augenblick klappte Jack die Tür zu Zahais Zelt hoch und trat, von Zahai gefolgt, heraus. Er sah Shakira und blieb stehen.

Shakira starrte ungläubig auf das, was er sah. Der Tabak fiel ihm aus dem offenen Mund.

»Du?« schrie er und warf sein Gewehr zur Seite. »Du warst es?«

Jack erwiderte nichts und zuckte nur mit den Achseln. Zahai trat einen Schritt vor, nahm Jacks Hand und sprach mit Shakira in Talacina, so daß alle verstehen konnten, was sie sagte.

»Hier steht ein Mann«, sprach sie zu ihm. »Du, Du bist nichts als ein geiler Bergziegenbock!«

Danachew stöhnte, so schmerzten ihn diese Worte.

Shakira erstickte fast an seiner Wut. Er brüllte vor Zorn, als er sich abmühte, gleichzeitig seine Pistole und seinen Krummdolch zu ziehen.

Zahai gab Jack einen Stoß. »Bring ihn um!« forderte sie ihn auf.

Jack war schockiert. Und er hatte entsetzliche Angst.

»Warum?« stöhnte er.

»Weil er Dich töten wird.«

»Warum denn nur?«

»Ich habe ihm erklärt, daß Du ein richtiger Mann bist und mehr wert als er.«

»Warum zum Teufel?«

Sie fluchte und rief wieder: »Bring ihn um!«

Shakira hatte Schaum vor dem Mund, seine Augen waren die eines Ungeheuers.

»Ich töte Euch beide«, schrie er und zog den Dolch.

»Bestie!« schrie Zahai. »Dreckiges Wüstenschwein!«

Wie ein verletzter Büffel ging Shakira auf die beiden los. Jack stieß Zahai zur Seite und machte sich bereit, den Angriff abzufangen. Er duckte sich unter dem blindlings geschwungenen Dolch, packte den Angreifer an Handgelenk und Ellbogen, nutzte die Kraft des Angriffs aus und warf ihn über seine Schulter, so daß er krachend auf Zahais Zelt landete.

Zahai riß einem ihrer Männer das Gewehr aus der Hand und warf es Jack zu.

»Jetzt mußt Du ihn erschießen!«

»Ich will ihn doch gar nicht töten.«

»Aber er Dich!« Sie zeigte ihm den blutenden Schnitt an seinem Oberarm, den er überhaupt nicht bemerkt hatte, und schrie: »Tu es schnell!«

Er blickte von der Wunde auf das Gewehr in seiner Hand und dann auf Shakira, der damit beschäftigt war, sich von den Spannschnüren des Zeltes zu befreien. Er schüttelte den Kopf. Das hier war nicht, was er auf der Kriegsakademie gelernt hatte. Niemals einen Mann kaltblütig erschießen.

Er warf ihr das Gewehr wieder zu und zog mit einem schnellen Griff um ihre Taille ihr Bajonett aus der Scheide an ihrem Gürtel. Er wog es in der Hand ab und warf es, als wäre er Mitglied einer Straßengang, von der Rechten in die Linke.

Shakira griff wieder an, und wieder warf ihn Jack über die Schulter. Diesmal schlug Shakira mit dem Rücken schwer auf den harten Sandboden auf. Benommen rappelte er sich wieder hoch und griff noch einmal an, nur um erneut auf seinem Rücken zu landen.

Inzwischen hatten sich alle in einem großen Kreis um die Kämpfenden versammelt, um sich nichts von dem Duell entgehen zu lassen. Doch das steigerte Shakiras Wut nur noch. Je wütender er wurde, desto aussichtsloser wurden seine Versuche, mit Jack fertig zu werden.

Und dann donnerte ein Aufklärungsflugzeug, auf den Rauch der unbewachten Feuer aufmerksam geworden, im Tiefflug über sie hinweg, um die Sache genauer zu überprüfen.

Mit einem Schlag konzentrierte sich die Aufmerksamkeit auf das Flugzeug. Wie von der Tarantel gestochen rasten alle los, um die schwelenden Feuer mit Sand abzudecken. Und in diesem winzigen Augenblick, als aller, auch Jacks, Aufmerksamkeit dem Flugzeug galt, ließ Shakira seinen Dolch fallen und zog die Pistole.

Zahai schrie gellend auf.

Jack wirbelte herum, und gerade als Shakira feuerte, schleuderte er das Bajonett. Der Schwung der Bewegung trug ihn mit sich fort, er stolperte und fiel in dem Augenblick, als das Geschoß seinen linken Arm streifte und in einen Baum schlug, zu Boden. Als Jack sich langsam erhob, war aller Aufmerksamkeit wieder auf seinen Gegner gerichtet.

Shakira stand zitternd auf seinen Füßen. Mit beiden Händen versuchte er verzweifelt, das Bajonett herauszuziehen, das tief in seiner Kehle steckte. Blut strömte über seine Hände und seine Brust. Sein Gesicht war eine von Wut und Schmerz verzerrte Maske. Dann sank er in die Knie. Seine Hände noch immer an der Kehle, fiel er tot um.

Die Guerilleros standen starr. Entsetzen griff um sich und legte sich wie der kalte Morgennebel auf alle. Langsam griffen Shakiras Männer, einer nach dem anderen, zu ihren Waffen und kamen näher.

Zahai trat mit der Hand am Abzug ihres Gewehrs vor und stellte sich neben Jack. Ihre Männer griffen ebenfalls zu den Waffen und warteten auf ihren Befehl. Sie waren Shakiras Männern von der Zahl her dreifach überlegen.

»Er hat viele Menschen getötet«, sagte Zahai. »Aber ohne Gewehr war er nichts wert.«

Shakiras Stellvertreter, ein düster aussehender Riese mit mörderischen Augen, näherte sich bedrohlich Zahai und Jack, blieb mit dem Finger am Abzug seines Gewehrs vor ihnen stehen und musterte sie mit eiskaltem Blick.

»Shakira war ein Mann«, erklärte er, »kein schmutziges Tier der Berge.«

Er wartete darauf, daß Zahai ihm widerspräche. Aber er sprach kein Wort. Dann wandte er sich an Jack Rivers.

»Ich müßte Dich jetzt eigentlich töten«, erklärte er ihm. »Aber Du hast mir in den Nukha-Bergen das Leben gerettet, damals, als wir in den Kugelhagel gerieten. Du hast Deinen LKW angehalten und auf mich gewartet.«

Jack antwortete nicht.

»Geht und begrabt Euren Anführer«, sagte Zahai. »Aber begrabt ihn so, daß er nach Osten blickt, damit er mit dem Morgentau zurückkehren kann.«

Der Mann ging zu seinen Leuten zurück und beriet sich mit ihnen. Dann kamen sie, rollten Shakiras Leiche in ein Segeltuch und legten sie auf sein Pferd. Sie holten ihre Reit- und Packtiere, ritten schweigend aus dem Lager und verschwanden in den Wäldern.

Zahai schaute zum klaren blauen Himmel hinauf. Tränen stiegen ihr in die Augen.

»Dana?« rief sie.

»*Aye*« antwortete der alte Mann.

»Das Flugzeug ist fortgeflogen«, sagte sie.

»Wir müssen auch fort«, erwiderte er.

Er wandte sich an die Männer und gab Befehl, das Lager zu räumen. Jemand kam und verband Jacks Arm.

Zwei Stunden später war die Gruppe wieder auf ihrem Weg durch das Bergland – langsam und schwerfällig wie ein erschöpfter Leichenzug, niedergedrückt vom Kummer und aus der Bahn geworfen von den traurigen Ereignissen der vergangenen vierundzwanzig Stunden. In dieser kurzen Zeitspanne hatten sie ein Zuhause, hatten Freunde verloren und waren Zeugen geworden, wie sich ein plötzlicher Abgrund aufgetan hatte zwischen ihnen und den Guerilleros aus dem Norden. Die Zukunft erschien in diesem Augenblick bitter und unheilbringend.

Zahai führte den Zug an. Sie ritt ein geliehenes Maultier, da ihr Lieblingstier am Tag zuvor bei dem Bombenangriff auf ihr altes Camp umgekommen war. Sie ritt langsam und ruhig, mit entschlossenen Gesichtszügen einem fernen Licht entgegen, das nur sie sehen konnte. In ihrem Leben war ein neues Kapitel aufgeschlagen, eine Zeit der Einsamkeit ohne ihren Freund und Kameraden Shakira, den sie ihr Leben lang gekannt hatte, ohne den Mann, der sie zum Lachen gebracht hatte und zum Weinen, der sie lieben gelehrt hatte und hassen, ohne den Mann, der sie davon zu überzeugen gewußt hatte, daß es möglich sei, mit dem Krieg zu leben.

Nun herrschte in ihrem Herzen und in ihrem Denken nichts als Verwirrung. Nur ein Gedanke hatte von ihr Besitz ergriffen: Der Krieg mußte so schnell wie möglich beendet werden, ehe ihnen allen jegliches menschliche Mitgefühl verloren ginge und Gleichgültigkeit von ihnen Besitz ergriffen hätte.

Danachew, der neben ihr herritt, spürte ihre Verzweiflung und wußte, daß er immer an ihrer Seite bleiben mußte.

Jack ritt schweigend hinter ihnen, war sich schmerzhaft des Unheils bewußt, das er über sie alle gebracht hatte, und sehnte sich danach, Mittel und Wege zu finden, um wiedergutzumachen – doch ihm fielen keine ein.

Ehe sie aufgebrochen waren, hatte Zahai gemeint: »Wir bringen Dich zu deinen Leuten zurück.«

Er hätte Freude und Erleichterung darüber empfinden sollen, aus diesen gefährlichen Bergen herauszukommen. Doch er fühlte nichts als einen betäubenden Schmerz und gähnende Leere, wo er einst den Hunger nach Zahai verspürt hatte.

Hoch über ihnen am friedlichen blauen Himmel zogen Bussarde, vom Wind getragen, ihre Kreise. Grausame Kreaturen der Lüfte, hatte Shakira sie genannt, als er einmal gesehen hatte, wie sie einem wimmernden Kind das Fleisch vom Körper rissen und der Mutter, die sterbend neben ihm lag, die Augen auspickten. Grausame Kreaturen der Lüfte.

Suleiman lenkte sein Reittier neben das von Jack und bot ihm an, seinen Omani-Dolch gegen Jacks Uhr einzutauschen.

»Kein Geschäft für mich«, erwiderte Jack mit müder Stimme.

»Echtes Silber!«

»Kommt nicht in Frage!«

Suleiman zog seine amerikanische Pistole und bot sie ihm zusammen mit dem Dolch an. Jack schüttelte den Kopf.

»Du brauchst die Sachen dringender, als ich sie je benötigen werde«, sagte er ihm.

Als ihm schließlich eindeutig klar wurde, daß Jack sich nicht von seiner Uhr trennen würde, steckte Suleiman seine Pistole wieder ein, doch er wies auf den Dolch.

»Nimm ihn«, sagte er. »Ich schenke ihn dir.«

»Ich möchte ihn aber nicht«, antwortete Jack.

»Es ist gutes Silber«, sagte Suleiman. »Omani-Silber bringt Glück. Hier, sieh Dir's an.«

Er legte Jack den Dolch in die Hand. Er war schwer und die Klinge rasiermesserscharf, eine gefährliche Waffe, vorausgesetzt, daß man wußte, wie sie zu handhaben war.

Jack hielt sein Reittier an, um die arabische Inschrift auf dem silbernen Griff zu studieren. Es waren Verse aus dem Koran, die versprachen, den Träger des Dolches vor allem Bösen zu beschützen.

»Ein guter Dolch«, sagte er.

»Omani«, erwiderte Suleiman.

Die anderen ritten vorbei und überholten sie. Jack reichte Suleiman den Dolch zurück. »Ich glaube, Du behältst ihn besser«, sagte er.

»Nein, ich möchte ihn Dir schenken.«

»Ich weiß nicht, wie man mit ihm umgeht.«

»Das wirst Du schon noch lernen!« sagte Suleiman und gab seinem Reittier die Sporen.

Plötzlich pfiff es durch die Luft. Unmittelbar darauf folgte eine die Erde erschütternde Explosion. Jacks Maultier bäumte sich auf, schlug aus und warf ihn zu Boden. Sand und Felsbrocken regneten auf ihn nieder. Männer schrien, Pferde rasten in Panik davon.

Dann ratterte Maschinengewehrfeuer. Staub, Rauch und Schmerzensschreie erfüllten die Luft, als Menschen und Tiere, von Splittern und Geschossen zerrissen, sterbend am Boden lagen. Chaos breitete sich aus. Im verzweifelten Versuch, dem Hinterhalt zu entkommen, rannten alle kopflos hin und her.

In wenigen Sekunden war alles vorbei. Das Schießen hörte auf. Als der Staub sich lichtete, lagen sechs Männer zusammen mit drei Eseln und einem Maultier am Boden. Einer der Körper regte sich, hob langsam den Kopf und sah direkt in die Mündung eines Gewehrs. Das Gewehr bedeutete ihm, aufzustehen.

Jack erhob sich mühsam. Es dauerte eine Weile, bis er begriff, was passiert war. Der Guerillatrupp war den Soldaten direkt in die Arme geritten. Jack war nur deshalb nicht in die Schußlinie geraten, weil er sein Reittier angehalten hatte, um einen Blick auf Suleimans Dolch zu werfen. Und nun lag der Dolch mit dem langen Griff in der Hand eines der Soldaten, die um ihn herum standen.

Aus dem umliegenden Buschland tauchten immer mehr Soldaten auf und drehten die toten Guerilleros auf den Rücken. Weder Zahai noch Danachew befanden sich unter ihnen. Die Soldaten durchsuchten die Kleidung der Getöteten und nahmen ihre Waffen und sonstigen Wertgegenstände an sich. Dann banden sie ihrem Gefangenen die Hände auf den Rücken, hoben ihn auf ein Maultier und ritten mit ihm davon. Seine toten Kameraden überließen sie der Aufmerksamkeit der schrecklichen Kreaturen der Lüfte.

KAPITEL 24

Zwei Soldaten zu Pferd nahmen ihn auf seinem Maultier zwischen sich. Hinter ihnen ritten drei weitere Soldaten. Ihr Weg führte durch die Berge, sie überquerten steile Felshänge und suchten sich einen Pfad durch felsige Schluchten, die einstmals das Bett reißender Flüsse gewesen waren.

Kurz vor Dunkelheit erreichten sie ein vorgeschobenes Camp. Jack wurde von seinem Maultier gehoben, in ein dunkles Zelt geworfen und dort vergessen. Seine Versuche, die Aufmerksamkeit auf sich zu lenken, und seine Bitten um Wasser blieben bis zum nächsten Morgen unbeantwortet.

Kurz vor Sonnenaufgang wurde er losgebunden und in den Busch hinausgeführt, um seine Blase zu erleichtern. Dann gingen sie mit ihm ins Camp zurück, gaben ihm eine Tasse Kaffee und eine stinkende Zigarette, ehe sie ihm wieder die Hände zusammenbanden und ihn erneut in das Zelt warfen, in dem er sich während der ganzen langen Nacht auf einer eiskalten Bodenplane herumgewälzt hatte.

Und da verbrachte er auch den größten Teil des Vormittags. Die Tageshitze löste die Kälte der Nacht ab, im Zelt wurde es zum Ersticken heiß. Von draußen hörte er allerlei Hin und Her, Soldaten redeten in Talacina miteinander, Fahrzeuge fuhren vor und wieder weg.

Als sie gegen elf Uhr den Zelteingang öffneten und ihn holten, hatte er sich schon das Hirn zermartert, warum niemand eine Absicht erkennen ließ, mit ihm zu sprechen oder ihn zumindest zu verhören. Sie brachten ihn zu einem vielbeschäftigten Offizier, der offensichtlich keine Zeit hatte, sich lange mit ihm auseinanderzusetzen.

»Wie heißt Du?« fragte er barsch.

»Jack Rivers.«

»Woher kommst Du?«

»Aus den USA.«

»Bist Du ein Söldner?«

»Nein.«

»Was tust Du dann in Arakan?«

Jack zuckte mit den Achseln. Sie standen in der glühenden Sonne vor dem Funkerzelt.

»Wir haben Dich in Gesellschaft der Banditen gefunden.«

Jack nickte.

»Wie lange warst Du bei ihnen?«

»Eine Woche.«

»Und Du bist kein Söldner?«

»Nein.«

»Was hast Du bei den Rebellen gemacht?«

»Sie zeigten mir... einiges.«

»Was?«

»Hören Sie«, sagte Jack. »Das ist eine lange Geschichte, und ich vermute, Sie werden sie mir kaum glauben, aber könnten wir uns irgendwo setzen?«

»Nein«, erwiderte der Offizier. »Ich habe keine Zeit, mir Deine Geschichten anzuhören. Ich schicke Dich jetzt ins Hauptquartier.«

Ein Jeep fuhr vor, und Jack wurde auf den Rücksitz geworfen. Vier bewaffnete Soldaten quetschten sich noch neben ihn, ein fünfter nahm auf dem Beifahrersitz Platz. Der Offizier gab den Soldaten einige Anweisungen, dann verschwand er schleunigst im Funkerzelt.

Der Jeep verließ das Camp und fuhr mit großer Geschwindigkeit einen Weg durch das Buschland entlang, der nur an den Spuren des Fahrzeugs zu erkennen war, das diese Piste vor ihm benutzt hatte. Der Jeep holperte und rüttelte über die Ebene und fuhr dann vom bewachsenen Hochland in das frühere fruchtbare Grasland hinunter, das nun, wie die Wüste, ausgedörrt und kahl war, bedeckt mit dürrem Gras, das sich, wenn nur ein sanftes Lüftchen wehte, in Staub verwandelte. Sie begegneten mehreren Konvois gepanzerter Truppentransporter und mit Nachschub beladener LKWs, die von gepanzerten Patrouillenwagen eskortiert wurden.

Die Winteroffensive hatte wirklich begonnen, eine Übung, die dazu dienen sollte, die Guerilleros aufzustöbern und zu schwächen, bevor die großen Regenfälle einsetzen würden, die Truppenbewegungen auf der Straße praktisch unmöglich machten und die, wie Danachew gesagt hatte, den Rebellen neue Jugend und neues Wachstum brächten; nicht nur ihre Zahl würde sich vermehren, sondern sie würden auch im Geiste wachsen und sich verjüngen.

Kurz vor Sonnenuntergang erreichte der Jeep das Hauptquartier – ein breit angelegtes Camp, das aus vielen Reihen Zelten, die von der Sonne völlig ausgebleicht waren, bestand und von unzähligen Rollen Stacheldraht und dürrem Dornbusch umgeben war. In der Mitte, auf einem freien Platz, standen Dutzende von Fahrzeugen. Einige davon hatten nur noch Schrottwert, Opfer von Landminen der Guerilla. Man hatte sie ins Lager zurückgeschleppt, wo sie als Fundus für Ersatzteile weitere Verwendung fanden.

Der Jeep durchquerte das Camp und hielt vor einem großen, viereckigen Kantinenzelt, vor dem die grün-lila Flagge des 12. Pionierbataillons wehte. Als sie Jack mit verkrampften und schmerzenden Gliedern ausluden, trat der diensthabende Offizier aus dem Zelt – ein müde aussehender, hohlwangiger junger Hauptmann, der allem Anschein nach von diesem nie endenwollenden Krieg mehr als genug hatte.

»Wer ist denn das?« wollte er wissen.

»Der Amerikaner«, antwortete der Unteroffizier der Eskorte.

»Noch ein Söldner?«

»Wir haben ihn gestern früh gefangengenommen.«

»Wie heißt Du?«

»Jack Rivers«, antwortete Jack.

»Bringt ihn weg, morgen früh wird er erschossen!«

»Sie sind dabei, den größten Fehler Ihrer Laufbahn zu begehen«, sagte Jack. »Ich bin kein Söldner.«

»Was hast Du dann im Kriegsgebiet zu suchen?«

»Das will ich Ihnen gern erklären«, antwortete Jack. »Aber rufen Sie bitte zuerst General Dinka an und berichten Sie ihm von mir.«

Der Hauptmann sah von Jack zu dem Unteroffizier. Er war unsicher geworden.

»Wer ist er?« fragte er noch einmal.

»Der Amerikaner!«

Der Hauptmann betrachtete Jack mit einem prüfenden Blick. Ehrgeizige junge Offiziere treffen keine übereilten Entscheidungen.

»Du kennst also General Dinka?«

»Er ist ein Freund von mir«, log Jack. »Er weiß, was ich hier mache. Rufen Sie ihn in Adan an und nennen Sie ihm meinen Namen.«

»Der General ist nicht in Adan«, informierte ihn der Hauptmann. »General Dinka ist hier.«

»Dann bringen Sie mich zu ihm«, drängte Jack.

»Weg mit ihm«, befahl der Hauptmann dem Unteroffizier.

Jack wurde fortgezerrt. Der Hauptmann sah ihnen nach, dann rief er seinen Ordonnanzsoldaten.

»Georgis«, sagte er. »Schicke einen Funkspruch an General Dinka. Teile ihm mit, wir hätten einen amerikanischen Söldner namens Jack Rivers gefangengenommen. Wir wüßten auch, wo sich die anderen befänden.«

Georgis salutierte und eilte ins Funkerzelt. Der Hauptmann ging nachdenklich ins Kantinenzelt zurück.

Jack wurde zu einem kleinen, dunklen Zelt gebracht und hineingeworfen. Eine Weile später banden sie ihm die Hände los und gaben ihm eine Schüssel mit dünner Gemüsesuppe und ein Stück traditionell gesäuertes Brot. Dann banden sie ihm erneut Hände und Füße und ließen ihn für die Nacht allein.

Die ganze Nacht über warf er sich in großer Sorge auf seinem Lager hin und her. Er kam fast um vor Angst um Zahai und ihr

Häufchen sanfter Guerilleros, die von einer Armee, die tausendmal größer und unendlich viel schlagkräftiger war als sie, zu Tode gehetzt wurden.

* * *

In einem Versteck in den Bergen hatte Zahai und die Überlebenden ihrer Truppe das Nachtlager aufgeschlagen. Nachdem sie sich persönlich vergewissert hatte, daß die Wachen auf ihrem Posten standen und wußten, was sie im Falle eines Angriffs zu tun hatten, setzte sie sich zu Danachew an das Feuer. Ihr Gesicht war eingefallen, ihr Haar eine dichte Masse verwirrter Strähnen unter ihrer Guerillamütze. Aber Danachew sah ihr in die Augen – sie blickten unergründlich tief und entschlossen wie immer, aber sie hatten kein Ziel mehr, keine Richtung.

»Dana?«

»*Aye.*«

»Dana, ich kann nicht mehr denken.«

»Du mußt denken«, sagte Danachew. »Denke mit Deinem Kopf, nicht mit dem Herzen, aber höre auf das, was Dein Herz Dir zu sagen hat, denn Kopf und Herz sind untrennbar wie Leben und Tod.«

Gedankenverloren starrte sie ins Feuer.

»Mein Verstand sagt mir, daß wir uns nach Mount Belaya zurückziehen müssen«, sagte sie dann. »Uns nach Mount Belaya begeben und die blutenden Wunden heilen lassen. Bis nach dem Winter, wenn wir uns erholt haben und wir wieder stark sind.«

»Und Dein Herz?«

»Mein Herz ist tot.«

Einige Stunden vorher hatte sie die Nachricht erhalten, daß Jack Rivers in Gefangenschaft geraten und in das Camp Para gebracht worden war, wo er hingerichtet werden sollte.

»Dana?«

»*Aye.*«

»Hilf mir, nachzudenken.«

Gemeinsam zerbrachen sie sich den Kopf. Sie überlegten, was zu tun sei, bis die Vögel im Morgengrauen erwachten und sie mit ihren fröhlichen Liedern störten.

»Schicke einen Mann nach Dabat«, schlug Danachew schließlich vor. »Dann können unsere Herzen zu unserem Kopf sagen: Obwohl es keine Zeit ist, Freundschaften zu pflegen, so haben wir unsere Freunde doch nicht im Stich gelassen.«

Zahai dachte über dic althergebrachte Weisheit seiner Worte nach. Dann rief sie Suleiman.

* * *

Am nächsten Morgen wurde Jack aus dem dunklen Zelt hinaus in die blendende Helle der Wüste geholt. Im Camp befand sich alles in großer Aufregung. Truppentransporter mit Soldaten, Jeeps und leichte Panzer verließen im Konvoi das Lager. Soldaten rannten umher. Jack wurde zum Bürozelt vor den Offizier gebracht, der ihn am Vorabend zur Rede gestellt hatte.

»Erzähl mir von Deinen Freunden«, forderte der Hauptmann ihn auf. »Erzähl mir von den Banditen.«

»Was wollen Sie wissen?«

»Wo sie sind.«

»In den Bergen.«

»Wo in den Bergen?«

Jack schüttelte den Kopf. »Das weiß ich nun wirklich nicht«, antwortete er. »Schließlich habe ich die letzten vierundzwanzig Stunden hier in Ihrem Gewahrsam verbracht.«

»Dann erschießen wir Dich.«

»Haben Sie mit General Dinka gesprochen oder nicht?«

»Der General sagt, er sei nicht Dein Freund. Du bist ein Freund von Shakira, dem Banditen.«

Jack schüttelte müde den Kopf.

»Du warst mit Shakiras Männern zusammen«, sagte der Hauptmann. »Leugnest Du das?«

»Nein.«

»Du warst also bei ihnen?«

»Das ist richtig«, sagte Jack. »Ich war bei ihnen. Es waren ungefähr vierzig Männer. Beantwortet das Ihre Frage?«

Der Hauptmann schüttelte den Kopf.

»Aber egal«, sagte er. »Was weißt Du von Shakira?«

»Shakira ist tot.«

»Wieso?«

»Ich habe ihn getötet.«

»Du lügst.«

»Warum sollte ich Sie gerade darüber belügen?«

»Du bist sein Freund.«

»Sie werden es bestimmt herausfinden.«

Der Hauptmann kratzte sich am Kopf.

»Warum hast Du ihn getötet?«

»Er wollte mich umbringen.«

»Aber Du bist doch sein Freund, warum sollte er Dich umbringen?«

»Wegen einer Frau.«

»Willst Du mich auf den Arm nehmen?«

»Nein.«

»Wie hast Du ihn getötet?«

»Mit einem Messer.«

»Wirklich«, sagte der Hauptmann und nickte ernst. »Du willst mich hereinlegen. Es wird uns nichts anderes übrigbleiben, als Dich morgen zu erschießen.«

Jack wandte sich um. Er konnte nichts dagegen tun, daß sie ihn durch das ganze Camp wieder in sein Gefängniszelt brachten. Die Sonne brannte unerträglich heiß.

KAPITEL 25

Zwei Tage später lag Jack schlafend im Zelt, als ihn ein Stiefel weckte, der ihm in die Rippen getreten wurde. Er schlug die Augen auf und sah in das ernste Gesicht des jungen Rekruten, der ihn während der vergangenen drei Tage bewacht hatte. Seinem Aussehen und seiner Haltung nach war er ebenso kriegsmüde wie alle anderen.

»Raus!« befahl der junge Mann.

Jack stand auf und verließ mit dem Soldaten das Zelt. Er blinzelte in der ungewohnten Helligkeit und blieb stehen, als ihm die außergewöhnliche Stille auffiel. Kein einziges Fahrzeug kam an, keins fuhr weg, kein einziger Soldat rannte umher, um im allgemeinen Chaos den Abtransport in das Kriegsgebiet zu verpassen. Offensichtlich hatte man sie alle zusammengerufen, auf Lastwagen gesetzt und in den Busch befördert, damit sie dort die Banditen jagen konnten.

Hoch über dem Camp, am klaren und wolkenlosen Himmel, kreisten Bussarde. Jack wurde durch das Camp zum Zelt geführt, das die Lagerverwaltung beherbergte. Vor dem Büro blieb er vor Überraschung stehen. Dort stand ein zerbeulter alter Truck. Es war *Zion Express.*

»Wie ist der hierher gekommen?« fragte er den ernsten jungen Rekruten.

Dieser antwortete ihm, indem er ihm den Gewehrkolben in den Rücken stieß und ihn am Wachposten vorbei durch die Tür schob. Jack taumelte hinein. Auf ihn wartete die nächste Überraschung. Die Rückwand des Zeltes war hochgerollt. Das Zelt reichte bis zum Zaun, dahinter lag die offene Wüste, und in der Ferne waren die Berge zu sehen.

Die Idee, ein Zelt aufzustellen mit einer Tür und einem Wachposten, jedoch ohne Rückwand, nötigte ihm zunächst eine gewisse Bewunderung ab. Als er dann aber sah, wer die einzige Person im Zelt war, wurde ihm alles klar, und er hörte auf, über Zelte nachzusinnen, die nach einer Seite hin offen sind.

Hinter einem Tisch, auf dem sich Landkarten und Zeichnungen von den Operationsgebieten türmten, saß die mächtige Gestalt General Dinkas. Seine Mütze, sein Offiziersstock und seine automatische Pistole lagen vor ihm auf dem Tisch. Genau so, wie Jack es aus Adan in Erinnerung hatte.

Der Wind raschelte in den Papieren. Der General schrieb weiter. Ohne aufzusehen oder seine Arbeit zu unterbrechen, fragte er: »Was wollen Sie von meinem Land, Mister Rivers?«

»Nichts«, war die Antwort.

»Warum sind Sie dann zurückgekommen?«

»Sie wissen, warum ich hier bin, General Dinka.«

»Wollen Sie vielleicht etwas von mir?«

»Nein.«

»Also, warum sind Sie dann wieder hier in Arakan?«

»Sie wissen, warum ich hier bin«, wiederholte Jack.

General Dinka hörte auf zu schreiben, schloß die Akte und schob sie beiseite. Als er aufsah, lag Härte, aber auch Erschöpfung in seinem Blick. Seine Augen waren die eines müde gewordenen Eroberers.

»Wir haben Ihre Söldnerfreunde verhaftet«, sagte er mit Nachdruck. »Wir haben sie alle erschossen.«

Jack stand einfach da und starrte ihn an, viel zu entsetzt, als daß er auch nur ein Wort hätte herausbringen können. Der General beobachtete ihn. Weder in seinen Augen noch in seiner Stimme konnte Jack einen Anflug von Triumph erkennen. Ein besiegter Eroberer, in der Tat!

»Wollen Sie nichts Genaueres wissen?« fragte der General.

»Was, zum Beispiel?«

»Zum Beispiel: Welche Freunde? Welche Söldner? Sind Sie nicht einmal mehr neugierig?«

»Nein.«

»Haben Sie den LKW gesehen?«

»Ja.«

»Kennen Sie den LKW?«

»Ja.«

»Woher?«

»Es ist einer von dem Konvoi aus dem Sudan. Er gehört mir.«

Der General gab sich sehr nachdenklich.

»Was bedeutet *Zion Express*?«

»Es ist eigentlich nur ein Witz. Ein Name, der diesen LKW inmitten all der anderen identifizierbar machen sollte.«

»Wo sind die anderen, Mister Rivers?«

»Das wüßte ich auch gern. Wo haben Sie diesen her?«

»Von einem Sudanesen namens Gibril. Er hat ihn in einen Hinterhalt gefahren. Kennen Sie Gibril?«

Jack nickte. »Wo ist er?«

»Er hat ausgesagt, daß er für Sie arbeiten würde. Er und ungefähr ein Dutzend anderer Sudanesen.«

»Wo sind sie jetzt?«

Er war ungeduldig, wollte dringend erfahren, wie es um den Konvoi stand.

»Leugnen Sie, daß diese Männer für Sie gearbeitet haben?«

»Nein... aber wo sind sie?«

»Wir haben sie alle erschossen.«

»Warum?«

»Der Lastwagen war randvoll mit Waffen beladen, Mr. Rivers.«

Jack war plötzlich sehr erschöpft. Der General hatte ihn an seiner empfindlichsten Stelle getroffen. Es gab nur wenig, was er darauf erwidern konnte.

»Ich kann Ihnen alles erklären«, sagte er.

»Das ist nicht nötig.«

»Die Waffen gehören einem sudanesischen Kaufmann namens Jamar.«

»Und wo ist er, dieser Jamar?«

»In Port Sudan.«

»Aus so weiter Entfernung kann ich ihn nicht erschießen.«

»Er hat die Waffen in unseren Konvoi geschmuggelt. Ob Sie es glauben oder nicht, ich habe es erst entdeckt, nachdem wir die Grenze passiert hatten.«

»Ich ziehe es vor, Ihnen nicht zu glauben«, erklärte General Dinka und zündete sich eine Zigarre an. »Ich glaube nämlich nur, was ich sehe und was Sie offen zugegeben haben. Sie haben illegal die Grenze überschritten, mit einem oder mehreren LKWs randvoll mit Waffen, die sie den Banditen übergeben wollten, den Rebellen, die die rechtmäßige Regierung dieses Landes bekämpfen. So etwas wird bei Ihnen in den USA als Waffenschmuggel bezeichnet und stellt in Ihrem Land ein Verbrechen dar, auf das die Todesstrafe steht.«

Jacks Gedanken rasten. Alles, was ihm als mögliche Entgegnung durch den Kopf schoß, klang wie eine lahme Entschuldigung, wie die verzweifelten Ausreden eines Mannes, der auf frischer Tat ertappt wurde.

»Ich bin amerikanischer Staatsbürger«, sagte er.

»Das weiß ich, Mister Rivers.«

»Ich verlange ein Gespräch mit meinem Botschafter.«

»Zieht er vielleicht bei Ihren Waffengeschäften die Fäden?«

»Nein!«

»Dann haben Sie keinerlei Recht, irgend etwas zu verlangen. Sie wissen doch wohl noch, daß ich Sie bei unserer Zusammenkunft in Adan gewarnt habe?«

Seit er sich wieder in Arakan aufhielt, hatte sich Jack mit großem Unbehagen der Drohung erinnert, die General Dinka damals ausgesprochen hatte: »Ich verspreche Ihnen eines, Mister Rivers. Sie werden Arakan nicht lebend verlassen.« Aber dann war es Zahai fast gelungen, ihn eines besseren zu belehren. Zahai – warum war ihr Name nicht genannt worden?

Der General nahm seine Pistole in die Hand.

»Nun, Mister Rivers – wie ich Ihnen versprochen habe, muß ich Sie jetzt erschießen.«

So einfach war das also. Was machte ein Mord mehr schon aus in einem Land, in dem Hunderttausende von Menschen verhungerten?

Ein Soldat kam hereingerannt und salutierte. Atemlos und in Talacina erstattete er über etwas sehr Dringliches Bericht. Der General warf einen kurzen Blick auf Jack, dann erhob er sich, schob die Pistole in den Halfter und setzte seine Mütze auf.

»Warten Sie hier«, befahl er und folgte dem Soldat hinaus ins Camp.

Plötzlich war eine Maschinengewehrsalve zu hören, der ein Stimmengebrüll folgte, das von den Zuschauern eines Fußballspiels hätte stammen können. Dann wurde wieder geschossen, sporadisch und von Granatfeuer unterbrochen.

Jack warf einen Blick auf den jungen Soldaten, seinen Bewacher. Der stand jetzt mit dem Gewehr im Anschlag vor Jack. Unsicherheit und Panik, die in seinen Augen aufstiegen, waren nicht mehr zu verbergen.

»Bist Du überhaupt nicht neugierig?« fragte ihn Jack.

Seine Antwort bestand darin, den Finger an den gespannten Hahn des Abzugs zu legen und Jack in Talacina zu warnen.

»Wir könnten beide erschossen werden, wenn wir hier stehenbleiben«, redete Jack weiter auf ihn ein. »Darf ich mich hinlegen?«

Diesmal erhielt er als Antwort einen Stoß mit dem Gewehr. Und so blieben sie stehen, als das Schießen draußen weiterging und das Chaos zunahm. Rauch und Staub drangen in das Verwaltungszelt, dann der Geruch von Gewehrfeuer und Angst und brennenden Gegenständen. Soldaten rannten völlig kopflos neben dem Zelt hin und her, als Mörsergranaten auf das Camp niederregneten. Ein verwundeter Soldat hinkte auf das Zelt zu. Bevor er es erreichte, fiel er zu Boden und regte sich nicht mehr.

Eine Maschinengewehrsalve pfiff durch die Zeltwände. Jack tauchte unter den Tisch. Der standhafte Rekrut wurde durchlöchert, ehe er sich überhaupt rühren konnte. Er fiel neben Jack zu Boden und lag da, überrascht und vorwurfsvoll, weil alles so unfair war. Jack sah den sich noch einmal aufbäumenden Körper und spielte einen Augenblick mit dem Gedanken, sich sein Gewehr anzueignen, entschied sich dann aber, es nicht zu tun.

Langsam kroch er aus dem Zelt hinaus in das brennende Sonnenlicht. Dann robbte er auf den Zaun zu, entschlossen, aus dem belagerten Stützpunkt herauszukommen. Überall explodierten Mörsergranaten. Soldaten rannten hin und her, ihre Schmerzensschreie und ihr Wutgeheul waren weithin zu hören.

Ungefähr zehn Meter vor dem Stacheldrahtzaun stand Jack vorsichtig auf und wagte es, Anlauf zu nehmen und über den Zaun zu springen. Der Sprung glückte und trug ihn über den Stacheldraht. Er landete in einem Gebüsch, wo er sich hinter die ersten Felsbrocken rettete, die ihm in den Weg kamen. Dann erst sah er zum Camp zurück. Rauch- und Staubwolken hüllten weite Teile des Geländes ein, die Zelte brannten lichterloh, und überall lagen Tote.

Jack hatte nur eines im Sinn: von diesem entsetzlichen Ort wegzukommen, so weit wie irgend möglich, und diese Alpträume hinter sich zu lassen. Er wandte sich um und erstarrte.

Keine drei Meter von ihm entfernt stand General Dinka. Die Mündung seiner Pistole war geradewegs auf Jack gerichtet. Die linke Seite seiner Uniform blutdurchtränkt, seine Mütze verschwunden und sein graues Haar und sein eingefallenes Gesicht von Schweiß und Staub bedeckt, sprachen Schmerz und Zorn, vor allem aber kaltblütige Mordlust aus seinem Blick. Er hatte eine qualvolle halbe Stunde durchlebt, hatte sein Bestes getan, dem Lauf der Dinge eine andere Richtung zu geben. Bei seinem Versuch, die Guerilleros aus dem Gebüsch rings um das Camp zu vertreiben, hatte er nur eine Handvoll Rekruten, die vom Entsetzen gelähmt waren, zur Verfügung gehabt.

Es schien eine Unendlichkeit her, daß sie sich so gegenübergestanden und sich kalt gemustert hatten. Als der General nun sprach, lag etwas Endgültiges in seiner Stimme.

»Der Krieg ist die Hölle, Mister Rivers«, erklärte er. Dann drückte er ab.

Der Knall erschütterte das ganze Tal, von den Berghängen hallte noch lange das vielfältige Echo nach. General Dinkas Körper fiel auf die Felsen.

Jack wirbelte herum. Keine dreißig Meter von ihm entfernt ließ Zahai ihr Gewehr sinken. Sie winkte ihn zu sich. Während er über Felsen und Gebüsch stolperte, feuerte sie eine Salve nach der anderen auf das Camp unter ihnen. Sie schoß mit eiskalter Präzision, zielte sorgfältig und genau, ehe sie abdrückte. Als Jack schließlich atemlos bei ihr anlangte, stellte sie die Schießerei ein.

»Ohne mich wärst Du jetzt tot«, sagte sie.

»Wäre das nicht einfach herrlich?«

»Für Dich vielleicht. Aber ich habe versprochen, Dich zu Deinen Leuten zurückzubringen. Also los, gehen wir.«

Ohne darauf Rücksicht zu nehmen, daß Jack sich ein wenig verschnaufen mußte, marschierte sie los. Sie sprang wie eine Bergziege leichtfüßig von einem Felsen zum nächsten. Jack hatte Mühe, ihr zu folgen.

Er brauchte sehr lange, bis er sie wieder eingeholt hatte. Inzwischen hatten sie das Camp weit hinter sich gelassen. Vereinzelt und in weiter Ferne waren noch Schüsse zu hören. Das Gewehr über der Schulter, marschierte Zahai – fast im Laufschritt – mit einer Leichtigkeit, die ein langes Training verriet, durch das heiße und ausgedörrte Buschland.

»Weißt Du, wen Du getötet hast?« fragte er sie.

»Einen Hund«, war ihre Antwort.

»Nicht irgendeinen Hund. Einen Generalshund.«

»Welchen?«

»General Asfaw Dinka.«

Zahai blieb stehen. Dann brach ein Schwall von Flüchen und Schimpfworten in ihrer Muttersprache Talacina aus ihr hervor.

»Ich sehe, Du kanntest ihn«, meinte Jack.

»Warum hast Du mir das nicht früher gesagt?«

»Du hast mir keine Gelegenheit gegeben, ihn Dir vorzustellen.«

»Er hat so viele Dörfer dem Erdboden gleichgemacht.« Voll Abscheu spuckte sie auf den Boden. Dann ging sie weiter, und er folgte ihr.

»Er hat Hela auf dem Gewissen«, sagte sie.

Auch Bura und Gorgora hatte er völlig zerstört, erzählte sie ihm. Auf dem Plateau von Hela, wo die Nomaden seit Jahrhunderten gelebt hatten, gab es heute keinen lebenden Menschen mehr und keine Tiere – dafür war er verantwortlich. Er hatte sie alle umgebracht. Männer und Frauen, Kinder und Ziegen.

»Wenn ich ihn für einen jeden Menschen aus meinem Volk, den er umgebracht hat, einmal getötet hätte, so wäre das immer noch nicht genug gewesen.«

»Trotzdem«, erwiderte Jack nüchtern, »hätte er Dir lebend nützlicher sein können.«

Sie spuckte wieder aus. »Der einzige Unterschied zwischen einem lebenden und einem toten Hund ist der Gestank.«

Immer seltener und immer schwächer drangen die Schußgeräusche zu ihnen. Schließlich hörte das Schießen ganz auf. In der Ferne stieg vom Kriegsschauplatz schwarzer Rauch auf. Mit ihrem leichten, schnellen Gang, der Jack zwang, ihr im Laufschritt zu folgen, wenn er mit ihr Schritt halten wollte, ging sie wieder voran.

»Wo bringst Du mich hin?« fragte er.

»Zu Deinen Leuten.«

»Wohin?«

»Warte ab. Komm!«

»General Dinka hat mir erklärt, sie seien alle tot.«

»Er hat Dich belogen. Generäle lügen immer.«

Sie hatten jetzt das Buschland verlassen und gingen über eine mit Sand bedeckte Ebene, auf der nur die verdorrten Dornakazien ein bißchen Schatten spendeten. Die Sonne brannte heiß, und sie waren in Schweiß gebadet.

Zahai wartete, bis Jack aufgeholt hatte, und reichte ihm ihre Wasserflasche. Er trank und gab sie ihr zurück. Sie verschloß sie wieder und hängte sie über die Schulter. Dann wechselte sie das Gewehr von der rechten auf die linke Seite, damit sie auf die niedere Hügelkette zeigen konnte, von denen sie ein Marsch von ungefähr fünfzehn Kilometern trennte.

»Siehst Du diese Hügel dort? Wir müssen sie erreichen, ehe es Nacht wird.«

Jack schaute von den fernen Bergen, die in blauem Dunst lagen, zu Zahai und schüttelte den Kopf. Er war völlig am Ende seiner Kräfte und konnte sich nicht vorstellen, wie er diese Berge zu Fuß erreichen könnte.

»Es hilft alles nichts, wir müssen dorthin«, sagte Zahai und ging weiter. »Wenn das, was Du sagst, richtig ist und ich soeben General Dinka erschossen habe, dann müssen wir möglichst weit weg sein, ehe sie mit ihrer Vergeltungsaktion beginnen.«

»Und was ist mit Deinen Leuten?«

»Meine Leute sind in Sicherheit«, antwortete sie. »Das heute waren die Krieger aus Dabat, aus dem Norden. Sie kämpfen gern, wie Shakira.«

Jack hielt sie am Ellbogen fest und wollte sie dazu überreden, nicht so schnell zu gehen.

»Ich bin müde«, sagte er.

»Müde wovon?«

»Müde, in Gefangenschaft zu sein, als Zielscheibe zu dienen, hinter Dir herzurennen.«

»Ich auch, Mister Rivers. Auch ich bin müde, aber jetzt ist nicht die Zeit, müde zu sein. Komm!«

Sie ging weiter, und er stolperte hinter ihr her.

In jener Nacht schliefen sie in einer Höhle auf den Hügeln von Tasama. Zahai briet über einem kleinen Feuer den Hasen, den sie im Grasland geschossen hatte. Von Zeit zu Zeit stieß sie einen nach Beute suchenden schwarzen Skorpion ins Feuer. Ihr Gewehr lehnte hinter ihr an der Höhlenwand.

Von der anderen Seite des Feuers beobachtete Jack sie durch den dünnen Rauch, der von der Feuerstelle aufstieg. Ihr Uniformhemd war aufgeknöpft. Unter dem olivfarbenen Unterhemd konnte er ihre Brüste erkennen, voll und schwer, und den schwarzen Talisman, der um ihren schlanken Hals hing. Ihr Haar fiel ihr ins Gesicht, was ihrer Schönheit einen besonderen Reiz verlieh.

»Wie gefällt Ihnen mein Land jetzt, Mister Rivers?«

Jack schreckte aus seiner Bewunderung hoch. »Sehr schön!«

»Das Land, Mister Rivers!«

»Auch das ist sehr schön. Aber auch sehr trocken.«

»Es ist eine Wüste, Mister Rivers«, sagte sie. »Eine heiße und trockene Gegend.«

»Ein Ort, an dem nichts wächst außer Elend«, sagte Jack.

»Es ist unsere Wüste, und wir lieben sie«, antwortete sie. »Aber die Generäle in der Hauptstadt wollen die Nomaden um den Reichtum ihres Landes bringen und ihn dann dazu benutzen, im Hochland moderne Städte zu bauen und Waffen zu kaufen, mit denen sie Krieg gegen uns führen.«

Sie nahm das Bajonett aus der Scheide und teilte den Hasen in zwei Hälften. Eine davon reichte sie Jack. Dann aßen sie.

»Hier ist das einzige Zuhause, das wir kennen«, fuhr sie fort. »Deshalb müssen wir darum kämpfen, daß wir dieses Land eines Tages selbst regieren, es mit unserem Blut und unserem Schweiß bewässern, es wieder schön und produktiv machen für uns selbst und für unsere Kinder.«

»Und was ist mit den anderen Teilen des Landes?«

»Die Leute, die dort leben, sollten dasselbe für ihre Kinder tun«, sagte sie. »Wie Du weißt, sind wir Nomaden ein ruhiges, ehrliches und friedliebendes Volk. Die Wüste ist unsere Heimat. Wir trachten nicht danach, über andere zu herrschen. Warum sollten wir unser eigenes Land nicht selbst regieren? Warum müssen die Leute in der Hauptstadt über uns bestimmen, deren Hauptinteresse hochtrabende Titel sind und Macht?«

Jack schüttelte den Kopf. »Du hast mir erzählt, daß Du an vielen Orten studiert hast«, warf er ein. »Du solltest inzwischen gelernt haben, daß es eine Nation, wie Du sie Dir erträumst, nicht geben kann.«

»Warum nicht?«

»Bei der politischen Großwetterlage heutzutage spricht alles gegen die Existenz kleiner, ohmächtiger Nationen. Kleine Nationen haben nur dann eine Zukunft, wenn sie sich zusammenschließen und ihre Ressourcen in einen Topf werfen. Nur dann könnten sie den Supermächten die Stirn bieten. Auf sich allein gestellt, haben die armen Länder keine Chance. Überhaupt keine. Selbst um die winzigste Nation auf dieser Erde regieren zu können, werden wirtschaftliche und menschliche Ressourcen benötigt. Man braucht viel – von Geld bis zu Menschen.«

»Unsere menschlichen Ressourcen hast Du heute bei der Arbeit gesehen«, erwiderte Zahai. »Ärzte und Rechtsanwälte, Ingenieure und Männer, die eigentlich zu Höherem berufen wären, sind gezwungen, wie einfache Soldaten zu kämpfen. Und was die wirtschaftlichen Ressourcen anbelangt, nun, so sieh Dich um – das ganze Land hier stellt nichts anderes dar als Reichtum. Was siehst Du, wenn Du hier zur Decke guckst?«

Jack hob den Kopf. Er sah nichts als Felsen und noch mehr Felsen.

»In der Steinzeit war hier vielleicht eine Waffenkammer«, sagte er. »Heute geben diese Felsen bestenfalls ein paar Bausteine her.«

»Das denkst Du«, sagte sie.

»Einen leeren Magen können sie bestimmt nicht füllen!«

Sie lachte.

Sie hatten aufgegessen und warfen die Knochen ins Feuer. Dann legte Zahai das Gewehr neben sich und streckte sich auf dem Sandboden neben dem Feuer aus.

»Wir haben noch einen weiten Weg vor uns«, sagte sie. »Aber der Krieg ist bald vorüber. Dann werde ich heiraten und wie meine Mutter viele Kinder bekommen. Ich möchte im Frieden leben.«

Seit er sie kannte, seit sie ihn gekidnappt hatte, war dies das Persönlichste, das sie je geäußert hatte.

»Vielleicht bist Du zu alt, um Kinder zu bekommen, wenn der Krieg aus ist«, entgegnete er.

»Sie schüttelte den Kopf. »Ich glaube nicht. Der Krieg muß bald zu Ende gehen. Er hat schon viel zu lange gedauert.«

»Jeder Krieg ist zu lang für jene, die ihn durchstehen müssen.«

»Ich war elf Jahre alt, als dieser hier anfing. Ich bin in der Vorkriegszeit und während des Krieges groß geworden.«

Sie hatte zu den Studenten gehört, die an den Universitäten den Widerstand organisiert, schließlich den Kaiser gestürzt und die Generäle an die Macht gebracht hatten. Damals ahnten sie nicht, daß sie einmal gegen dieselben Generäle kämpfen müßten, denen sie geholfen hatten, die Macht zu erlangen.

»Wir waren ziemlich naiv«, sagte sie. »Wir glaubten, daß das politische Ziel der Generäle, die – wie wir – eine Universitätsbildung haben, darin bestünde, die Macht dem Volk zu übergeben.«

»Soldaten bleiben immer Soldaten«, sagte Jack. »Und wer einmal die Macht hat, gibt sie nicht freiwillig wieder ab.«

»Heute weiß ich das auch«, sagte sie bitter. »Der Krieg muß schleunigst beendet werden.«

Dann fragte Jack: »Wen wirst Du heiraten?«

»Den Wüstenwolf.«

»Der ist doch tot.«

»Nein«, schüttelte sie den Kopf. »Der Wüstenwolf ist nicht tot.«

»Aber ich habe ihn umgebracht«, sagte Jack. »Ich habe den Wüstenwolf getötet.«

»Nein. Du hast ihn nicht getötet.«

»Wen denn?«

»Niemanden«, sagte sie traurig. »Für Shakiras Tod bin ich verantwortlich. Den Wüstenwolf kann niemand töten.«

Von draußen drangen das Zirpen der Grillen in die Höhle, die Schreie der Nachtvögel und der überall gegenwärtigen Hyänen. Irgendwo rief eine Eule. Der Wind raschelte im dürren Gesträuch.

Jack stand auf, ging um das Feuer und kniete an ihrer Seite nieder. Er betrachtete sie, wie sie ihn beobachtete, wie ihre Brust sich im ruhigen Rhythmus ihres leichten Atems hob und senkte. Er küßte sie.

»Tu das nicht«, sagte sie.

»Ich liebe Dich.«

Sie schaute ihm in die Augen, und als sie sah, wie seine verlorene, hilflose Seele sich darin spiegelte, wollte der Kummer sie fast erdrücken.

»Ich habe Dich davor gewarnt, Dich in mich zu verlieben«, seufzte sie. »Wenn Du mich liebst, sind wir untrennbar wie der Tod und das Leben.«

Er beugte sich hinunter und küßte sie, und sie legte, ohne daß sie es wollte, die Arme um ihn, zog ihn sanft zu sich herunter und hielt ihn fest.

Draußen ging über den Bergen der Vollmond auf und überflutete die Wüste mit seinem bleichen Licht. Ein sanfter Wind streifte die Büsche, und aus weiter Ferne ertönte das einsame Heulen eines Wüstenwolfes. Widerstrebend vermischte sich sein Lied mit dem schweren Atmen, das aus der dunkler werdenden Höhle drang.

»Ich möchte bei Dir bleiben«, sagte Jack. »Immer.«

Sie lachte ein träges, sinnliches, von ihren Gefühlen durchdrungenes Lachen.

»Wenn der Krieg vorüber ist, bist Du längst wieder in Amerika.«

Ihre rauhe Stimme ließ ihn vor Verlangen fast wahnsinnig werden. Seine eigene Stimme war einem Schrei der Verzweiflung gleich.

»Komm mit mir in die USA.«

»Ich habe hier einen Krieg zu Ende zu kämpfen.«

»Du kannst diesen Krieg ja doch nicht gewinnen. Sie sind in der Überzahl, sie sind zu stark, und sie haben die Weltmeinung auf ihrer Seite.«

»Wir das Recht auf unserer.«

»Das kannst Du nicht als Munition benutzen.«

»Seit fünfundzwanzig Jahren tun wir nichts anderes.«

»Das ist es ja gerade.«

»Nein, Mister Rivers«, fuhr sie fort, »es geht um folgendes: Wenn wir die Herrschaft des Feudalismus unterwürfig weiter geduldet hätten, wären wir alle in aller Stille verhungert. Und wenn wir die Herrschaft der Generäle dulden, werden wir ganz gewiß in aller Stille sterben.«

»Sie werden Euch am Ende doch alle umbringen, egal wie. Komm mit mir in die USA und werde meine Frau.«

Erschrocken starrte sie ihn an, und einen kurzen Augenblick fühlte sie sich als ein kleines Mädchen, hilflos und unsicher. Doch dieser Moment ging schnell vorüber, und sie war sie selbst.

»Ich bin Anführerin einer Armee«, erklärte sie.

Er sah die vollkommene Entschlossenheit in ihrem Gesicht und die Last der Verantwortung auf ihren Schultern, und ihm wurde klar, daß auch er dazu verdammt war, für immer einem Traum nachzutrauern.

KAPITEL 26

Bei Sonnenaufgang brachen sie wieder auf und folgten einem selten begangenen Pfad durch die Gebirgskette im Süden. Der Weg führte quer durch die Täler und über die steilen Hänge und an den Abgründen der tiefen Schluchten entlang, die das südliche Bergland für die Armee unzugänglich machten.

Zahai schritt wie immer in schnellem Tempo voran, während Jack ihr folgte; er trug ihr Gewehr und hatte es sich, wie er bei den Guerilleros beobachtet hatte, über die Schulter gehängt.

»Warum läßt Du mich nicht für Dich kämpfen?« fragte er.

»Man würde Dich töten«, antwortete sie.

»Ich werde so oder so ums Leben kommen«, meinte er. »Noch ehe dieser Krieg zu Ende ist. Das hat Danachew gesagt.«

Zahai blieb stehen. Er ging zu ihr, sie standen einander gegenüber, und jeder tauchte seine Augen in des anderen Seele, denn sie hatten nichts mehr voreinander zu verbergen.

»Danachew hat Dir das gesagt?«

»Ja.«

»Wann hat er so zu Dir gesprochen?«

»An dem Ort, der Bidir heißt. Nach dem Luftangriff. Ich hatte mich gefragt, ob irgendeiner von uns mit dem Leben davonkäme. Ja, meinte er, viele würden überleben, aber ich wohl nicht. Ich, ich würde wahrscheinlich sterben und im Wüstensand begraben, denn ich hätte die Tochter des Khamsin verführt. Aber das war, ehe Shakira mich umbringen wollte.«

Zahai richtete einen ernsten und prüfenden Blick auf ihn. Schließlich zwang sie sich zu einem Lächeln. Sie griff nach ihrem Gewehr, und dann gingen sie weiter.

»Du mußt nach Amerika zurück«, sagte sie. »Erzähl ihnen dort alles von uns. Das mußt Du unbedingt tun, Mister Rivers!«

Mehrere Stunden später erklommen sie den letzten der Gipfel des Vorgebirges und blieben auf der Höhe stehen. Unter ihnen lag felsiges, hier und da von dornigem Gebüsch bewachsenes Land, das ungefähr einhundertfünfzig Meter tief abfiel, bis es am Fuße des Berges zur weitesten und flachsten Ebene wurde, die Jack bislang gesehen hatte. Ein kaum zu erkennender Weg schlängelte sich am Fuß der Berge entlang, von Norden nach Süden, um sich dann plötzlich, als habe er sich endlich entschlossen, ein Ziel anzustreben, nach Westen zu wenden und in einer geraden Linie hinaus in die Ebene zu führen.

Nicht weit links von der Stelle, wo der Pfad nach Westen abbog, stand der *Arakan Express*, die anderen Trucks standen in einem schützenden Halbkreis um die aufgeschlagenen Zelte.

Um das Kantinenzelt herum bewegten sich einige Leute, doch sonst schien das Lager Mittagsruhe zu halten. Zwei mit Gewehren bewaffnete Männer saßen auf einem jenseits des Camps gelegenen Felsen, rauchten und vertrieben sich die Zeit mit einem Würfelspiel. Ein anderer Wachposten lag mit bloßem Oberkörper, das Gewehr an der Seite, auf einem der Lastwagen. Er schien zu schlafen.

Zahai zeigte in die Ebene. »Deine Leute«, sagte sie zu Jack.

»Wie hast Du sie gefunden?«

»Wir haben sie nie aus den Augen verloren!«

Sie hob die Hand an den Mund und imitierte täuschend den Lockruf des Flughuhns. Die beiden mit den Gewehren sahen suchend zu den Bergen hoch, widmeten sie sich aber schnell wieder ihrem Würfelspiel.

Plötzlich trat Danachew wie eine Erscheinung aus dem Gebüsch. Auch er war völlig erschöpft, die Grausamkeiten der vergangenen Tage standen ihm im Gesicht geschrieben.

»*Danasteri*, Many Waters.«

»*Danasteri*«, erwiderte Jack seinen Gruß.

Dann wandte der alte Mann sich an die Frau, die seine Anführerin war, und erstattete ihr einen langen Bericht in Talacina. Zahai hörte aufmerksam zu und stellte hin und wieder eine Frage. Als er zu Ende gekommen war, war auch sie sehr ernst geworden.

»Dana berichtet mir«, sagte sie mit sorgenvoller Miene, »daß es in der Hauptstadt einen Putsch gegeben hat.«

»Wer hat denn geputscht?«

»Die Soldaten.«

Sie schwiegen und wogen nachdenklich die Konsequenzen ab, die sich aus der veränderten Situation ergeben würden.

»Was bedeutet das für Euch?« fragte Jack.

»Nichts«, antwortete Zahai. »Wie das vorige hat auch das neue Regime geschworen, uns zu besiegen, uns wie Insekten zu vernichten. Das haben sie im Radio verkündet.«

Dann wandte sie sich wieder an Danachew und sprach noch eine Weile mit ihm.

»Bei Deinen Leuten ist alles okay«, sagte sie schließlich. »Du kannst jetzt zu ihnen zurückgehen.«

So einfach war das also. Jack blickte von Zahai zu Danachew, der ihn kummervoll ansah, und wieder zurück. Zahai sprach zu ihm: »Nun weißt Du etwas vom Leben in der Wüste und vom Leben in den Bergen. Geh und erzähle der Welt von uns. Sage der Welt, daß wir keine wilden Terroristen sind, sondern einfache freiheitsliebende Menschen. Berichte ihnen auch alles, was Du sonst noch gesehen hast: Erzähle von den Greueltaten, mit denen das Regime unser Volk geißelt, von der Hungersnot, die nicht nur entsetzlich ist, sondern vor allem eine Lüge. Sie werden Dir mehr glauben als uns, denn Du bist einer von ihnen, und Du bist berühmt. Geh jetzt!«

Jack zögerte.

»Die Trucks sind voller Vorräte«, sagte er. »Alles, was Ihr braucht, und noch vieles mehr.«

»Habt Ihr Waffen?« fragte sie.

»Waffen?«

»Ja, Waffen. Das ist alles, was wir jetzt brauchen.«

Das Lächeln in ihrem Gesicht verriet ihm, daß sie scherzte. Sie konnte ja unmöglich etwas von Jamars Waffen erfahren haben.

»Alles, was wir benötigen, haben wir«, sagte sie.

»Fahrt da herunter«, sagte Danachew und zeigte mit dem Finger in die Richtung, die er meinte. »Dann kommt Ihr durch Dörfer und zu Menschen, die Eure Vorräte gut gebrauchen können. Bahadir und Jirom und noch andere Orte liegen dort, alle in dieser Richtung. Nach sieben Tagen erreicht Ihr wieder die Grenze zum Land der Nubier. Man wird Euch sicheres Geleit geben, wenn Ihr jedem, der es wissen will, sagt, daß Ihr bei uns gewesen seid und daß wir Euch diesen Weg gezeigt haben.«

Jack zögerte. Danachew reichte ihm die Hand. Sie umarmten sich.

»Many Waters«, sagte der alte Mann. »Du bist uns fast ein Bruder geworden.«

»Dana«, sagte Jack. »Ich werde Dich nie vergessen.«

Dann nahm Jack seine wertvolle goldene Uhr ab, die Uhr, die Suleiman unbedingt hatte haben wollen, die Uhr, von der er nie begreifen konnte, daß sie mehr wert war als ein Omani-Dolch, eine amerikanische Pistole und ein Maultier der Nomaden, und streifte sie Danachew über sein knochiges Handgelenk.

Danachew protestierte.

»Nein, Many Waters«, rief er aus. »Nicht für mich.«

»Doch, Dana. Ich möchte, daß sie Dir gehört.«

»Aber ich kann die Zeit nicht gut lesen.«

»Das wirst Du lernen.«

»Aber, Many Waters«, fragte der alte Mann, »was soll ich mit all der vielen Zeit anfangen?«

»Sorge für Zahai. An meiner Stelle.«

Dem alte Mann fielen keine weiteren Ausflüchte mehr ein. Beinahe verlegen stand er vor Jack. Er umarmte ihn noch einmal. »Möge Gott Dich schützen, mein Freund.«

»Und Dich auch, mein alter Freund.«

Kummer und eine tiefe Traurigkeit lagen in Danachews Augen, als er sich abwandte.

Zahai starrte in die Ferne. Sie war entschlossen, den Gedanken daran, wie schwer ihr dieser endgültige Abschied fiel, nicht zuzulassen. Jack legte ihr die Hände auf die Schultern und drehte sie zu sich herum, zwang sie, ihm in die Augen zu sehen. Ihr Blick war hart und entschlossen, der Blick der Guerillaführerin, die ihn vor undenklichen Zeiten gekidnappt hatte. Als er sie küssen wollte, bot sie ihm weder Widerstand, noch gab sie ihm nach.

Sie sahen einander an. Nach einem Augenblick unerträglicher Spannung nahm sie das schwarze Amulett von ihrem Hals und hängte es ihm um.

»Das wird Dich vor allem Bösen schützen«, erklärte sie. »Nun geh. Geh zurück zu Deinen Leuten.«

»Komm mit und lerne meine Freunde kennen«, bat er.

»Nein.«

»Sie werden Dich gern haben. Komm!«

»Nein.«

Er nahm sie fest bei der Hand und zog sie mit sich den Weg hinunter, der zum Camp führte. Sie wehrte sich mit allen Kräften, doch Jack stieg den steil abwärts führenden Pfad so schnell herunter, daß es ihr nicht gelang, sich freizumachen. Das Gewehr fiel ihr aus der Hand, aber sie konnte es nicht wieder aufheben, denn sie rannten und stolperten zusammen weiter abwärts.

Danachew zögerte kurz, dann ging er ihnen nach. Er hielt nur kurz an, um Zahais Gewehr an sich zu nehmen. Aus dem Gebüsch ringsumher, wo sie sich versteckt gehalten hatten, tauchten Zahais Männer auf, nahmen ihre Maultiere und die Packtiere am Zügel und folgten den anderen den Berg hinunter.

Die Wachposten blickten bei dem Geräusch von rennenden Stiefeln und auf den Sand tretenden Hufen alarmiert auf, doch dann erkannten sie Jack Rivers an der Spitze der herannahenden Gruppe und beruhigten sich wieder.

»He, Jungs, wo seid Ihr?« rief Jack. »Kommt, ich will Euch meine Freunde vorstellen!«

Ihr hastiger Abstieg fand in der Mitte des Lagers sein Ende. Da standen sie nun, ein rauher Haufen wild aussehender Guerilleros mit ihren robusten Packtieren.

Jacks Leute schreckten aus ihrer Siesta hoch und kamen aus den Zelten und LKWs herbeigerannt. Manche krochen unter den Lastwagen hervor, wo sie geschlafen hatten. Alle wollten sehen, was eigentlich los war.

Dann herrschte einen Augenblick lang peinliche Stille. Die beiden Gruppen standen einander gegenüber, blickten sich mit abschätzenden Mienen an, und da sie nicht wußten, was sie sagen sollten, fuhren sie fort, einander nicht aus den Augen zu lassen. Jack umarmte seine alten Kameraden und stellte alle vor.

Plötzlich trat Gail aus einem der Zelte. Sie trug enge blaue Shorts und eine sehr offenherzige, rückenfreie Bluse. Als sie Jack sah, drängte sie sich zu ihm durch, stieß Zahai beiseite, warf Jack die Arme um den Hals und küßte ihn.

Zahai war gestürzt, stand aber schnell wieder auf, stieß laute Flüche in ihrer Muttersprache aus und ging auf Gail los. Sie riß sie von Jack weg und warf sie zu Boden.

Jack sprang zwischen die beiden. Zahai wirbelte herum und wollte, die Arme kampfbereit ausgestreckt, zum Angriff auf Gail übergehen. »Ich bringe sie um!« schrie sie.

»Nein, Zahai!«

»Wer ist diese Hure?« fauchte sie Jack an.

»Gail. Meine Freundin.«

Zahai hielt vor Entsetzen einen Augenblick inne. »Deine Freundin?«

»Ja.«

»Liebst Du sie?«

»Ja, ich liebe sie.«

Zahai fluchte wieder. »Ich bringe Euch beide um!«

»Nein!«

Da verlor sie die Beherrschung und wollte Danachew ihr Gewehr aus der Hand reißen. Aber Danachew ließ die Waffe nicht los und wich ein paar Schritte zurück, um aus ihrer Reichweite zu gelangen. Zahai warf Jack eine Handvoll Sand ins Gesicht.

»Jetzt bringe ich Dich um.«

»Bitte, Zahai!«

»Du hast mich belogen.«

»Nein, das hab ich nicht getan. Ich liebe Dich doch auch, Zahai.«

Sie fluchte und schimpfte ohne Pause weiter. Dann sah sie um sich, ob sie nicht etwas fände, womit sie ihm einen Schlag versetzen könnte.

»Zahai«, schrie er. »Hör doch mal zu, was ich sage, verdammt nochmal!«

»Du elender Lügner!«

»Hör mir zu!«

In diesem Augenblick hatte sie das Gewehr entdeckt, das in einem Futteral an der Seite von Suleimans Maultier festgemacht war. Sie raste los. Suleiman setzte ihr nach, doch mit seiner Verletzung am rechten Bein bestand keine Chance, daß er sie einholte, bevor sie die dreißig Meter zu dem Maultier zurückgelegt hätte.

Danachew warnte ernst: »Ich fürchte, sie wird Dich jetzt töten, Many Waters.«

»Was habe ich denn Böses getan?«

»Du hast gesagt, Du liebst sie. Jetzt nimm Dein Mädchen und renne um dein Leben, Many Waters.«

Die Guerilleros erschraken dermaßen, daß sie laut aufschrien und in Deckung gingen, als Zahai bei dem Maultier ankam und nach dem Gewehr griff.

Danachew warf sich zu Boden und bedeckte seinen Kopf mit den Händen. Jack nahm Gail an die Hand und rannte in einem Kugelhagel zum nächsten LKW. Die Windschutzscheibe zersprang, und sie wurden mit Glasscherben überschüttet. Irgendwo explodierte ein Reifen, und immer mehr Geschosse pfiffen ziellos durch die Luft.

»Sie meint es wirklich ernst!« Jack war fassungslos. Zusammengekauert lagen sie hinter der doppelten Hinterachse. »Die Frau ist völlig verrückt«, sagte er.

Gail starrte ihn nur an. Sie stand zu sehr unter Schock, um zu denken, und war zu verängstigt, um ein Wort sagen zu können.

»Verdammt nochmal!« sagte Jack. »Was ist bloß in sie gefahren?«

»Wahrscheinlich Du, Jack«, rief eine Stimme von oben.

Jack sah hinauf. Vom Dach des LKWs schaute Phil herab, der sich oben gesonnt hatte, als die Schießerei losgegangen war.

»Hi, Jack!« begrüßte er ihn grinsend.

»Hallo, Phil!«

»Schön, daß Du wieder da bist. Und die Nachfrage nach Dir ist ja enorm!«

»Ich finde das überhaupt nicht lustig, Phil.«

»Die ist ja süß!«

»Sie will mich umbringen, Phil.«

Gail brach in Tränen aus. »Sie will uns beide umbringen.«

Phil warf einen Blick über den LKW hinweg auf Zahai, die gerade ein neues Magazin einlegte.

»Soll ich sie umlegen?« fragte er Jack.

»Nein, Phil, auf gar keinen Fall.«

»Die kann vielleicht mit 'ner Knarre umgehen! Wer ist sie denn?«

»Ich habe sie in der Wüste kennengelernt.«

»Sie ist total verrückt nach Dir.«

»Das kann man wohl sagen. Leihst Du mir mal Dein Gewehr?«

»Jederzeit.«

Phil lehnte sich über das Dach und ließ das Gewehr mit dem Kolben voran in Jacks wartende Hände gleiten.

»Es ist geladen«, sagte er.

»Danke, Phil.«

Jack betrachtete das Gewehr in seiner Hand. Plötzlich sah er unglücklich und besorgt aus. Gail ergriff ihn beim Arm.

»Willst Du sie erschießen?« fragte sie entsetzt.

»Nein«, antwortete er. »Ich werde sie herausfordern und ihre Schüsse auf mich lenken. Sobald ich das tue, rennst Du hinter den Lastwagen dahinten und gehst in Deckung. Alles klar?«

Sie nickte.

»Fertig?«

Sie nickte wieder.

»Los!«

Jack rollte sich aus der Deckung und feuerte eine kurze Salve in den Sand jenseits des Lastwagens. Gail rappelte sich hoch und rannte los. Plötzlich hörte Jack auf zu schießen, völlig überrascht, daß Zahai nicht das Feuer erwiderte. Sie war nirgends zu sehen. Er geriet in Panik, suchte verzweifelt alles mit den Augen ab, wo sie wohl sein könnte.

Da wurde zu seiner Linken ein Schuß abgefeuert. Zahai stand zwei Lastwagen weiter, hatte aber nicht Jack, sondern die wegrennende Gail im Visier.

»Zahai!« schrie er, so laut er konnte.

Gail stolperte und fiel zu Boden.

»Nein, nicht!« schrie Jack und schoß.

Die Kugel traf Zahai, als sie sich zu ihm umwandte. Der Aufprall warf sie zurück. Sie wankte noch zwei Schritte rückwärts, dann fiel sie flach auf den Rücken.

Jack warf das Gewehr weg und rannte los. Als er zu Gail kam, bewegte sie sich. Er half ihr auf, sie schluchzte und stützte sich auf ihn.

»Ich habe mir den Knöchel verstaucht«, stöhnte sie.

Jack ließ sie wie einen Storch auf einem Bein stehen und rannte weiter, dorthin, wo Zahai lag.

Doch Danachew und die Guerilleros waren schneller als er. Danachew hielt Zahais Kopf auf seinem Schoß. Suleiman und die anderen Guerilleros standen in einem geschlossenen Kreis um sie. Als Jack sich in den Kreis drängen wollte, legte Suleiman das Gewehr auf ihn an.

»Suleiman!« brüllte Danachew.

Suleiman ließ das Gewehr sinken. Vor Jacks Innerem tat sich ein breiter Graben auf, der ihn nicht zu Danachew gelangen ließ.

Zahai lag reglos, ihre Augen waren geschlossen, und sie schien auf den Knien des alten Mannes zu schlafen. Blut floß aus ihrer Brust, tränkte ihr Uniformhemd und tropfte in den durstigen Sand.

Danachew wischte sich eine Träne ab und streichelte Zahais rabenschwarzes Haar.

»Ich wollte sie nicht töten«, stammelte Jack wie gelähmt. »Sie hat versucht, mich zu töten. Ihr habt es alle gesehen.«

Niemand erwiderte ein Wort. Phil sprang vom Lastwagen, hob das Gewehr auf, das Jack hatte fallenlassen, und wischte den Staub ab. Dann überprüfte er das Magazin.

Suleiman spuckte Jack vor die Füße.

»Suleiman!« fuhr ihn der alte Mann an.

Er gab Anweisungen in Talacina. Einer der Guerilleros ging weg, um einen Esel zu holen. Phil kam näher und stellte sich an Jacks Seite. Dann trat auch Eddie zu ihnen.

»Ist sie tot?« fragte er.

Danachew sah zu ihm hoch und wischte sich eine Träne aus den Augen. »Ja, sie ist tot.«

»Mein Gott!« schrie Gail.

Jack stand wie angewurzelt. Die Welt um ihn herum brach zusammen. Seine Sinne waren vom Schock betäubt, sein Herz kalt und einsam. Er war ein völlig gebrochener Mann.

Der Guerillero kam mit dem Esel zurück. Er nahm eine große Segeltuchplane vom Rücken des Tieres und breitete sie auf dem Boden aus. Sie legten die tote Frau auf die Plane und wickelten sie darin ein. Dann hoben sie das Bündel auf den Esel.

»Wo bringt Ihr sie hin?« fragte Jack.

»Nach Hause«, erwiderte Danachew, »in die Wüste.«

»Aber sie ist doch tot!«

Danachews Augen wichen nicht von dem Bündel, dem Körper, der so in das Leichentuch eingewickelt war, daß nur an einem Ende ihr schwarzes Haar heraussah. Er nickte langsam.

»Zahai wäre nie auf einem Esel geritten. Ja, sie ist tot.«

»Dann muß ich sie begraben.«

Danachew dachte eine Weile nach. Dann fragte er: »Warum Du?«

»Weil sie meine Frau war.«

Niemand wußte etwas zu antworten. Verlegenheit hatte sich wie ein nasser Nebel auf alle gelegt. Irgendwo aus einer winzigen, noch klar denkenden Ecke seines Gehirns vernahm Jack die Warnung Danachews: »Der Khamsin bringt den Wahnsinn mit sich.«

Jetzt schüttelte Danachew den Kopf.

»Nein, Many Waters«, sagte er. »Deine Frau steht dort hinter Dir.«

Gail legte Jack die Hand auf die Schulter, wie um Danachews Worte zu bestätigen. Jack merkte davon nichts.

»Zahai gehört der Wüste«, betonte Danachew noch einmal.

»Ich habe sie geliebt.«

»Auch wir haben sie geliebt. Und Du hast sie erschossen.«

»Ich wollte sie nicht töten.«

»Nein. Aber sie ist tot.«

Sehr fern und sehr ernst blickten sie einander an. Sie waren wieder Fremde füreinander geworden, ein unglückseliges Geschoß aus einem Gewehr, nicht aus Haß, sondern aus Liebe abgefeuert, hatte ihre brüderlichen Bande für immer durchtrennt.

»Wir müssen jetzt gehen«, erklärte der alte Mann. »Wir müssen noch einen Krieg zu Ende kämpfen.«

»Darf ich mit Euch kommen? Für Euch kämpfen? Vielleicht kann ich...«

Danachew schüttelte den Kopf.

»Nein, Many Waters«, sagte er. »Du kannst unseren Verlust nie wieder gut machen. Du mußt nach Amerika zurück. Das war Zahais größter Wunsch. Daß Du sicher nach Amerika zurückkehren sollst.«

Dann wandte er sich um und führte den Esel, der die tote Anführerin trug, davon. Alle anderen folgten ihm schweigend – Maultiere, Kamele, Esel und die jungen wie die alten Guerillakämpfer mit ihren Gewehren, die sie müde auf ihren hageren Schultern trugen.

Das ganze Camp blickte ihnen nach, wie sie davonzogen, sichtbar erleichtert, daß dieser ihnen völlig unverständliche Alptraum ein Ende nahm, ohne noch mehr Menschenleben zu fordern.

Jack folgte dem Trauerzug in einiger Entfernung. Auf Gail, die noch immer auf einem Bein dastand, achtete er nicht. Eddie kam und bot ihr seine Schulter als Stütze an. Seit Jack plötzlich verschwunden und Sam zur Schatzsuche aufgebrochen war, waren Eddie und Gail mehr als Freunde geworden. Die gegenseitige Abhängigkeit hatte sie immer näher zueinandergebracht, bis es schließlich kein Geheimnis mehr blieb, daß sie sich das Bett in der *Arche Noah* teilten.

Als die Wüste anfing, blieb Jack stehen und ließ den Trauerzug weiterziehen. Er blickte ihm nach, bis er in den Luftspiegelungen der Ebene versank und für immer verschwunden war.

KAPITEL 27

Der Konvoi suchte sich seinen Weg durch das Hügelland im Süden. Jack fuhr mit Eddie, der am Steuer saß, und Gail, die still und bedrückt war, in der *Arche Noah*. Plötzlich ergriff sie das Wort.

»Möchtest Du darüber sprechen?«

»Ich war wahnsinnig«, erklärte Jack.

»Das kann man wohl sagen«, sagte Eddie.

»Es war alles gar nicht so einfach. Sie war die Tochter des Khamsin.«

»Wessen Tochter?«

»Von Khamsin.«

»Ist dieser Khamsin eine Art Kriegsherr?«

»Nein, ein Geist.«

Gail und Eddie warfen sich einen bedeutungsvollen Blick zu.

»Offensichtlich stehst Du noch immer unter Schock«, meinte Gail. »Laß mich mal Deine Stirn fühlen.«

»Nimm Deine Hände weg von mir!« schrie Jack sie an. »Mit mir ist alles in Ordnung!«

»Aber Du hast Dich in die Tochter eines Geistes verliebt!«

»Ach, das kann man doch so nicht sagen«, erwiderte Jack. »Zahai war sehr wirklich. Sie lebte ein Leben, das ungewöhnlich und nicht einfach war. Der alte Mann hatte mich davor gewarnt. Ich konnte aber nichts dagegen tun. Ich war bereit, mein Leben für sie hinzugeben.«

»Aber Du hast sie doch kaum gekannt«, sagte Eddie.

»Ich kannte sie sehr gut.«

Wieder warf Eddie Gail einen beredten Blick zu.

»Du hast gesagt, sie sei die Tochter von... von...?«

»Khamsin.«

»Wo ist dieser Khamsin?«

»Nirgendwo«, sagte Jack. »Glaubt mir, das ist eine sehr alte, sehr seltsame Geschichte. Eines Tages erzähle ich Euch mehr davon.«

Sie schwiegen wieder. Dann wechselte Eddie das Thema.

»Wenn wir schon von sehr alten und sehr seltsamen Geschichten sprechen, erinnerst Du Dich an Gibrils Geschichte von den vergrabenen Schätzen? Sam ist ihm schließlich auf den Leim gegangen. Wir haben alles Mögliche versucht, es ihm auszureden und beinahe eine Meuterei im Camp riskiert. Seitdem haben wir ihn nicht mehr wiedergesehen.«

»Wann war das?«

»Vor ungefähr einer Woche.«

»Sie sind mit dem *Zion Express* losgefahren?«

»Und ungefähr einem halben Dutzend Männer.«

Jack schwieg nachdenklich.

»Gibril ist tot«, sagte er dann. »Und auch alle Sudanesen.«

»Wie bitte?«

»Sie sind mit dem Truck, der bis zum Stehkragen mit Jamars Waffen beladen war, in einen Armeehinterhalt geraten.«

»Guter Gott!« schrie Gail.

»Sie wurden gefangengenommen, vor ein Militärgericht gestellt und erschossen. Der General hat mir das alles erzählt.«

Dann berichtete er von seiner eigenen Gefangenschaft und wie er nur knapp den Klauen des Todes entronnen war.

»Und was ist mit Sam?«

Jack schüttelte den Kopf. General Dinka hatte nichts davon gesagt, daß sie einen weißen Mann erschossen hätten. Wenn dem so gewesen wäre, hätte der General sich bestimmt die Gelegenheit nicht entgehen lassen, ihm das unter die Nase zu reiben. Aber trotzdem: Seine Worte hatten gelautet, daß er Jacks Söldnerfreunde gefangen und sie alle erschossen hätte.

Abends am Lagerfeuer erzählte er ihnen, wie Zahai ihn mit vorgehaltener Waffe entführt und auf eine Tour durch Arakan mitgenommen hatte, die ihm die Augen öffnete. Er erzählte ihnen von Hela und all den anderen toten Orten, von dem Guerillacamp, das gleichzeitig ein Versorgungszentrum für die hungernde Bevölkerung gewesen war, und von seiner zweiten Begegnung mit Shakira. Aber wie und warum er sich in Zahai verliebt hatte, das verstand er selbst noch immer nicht.

Im Morgengrauen des nächsten Tages bauten sie das Camp ab und, noch ganz unter dem Eindruck der Rastlosigkeit, die sie seit Zahais Tod ergriffen hatte, fuhren sie weiter in das Bergland hinein.

Sie sahen das Dorf schon von weitem. Es lag in einem kleinen Tal inmitten der Bergrücken. Wie eine Geisterstadt aus eingefallenen Lehmhäusern und Strohdächern sah es aus, wo Warane über die Trümmer glitten. Aus dem flachen Land rings um das Dorf wirbelte der Wind ungehindert Staubwolken hoch. Hier waren einmal fruchtbare Äcker gewesen, eine grüne Landschaft mit Feldern, auf denen Weizen und Mais wuchsen. Der Wind trieb den Staub von dem alten Ackerland durch das Dorf und in die Berge hinein.

Der Konvoi fuhr das letzte Stück Weges hinunter ins Dorf. Eddie fuhr behutsam durch die Straßen, bis er dorthin kam, wo einstmals der Marktplatz gewesen sein mußte. Er hielt an und stellte den Motor ab. Dann warteten sie, bis alle anderen Lastwagen hinter ihnen gehalten hatten.

Aus einem armseligen Häuschen am entferntesten Ende des Dorfes trat ein alter Mann, so alt, daß er nur mit gekrümmtem Rücken vornübergebeugt gehen konnte. Unschlüssig blieb er stehen und beobachtete den Konvoi, dann kam er langsam näher, von einem Fuß auf den anderen hinkend, so daß es schien, als tanze er einen makabren Tanz.

Jack öffnete die Tür und sprang heraus. Überall sprangen die Fahrer aus den Lastwagen, streckten ihre verkrampften Glieder und zündeten sich eine Zigarette an.

Der alte Mann kam auf Jack zu, blieb stehen und sah ihm ins Gesicht.

»*Danasteri*«, sprach er. »Ich grüße Dich.«

»*Danasteri*«, erwiderte Jack.

Der alte Mann, eine runzlige, weißhaarige und viel ältere Ausgabe von Danachew, trug ein verblichenes traditionelles Gewand über engen weißen Hosen und ein Paar uralter Ledersandalen.

»Bist Du Many Waters?« fragte er.

»Ja, das bin ich«, antwortete Jack. »Wer bist Du?«

Der alte Mann schaute ihn eine Weile prüfend an. Dann, offensichtlich zufrieden, wandte er sich um und winkte einigen unsichtbaren Leuten, die sich in den Ruinen versteckt zu haben schienen. Phil trat neben Jack und lud sein Gewehr.

»Laß nur, Phil«, sagte Jack.

Der alte Mann schaute von Jack zu Phil und schien sich über Phils verteidigungsbereite Haltung zu amüsieren.

»Woher kennst Du meinen Namen?« fragte Jack.

»Du bist ein berühmter Mann aus Amerika, Many Waters«, sagte der alte Mann. »Wir haben Dich schon seit vielen Tagen erwartet. Geht es Dir gut?«

»Ja, es geht mir gut.«

»Wir haben für Dich gebetet.«

»Vielen Dank«, sagte Jack. »Wer hat Euch von unserem Kommen in Kenntnis gesetzt?«

Der alte Mann lachte.

»Du kennst doch Zahai, die Frau, die im Krieg kämpft? Ihre Leute waren bei uns. Sie teilten uns mit, Du kämst mit Lebensmitteln und Medikamenten und vielen anderen Dingen.«

Aus allen Himmelsrichtungen tauchten Männer, Frauen und Kinder aus ihren Verstecken auf und näherten sich dem Konvoi. Gebrochene Menschen, nur noch Gespenster, die irgendwie überlebt hatten. Die schlimmste und verheerendste aller Katastrophen hatte sie heimgesucht. Sie lebten noch und waren doch halb tot. Ungefähr zweihundert Menschen drängten sich um die Lastwagen.

»Ich heiße Sidelil Kidan«, erklärte der alte Mann und reichte die Hand zum Gruß. »Ich bin der Bürgermeister dieses Ortes und dieser Menschen hier. Das ist alles, was von Bahadir noch übriggeblieben ist.«

»Wo sind die anderen?« fragte Jack.

»Die meisten sind gestorben«, sagte der alte Mann. »Die Erde ist schwer geworden von den Knochen der Toten.«

»Was ist mit den Hilfsorganisationen? Man hat mir gesagt, Ihr hättet hier ein riesiges Verteilungszentrum. Was ist passiert? Wo sind sie?«

»Sie sind weggegangen.«

»Warum?«

»Zuerst blieb der Nachschub aus«, berichtete Sidelil Kidan. »Und während sie auf neue Lieferungen warteten, ordnete die Regierung an, daß sie die Region zu verlassen hätten. Also sind sie gegangen. Immer mehr Menschen verhungerten. Wer eben konnte, machte sich auf den Weg und schlug sich zu anderen Hilfszentren durch, wo noch Nahrungsmittel verteilt wurden. Bahadir brach zusammen, und wir hier sind der Rest.«

Jack wandte sich nach den Fahrern um, die sich alle um ihn versammelt hatten. Es war keinerlei Begeisterung in seiner Stimme, als er zu sprechen begann.

»Also, Freunde«, sagte er. »Jetzt sind wir also am Ziel.«

»Das soll Bahadir sein?« fragten sie ungläubig.

»Das behauptet er.«

»Wo sind die Einwohner?«

»Sie stehen vor Euch.«

»Du hast uns gesagt, Tausende und Abertausende würden hier auf unsere Hilfsgüter warten«, sagte Harry, der Sprecher der Fahrer geworden war. »Wenn ich mich recht entsinne, hast Du von einhundertachtzigtausend verhungernden Menschen gesprochen.«

»Sie sind weg«, sagte Jack.

»Wohin?«

»Überallhin verstreut«, antwortete Jack. »Geben wir doch jetzt diesen Leuten, was sie brauchen, und fahren wir dann weiter, vielleicht finden wir noch andere Bedürftige.«

Die Dorfbewohner stellten sich an, um alles entgegenzunehmen. Frauen und Kinder erhielten Nahrungsmittel und Wolldecken, während den Männern landwirtschaftliches Gerät und

Saatgut ausgehändigt wurde. Auch fünf Ochsenpflüge wurden ausgeladen, obwohl es noch Jahre dauern würde, bis die Leute wieder Ochsen haben würden, die die Pflüge ziehen könnten.

Unter einem Zeltdach, das zwischen der *Arche Noah* und *Eine Welt* aufgespannt worden war, hatte Gail eine kleine Gesundheitsstation eingerichtet, versorgte alte Wunden und hörte Klagen über alle erdenklichen Krankheiten an. Eddie assistierte ihr, gab Medikamente aus und holte, was immer vonnöten war, aus den LKWs.

Sidelil Kidan, der alte Bürgermeister, hatte sich an Jacks Fersen geheftet, humpelte ihm nach, wo immer er hinging, und entschuldigte sich unablässig für vielerlei – angefangen damit, daß er ihnen keinen Tee anbieten konnte, bis zur Ungeduld seiner Leute und ihrer Unfähigkeit, sich in einer geraden Schlange anzustellen.

»Wir waren früher ein sanftes, geduldiges Volk«, sagte er zu Jack. »Aber Hunger ist ein schrecklicher Lehrmeister.«

Die Menschen werden ruhelos, verlieren den Glauben, erzählte er, und in ihrem verzweifelten Versuch, nicht zu verhungern, werden sie selbstsüchtig, wie Tiere. Viele hatten ihre schwachen und sterbenden Verwandten allein zurückgelassen und hatten sich aufgemacht, um ferne Orte aufzusuchen und dort zu sterben. Andere waren zu den Nomadenkriegern gegangen, um mit ihnen zu sterben.

»Wir, wir sind hiergeblieben, um zu Hause zu sterben, aber es sieht so aus, als würden wir vielleicht doch überleben«, meinte der Dorfvorsteher.

»Hat man Euch jemals etwas von dem Öl gesagt?« fragte Jack.

»Öl?«

»Euer Öl. Das Öl in Eurem Boden.«

»Ach so, das Öl meinst Du.« Die Rede davon schien ihn überhaupt nicht zu beeindrucken.

Ja, er hatte davon gehört. Vor vielen Jahren hatten Zahais Leute sie über das Öl und das Gold und die vielen anderen Dinge in Kenntnis gesetzt, die unter der Erde lagerten. Man hatte sie davor gewarnt, daß, wenn sie jemals ihr Territorium verließen, andere Leute kämen, die das alte Recht nicht respektieren, sondern ihr Land in Besitz nehmen und sich auf ihre Kosten bereichern würden. Deshalb hatten die Menschen von Bahadir der verheerenden Hungersnot getrotzt und waren in ihrer Heimat geblieben. Nun deutete alles darauf hin, daß sie die richtige Entscheidung getroffen hatten.

Am Morgen des gleichen Tages hatte schon ein General aus Sokotra, der Hauptstadt, dem Ort einen Besuch abgestattet. Mit einem riesigen Hubschrauber war er hier, auf dem Marktplatz, gelandet. Er hatte ihnen gesagt, daß er von der neuen Regierung gesandt und daß die neue Regierung eine Regierung des Volkes sei, die sich um das Wohlergehen des Volkes, ungeachtet der jeweiligen ethnischen Zugehörigkeit, kümmere. Er hatte den Leuten von Bahadir geraten, ihre Heimat nicht zu verlassen.

»Sie wollten uns eine neue Stadt bauen«, sagte Sidelil Kidan. »Mit einer Schule und einem Krankenhaus. Die Flüsse würden wieder fließen, hat er uns verkündet. Er hat auch gefragt, ob Du hier vorbeigekommen wärst.«

»Ich allein oder unsere ganze Gruppe?«

»Du allein, Many Waters.«

»Warum bloß?«

»Das hat er uns nicht verraten«, antwortete der alte Mann. »Aber es sieht alles danach aus, als ob Zahai recht gehabt hätte. Du kennst doch Zahai Deste, die Frau, die im Krieg kämpft?«

»Ja«, nickte Jack. »Ich kannte sie.«

»Kannte?«

»Zahai ist tot.«

»Tot?« schrie der alte Mann auf.

»Ja.«

»Wann ist sie gestorben?«

»Gestern früh. Draußen in der Wüste. Ich habe sie erschossen.«

Der alte Mann stimmte eine laute Klage an. Alle hielten mit dem, was sie gerade taten, inne und sahen den alten Mann erschrocken an. Dann verbreitete sich die Neuigkeit, zuerst als ein Flüstern, dann in einer lauten überwältigenden Welle von Schmerz und Wehklagen.

Sidelil Kidan wandte sich ab, hielt Abstand von Jack wie von einem gefährlichen Tier, nahm noch einen Sack Saatgut und hinkte davon.

»Warte doch«, sagte Jack und lief dem Bürgermeister hinterher. »Es war ja ganz anders!«

Der Bürgermeister ging weiter.

»Sie wollte mich umbringen«, schrie Jack ihm hinterher.

Aber der alte Mann ging weiter, die Augen starr auf den staubigen Weg gerichtet.

Jack folgte ihm ein kleines Stück, dann blieb er stehen. Er setzte sich auf die Trümmer eines ausgebombten Hauses und stützte den Kopf in beide Hände. Kummer und Leid drohten ihn zu erdrücken, er fühlte eine Last auf sich, die so schwer war wie keine andere, eine Last, von der ihn nur der Tod würde befreien können.

Die Einwohner des Dorfes folgten langsam und etwas unentschlossen ihrem Bürgermeister – ein verstummtes, trauerndes Volk. Jene, die gerade in Gails provisorischer Gesundheitsstation versorgt wurden, standen einfach auf und gingen davon, im Gehen noch wickelten sie ihre halbfertigen Verbände wieder auf und rissen sie ab.

Gail, Eddie und Phil gingen langsam hinüber zu dem verzweifelten Mann, der auf den Trümmern saß.

»Was ist passiert?« fragten sie ihn.

»Ich habe ihm von Zahai erzählt.«

»Warum, zum Teufel?«

»Er hat mich nach ihr gefragt.«

Sie sahen den Leuten nach, bis sie in den Hügeln verschwunden waren, wo sie zweifellos irgendwelche Höhlen bewohnten, die sie ihr Zuhause nannten.

»Was nun?« fragte Gail.

Eddie nahm ihre Hand und drückte sie. Er sagte: »Mir scheint, wir sollten den Rest der Versorgungsgüter ins nächste

Dorf bringen und dann so schnell wie möglich dorthin zurückkehren, wo wir die Verhältnisse kennen.«

Gail und Eddie gingen weg, um das Wiederaufladen der Güter und die Weiterfahrt zu organisieren. Phil blieb noch eine Weile bei Jack sitzen und bemühte sich, ihn aus der harten Schale, in die er sich zurückgezogen hatte, herauszulocken.

»Jack«, sagte er. »He, Jack, reiß Dich zusammen, Mann. Was immer Du da draußen erlebt hast, es ist jetzt endgültig vorbei, und wir müssen hier heil rauskommen. Du schuldest es Dir selbst und uns, daß Du normal und bei Sinnen bleibst, bis wir wieder in New York sind. Dann kannst Du, solange Du willst, den Verstand verlieren... Scheiße, Mann! Wach auf! Du hast einen schlimmen Traum geträumt. Jetzt ist alles vorbei.«

Jack saß unbeweglich, den Kopf in die Hände gestützt. Er hörte alles, was Phil ihm sagte, verriet aber durch kein Anzeichen, daß er zugehört und den Sinn mitbekommen hatte. Schließlich stand Phil auf und ließ ihn allein.

Jack befand sich in einem Zustand völliger Erschöpfung. Die physische und seelische Erschöpfung, die Nachwirkungen von drei Monaten intensivster emotionaler Anspannung hatten ihn an den Rand des Zusammenbruchs gebracht. Innerhalb von drei Monaten war er an Orten gewesen, die es auf keiner Landkarte gab, hatte er Dinge gesehen, die sich jeder Vorstellungskraft entzogen, und Emotionen durchlebt, die er nicht begriff. Innerhalb von drei Monaten war er ein nomadisierender Geist geworden.

So versunken saß er da in Gedanken an seinen Verlust, daß er kaum das ohrenbetäubende Propellergeräusch eines sich nähernden Hubschraubers hörte. Er kam über die Hügel geflogen und landete so schnell, daß nicht die geringste Möglichkeit einer wie immer gearteten Reaktion blieb. Schwer bewaffnete Soldaten sprangen heraus und nahmen eilends ringsumher Verteidigungsstellungen ein. Dann trat ein Offizier aus dem Hubschrauber, blieb stehen, um die Überreste des Dorfes zu betrachten, und schritt dann auf Eddie zu.

»Jack Rivers?«

Eddie zeigte dorthin, wo Jack verzweifelt grübelte, eine einsame Gestalt, ein Teil der verwüsteten Landschaft.

In diesem Augenblick sah Jack zum ersten Mal auf, nahm den Militärhubschrauber wahr, die bewaffneten Soldaten, und sah, wie Eddie auf ihn deutete. Der Offizier kam auf ihn zu. Jack war mit seinen Kräften am Ende und dermaßen ausgelaugt, daß er nicht einmal mehr die Energie aufbrachte, sich zu fragen, was ihm nun bevorstünde.

»Ich suche Jack Rivers«, sagte der Offizier.

Seine Uniform und die Rangabzeichen identifizierten ihn als Major in der 23. Luftlandebrigade. Ein im Krieg hart gewordener Mann.

»Ich bin Jack Rivers«, erklärte ihm Jack

Der Offizier salutierte elegant. Er reichte Jack die Hand.

»Major Tefari Abde«, stellte er sich vor.

Sie schüttelten sich die Hand.

»Anscheinend sind Sie nicht gekommen, um mich zu verhaften«, sagte Jack. »Was kann ich also für Sie tun, Major?«

»Nein, Mister Rivers, ich will Sie nicht festnehmen. Ganz im Gegenteil, ich habe Befehl, Sie in die Hauptstadt zu eskortieren.«

»Zum Erschießungskommando?«

Der Major lachte. »Nein, Sir, das auf keinen Fall.«

»Warum wollen Sie mich dann nach Sokotra bringen?«

»Haben Sie von den Veränderungen in der Hauptstadt gehört?«

Jack nickte.

»Die neue Volksregierung möchte Ihnen eine öffentliche Ehrung zukommen lassen.«

»Wofür?«

»Für das, was Sie hier getan haben.«

Jack schüttelte heftig den Kopf. »Das ist unmöglich.«

»Warum, Mister Rivers?« fragte der Major. »Sie haben Großes für die Menschen in Arakan geleistet und für unsere ganze Nation.«

Jack hörte nicht auf, den Kopf zu schütteln. Das war alles zu viel für ihn. Zuerst, dachte er, lassen Sie nichts unversucht, mich umzubringen, und nun wollen sie mir eine öffentliche Ehrung zuteil werden lassen! Das gibt es einfach nicht. Und wie Zahai gesagt hatte: Bei Militärregimes ändert sich immer nur der Name des neuen starken Mannes. Alles andere bleibt im Grunde dasselbe – die Rhetorik, die Strategie der starken Waffen, der massive Einsatz von brutaler Gewalt, aufgrund dessen jede Meinungsäußerung des gewöhnlichen Bürgers unmöglich wird.

»Seien Sie unbesorgt, Mister Rivers«, sagte der Major. »Meine Soldaten kümmern sich um Ihre Leute. Sie haben Befehl, sie bis zum nächsten Versorgungszentrum zu geleiten, wo alle Nahrungsmittel und Ihre sonstige Fracht ausgeladen werden können. Danach bringen sie Ihre Männer zu Ihnen in die Hauptstadt. Die Armee wird die Nahrungsmittelverteilung selbst übernehmen.«

»Und was ist mit den Trucks?«

»Die LKWs lassen wir in ihr Herkunftsland zurückbringen.«

Jack erhob sich. Ohne ein Wort zu sprechen, in tiefes Nachdenken versunken, ging er mit dem Major zur *Arche Noah*. Die Fahrer waren mit dem Neubeladen und Umverteilen der Güter beschäftigt und machten die Trucks für die Weiterfahrt startklar.

Jack nahm Eddie beiseite und erklärte ihm, wie der Major sein Erscheinen begründet hatte.

»Mir gefällt das Ganze überhaupt nicht«, sagte er endlich. »Aber wie Du siehst, kann ich mich unmöglich weigern, mit ihm in die Hauptstadt zu fliegen. Ich glaube nicht, daß sie mir Orden umhängen werden, wenn sie von den Dingen erfahren, die ich herausgefunden habe.«

»Du wirst ihnen doch wohl nicht die Wahrheit sagen!«

»Ich muß sagen, was ich weiß.«

»Warum?«

»Wenn sie erfahren, daß andere Leute darüber informiert sind, was sie vorhaben, werden sie diesem Völkermord vielleicht ein Ende setzen.«

»Das ist Selbstmord!«

»Nein«, erwiderte Jack. »Das nennt man Stellung beziehen. Es ist nicht genug, die verhungernde Bevölkerung vor dem Hungertod zu retten. Wir müssen auch unsere Stimme gegen die Ursachen des Massensterbens erheben.«

Gail kam auf sie zu. Sie ging langsam und kickte beim Gehen Sand und Steinchen aus ihrem Weg.

»Sorge Du gut für Gail«, sagte Jack zu Eddie. »Befreit Euch, sobald Ihr könnt, von der Eskorte und seht zu, daß Ihr zur Grenze kommt. Fahrt in Richtung Rambi. Da fahrt Ihr dann nicht nach Norden, Richtung Watsa, sondern nach Süden, nach Zentralafrika hinein. Von dort, von der Hauptstadt Bangui aus, könnt Ihr nach Hause fliegen.«

Gail war bei ihnen angelangt, und ohne ein weiteres Wort warf sie sich ihm in die Arme. Sie küßten sich.

»Ich muß in die Hauptstadt.«

»Ich weiß.«

Er fragte nicht, woher sie das wußte, statt dessen küßte und umarmte er sie, in der stillen Hoffnung, sie würde merken, wie sehr er sie noch immer liebte. Dann ließ er sie los und, ohne noch einmal auch nur einen Blick zurückzuwerfen, ging er mit dem Major zum Hubschrauber. Die Triebwerke wurden angeworfen, und die Rotoren wirbelten eine Staubwolke auf.

Als der Hubschrauber sich in die Luft hob, winkte Jack seinen Leuten zu. Er sah, wie Gail sich die Tränen von den Wangen wischte und wie Eddie sie umarmte und tröstete, und irgendwie war ihm klar, daß er sie alle nie wiedersähe.

Dann flog der Hubschrauber über die Berge und verschwand.

Es war ein riesengroßer Helikopter mit genügend Platz für mehr als ein Dutzend bewaffneter Soldaten einschließlich ihrer gesamten Ausrüstung. Jack und Major Tefari saßen in der mittleren Sitzreihe nebeneinander und unterhielten sich. Hinter ihnen saßen zwei bewaffnete Soldaten. Die beiden Piloten, zwei gebeugte Gestalten mit Helmen und Sonnenbrillen, konzentrierten sich auf ihre Arbeit.

»In Kürze übernimmt die Armee Ihre Hilfsaktionen«, sagte Major Tefari. »Die ganze Verteilung von Hilfsgütern wird der Verantwortung des Militärs unterstellt.«

»Warum?«

»Sie wissen doch, wir befinden uns hier im Rebellengebiet.«

»Ich weiß, aber...«

»Es ist viel zu gefährlich, wenn Sie ganz allein auf sich gestellt hier draußen arbeiten«, sagte der Major. »Wir haben alle Hilfsorganisationen aufgefordert, diese höchst gefährliche Zone sofort zu verlassen.«

»Aber sie sind schon immer dagewesen, sie kennen das Risiko, das sie um der Menschlichkeit willen eingehen.«

»Die Regierung kann die Verantwortung für ihre Sicherheit nicht mehr garantieren, deshalb müssen sie alle gehen.«

Jack erinnerte sich an eine ähnliche Unterhaltung mit General Asfaw Dinka.

General Dinka hatte zum alten Regime gehört. Dieses hatte die Macht verloren, und seine Repräsentanten waren größtenteils tot, aber die politische Linie hatte weiterhin Bestand und schien über die persönlichen und ideologischen Streitpunkte, die die Gründe für den Staatsstreich abgegeben hatten, hinauszureichen.

»Wie gedenkt die neue Regierung mit den Rebellen umzugehen?« fragte er.

»Den Banditen wurden eine Kapitulation unter äußerst großzügigen Bedingungen angeboten.«

»Kapitulation?«

»Was sonst? Wenn sie sich nicht ergeben, wird die neue Volksarmee sie vollkommen zerschlagen.«

»Genau das hat die letzte Volksarmee während der letzten zwanzig Jahre vergeblich versucht.« Jack schüttelte den Kopf. »Was läßt Sie vermuten, daß Sie erfolgreicher sein werden?«

Major Tefani lachte das offene und fröhliche Lachen eines Mannes, der von seiner Bestimmung überzeugt ist.

»Der Erfolg ist uns sicher, Mister Rivers«, sagte er. »Daran kann es gar keinen Zweifel geben.«

General Dinka von der alten Volksarmee hatte, wenn auch mit anderen Worten, dasselbe gesagt: »Was sollen wir denn tun, Mister Rivers? Sollen wir dem Banditentum nachgeben? Wollen Sie, daß wir ein ganzes Land an eine Bande halbgebildeter, blutrünstiger, machthungriger Stammeskrieger abtreten?«

Diese Worte waren gesprochen worden lange, ehe Jack Rivers Zahai Deste und ihre Guerilleros kennengelernt hatte. Nun waren die meisten von ihnen tot, auch der General. Die Ideologie hatte überlebt.

»Wir haben die Macht auf unserer Seite, Mister Rivers«, sagte Major Tefani und strahlte vor Selbstvertrauen. »Wir werden sie auslöschen, sie vom Angesicht dieser Erde verschwinden lassen, das ist mehr als sicher.«

Jack schüttelte den Kopf und dachte: »Es stimmt, Macht und Vernunft sind zwei verschiedene Dinge.«

»Sie könnten mit ihnen verhandeln«, sagte er zu dem Major.

»Mit Banditen verhandeln!«

»Warum nicht?«

»Wissen Sie, was geschieht, wenn wir anfangen, mit ihnen zu reden? Dann bilden sie sich plötzlich ein, sie seien auch jemand, und sie werden erwarten, daß wir auf ihre Forderungen eingehen.«

»Und was wäre daran verkehrt?«

»Sie haben nicht eine einzige politische Zielvorstellung, über die zu reden sich lohnte. Sie stellen nur eine unrealistische Forderung nach der anderen. Wir wollen dies, wir wollen das. Was sie wirklich wollen, ist Macht. Selbstverwaltung nennen sie das. Wissen Sie, was passiert, wenn wir nachgeben?«

»Was denn?«

»Dann werden die Afar ihre eigene Republik gründen wollen. Danach kommen die Bumi mit der Forderung nach einer eigenen Taschentuchrepublik, dann die Duran und die Fakir. Das ganze Land wäre dann nichts anderes mehr als ein Haufen taschentuchgroßer Republiken. Das wäre das Ende unserer Nation.«

Er hatte unbedingt recht. Jack fiel es immer schwerer zu begreifen, warum ein Land mit so vielen klugen Köpfen unter so selbstzerstörerischer Armut litt, unter so unnötigen Katastrophen.

»Und glauben Sie mir, Mister Rivers, keine einzige dieser Provinzen verfügt über Ressourcen, die eine autonome Existenz ermöglichten.«

»Gibt es dort wirklich keinerlei Rohstoffe?«

Major Tefari lachte. »Der einzige Rohstoff, den die Einwohner von Arakan besitzen, ist Sand. Sand und noch mehr Sand. Selbst ohne die Dürre wäre Arakan ein verhungerndes Land.«

»Und was ist mit dem Öl?«

»Mit welchem Öl?«

»Mit den Ölquellen in der Wüste!«

»Ha!« lachte der Major. »Sie haben auf die Banditen gehört!«

»Sie waren die einzigen, die mir etwas erzählt haben.«

»Das ist doch alles Blödsinn. Das meiste wenigstens«, meinte der Major. »Die Geschichte von den Ölquellen in Arakan ist seit Jahren im Umlauf. In Wirklichkeit stammt das einzige Öl in der Wüste von Arakan aus den Motoren unserer Militärfahrzeuge. Glauben Sie mir, in Arakan gibt es kein Öl.«

»Und was ist mit den Bohrlöchern?«

»Bohrlöcher?«

»Zuerst wurden sie gebohrt, dann wieder zugemauert.«

»Wer soll sie gebohrt haben?«

»Die Regierung.«

Major Tefari schüttelte verwundert den Kopf. »Von diesen Quellen habe ich noch nie etwas gehört.«

Er schien die Wahrheit zu sprechen. Es war das alte Credo von der Teilung der Macht – die linke Hand darf nie wissen, was die rechte tut.

»General Dinka wußte auch nichts davon«, sagte Jack.

»Kannten Sie Asfaw Dinka?«

Jack nickte.

»Er ist tot.«

»Ich weiß«, sagte Jack. »Ich war dabei, als er starb. Er hatte versucht, mich zu erschießen.«

Major Tefari warf einen Blick auf die Piloten.

»Wie ist er gestorben?« fragte er Jack.

»Eine Frau hat ihn erschossen. Eine Frau namens Zahai.«

»Zahai Deste?«

Jack nickte.

»Sie haben sie gesehen?«

Jack nickte wieder.

»Sie ist die am meisten gesuchte Person im ganzen Land. Sie und ein anderer Bandit namens Shakira.«

Jack nickte müde. Beide lebten nicht mehr. Aber er wollte dem Offizier die Wahrheit nicht offenbaren. Zu gegebener Zeit fänden sie selbst heraus, daß ihre schlimmsten Feinde längst tot waren. Vielleicht fänden sie mit der Zeit sogar heraus, wer sie getötet hatte. Der Mann nämlich, dem sie beide am meisten vertraut hatten, der Mann, der ihnen helfen wollte.

KAPITEL 28

Nachdem sie sich von dem Konvoi getrennt hatten, waren Zahais Männer nach Norden gewandert mit dem Ziel, den Leichnam ihrer Anführerin in der westlichen Wüste zu begraben, dort, wo sie geboren und aufgewachsen war. Die Reise dorthin erforderte einen harten dreitägigen Ritt, ohne Aufenthalt, quer durch eine der unwirtlichsten und menschenfeindlichsten Regionen Afrikas.

Die Route, der sie folgten, existierte hauptsächlich in ihren Köpfen. Sie bestand aus Wegen und Bergpfaden, die nur von den wilden Tieren benutzt wurden, führte über felsige Bergrücken, die so hoch waren, daß die Packtiere geschoben und gezogen werden mußten, und durchquerte eine rauhe Berglandschaft, die kein Ende nehmen wollte.

Am ersten Abend schlugen sie ihr Lager am Fuß der unteren Ajut-Berge auf, in einer Höhle, die an einer windgeschützten Ecke lag. Zahais Leichnam wurde zwischen nahegelegene Felsen gebettet. Zwei Männer hielten die Totenwache.

Die Guerilleros waren niedergedrückt und unruhig, denn, so sagte Suleiman zu Danachew, man hatte ihnen nicht gestattet, den Amerikaner zu töten, der ihre Anführerin umgebracht hatte.

»Zahai wollte, daß er am Leben bleibt«, gab Danachew zu bedenken. »Deshalb hat sie ihn nicht selbst erschossen.«

»Dann hätten wir wenigstens diese Frau dort erschießen sollen«, meinte Suleiman.

Danachew nickte schweigend. »Aber es hätte Zahai nicht wieder zum Leben erweckt.«

Ihm war klar, wie unbefriedigend seine Antwort ausfiel, denn wo immer der Ruf nach blutiger Vergeltung laut wird, muß Blut fließen, wenn die Rachegelüste gestillt werden sollen. Die Männer murrten, und Suleiman brütete vor sich hin. Aber sie wagten es nicht, ihrem Unmut vor Danachew Luft zu machen. Zahai hatte sie gelehrt, ihm als ihrer aller Vater und Berater Achtung und Respekt entgegenzubringen.

Um Suleiman zu beschwichtigen, übergab Danachew ihm Jack Rivers' goldene Uhr – die Uhr, die Suleiman so leidenschaftlich gern besessen hätte und für die der alte Mann keine Verwendung fand.

»Für mich?« Suleiman konnte das Glück, das ihm widerfuhr, kaum fassen.

»Ja«, sagte der alte Mann. »Aber Du mußt mir versprechen, gut auf sie aufzupassen.«

»Ich werde sehr sorgfältig damit umgehen«, schwor Suleiman. »Ich habe dem Amerikaner meinen besten Dolch im Austausch für diese Uhr gegeben. Zeigst Du mir, wie man die Zeit abliest?«

Danachew verneinte lachend.

»Darum mußt Du Garifa bitten«, sagte er. »Er ist zur Schule gegangen.«

Suleiman setzte sich neben Garifa und verbrachte die ganze Nacht damit zu lernen, wie man die Uhr liest. Als es Morgen wurde, beherrschte er die Stunden. Die Minuten und Sekunden sollten später drankommen. Garifa mußte dafür erst Namen erfinden, denn für diese Art Zeiteinteilung gab es in der Sprache der Nomaden keine Begriffe.

Am Morgen waren alle Zweifel darüber ausgeräumt, wer der neue Anführer der Truppe würde.

Um die Mittagszeit hatten die Männer die schmalen Bergpässe erreicht, die die Übergänge von den südlichen in die nördlichen Bergketten des Ajut-Gebirges ausmachten. Die Gewehre über die Schultern gehängt, führten sie ihre Reit- und Packtiere über die schmalen, gefährlichen Pfade, die sich an den Hängen entlangwanden.

Immer wieder warf Suleiman einen Blick auf die Uhr und rief Garifa die Zeit zu, der ihm bestätigte, daß er richtig gelesen hatte. Hinter ihm schritt schweigend und trauernd Danachew, der den Esel mit Zahais sterblichen Überresten führte.

Plötzlich erfüllte der Lärm eines Hubschraubers die Luft. Das Getöse hallte von einem Bergrücken zum andern wider, und sein Donnern ließ die Hänge erzittern. Suleiman packte den Esel und zerrte ihn in Deckung, er schrie, so laut er konnte, Befehle und Anweisungen, von denen die meisten im Lärm untergingen.

Alle ergriffen die Zügel ihrer Tiere und suchten Deckung. Einer der Männer, der für die Bazooka verantwortlich war, rannte zu Suleiman, der hinter einem Felsen hockte. Zusammen packten sie die Abwehrwaffe aus und machten sie abschußbereit. Der Helikopter, einer von den libellengleichen Kampfhubschraubern, die ihnen ein Gefühl des Grauens einflößten, hatte nun den Bergrücken überflogen, und der ohrenbetäubende Lärm drang ihnen durch alle Glieder..

Die Packtiere zerrten in Panik an den Zügeln, denn auch sie hatten die furchterregenden Geräusche der verschiedenen Flugzeuge zu unterscheiden gelernt. Doch die Männer hielten sie fest, daß sie sich nicht aufbäumen und die Flucht ergreifen konnten.

Es war derselbe Hubschrauber, der schon früher am Tag, zielstrebig Kurs nach Süden haltend, über sie hinweggeflogen war. Jetzt, als er auf dem Rückweg nach Norden war, packte Suleiman die Bazooka aus.

* * *

Im Hubschrauber waren Jack Rivers und Major Tefari noch immer in ihr Gespräch vertieft. Die bewaffneten Soldaten, die hinter ihnen saßen, schauten gelangweilt zum Fenster hinaus, und die Piloten waren damit beschäftigt, den Hubschrauber in angemessener Höhe über die Berge zu fliegen. Der Kopilot, den die Unterhaltung sehr zu interessieren schien, sah immer mal wieder nach hinten.

»Wer ist der neue starke Mann in der Hauptstadt?« fragte Jack.

»Wir haben ein Komitee gebildet«, antwortete Major Tefari.

»Alles Generäle?«

»Die meisten ja.«

»Ich habe den Generälen einiges mitzuteilen. Wer führt den Vorsitz?«

»Ein Offizier vom 12. Pionierbataillon, Oberst Abebe Yemenu.«

»Oberst?« fragte Jack. »Ich habe einen Hauptmann dieses Namens in Adan kennengelernt.«

»Er wurde befördert.«

»Gleich zum Oberst?«

»Ja, ein Major kann schließlich nicht den Vorsitz im Rat führen, oder?«

Gewiß nicht, dachte Jack Rivers. Aber warum dann beim Oberst haltmachen? Warum nicht gleich bis ganz nach oben gehen, bis zum höchsten militärischen Rang: dem Präsidenten-und-Obersten-Befehlshaber-der-Streitkräfte.

»Als ich ihn das letzte Mal sah, bedauerte er, mich nicht sofort erschossen zu haben.«

»Warum?«

»Er haßt die Amerikaner. Und jetzt wollen Sie mir weismachen, er werde mir einen Orden überreichen?«

»Er hat mich persönlich beauftragt, Sie nach...«

»Adan zu bringen«, sagte der Kopilot.

Jack sah auf, als der Mann sprach. Er starrte auf die Spiegelgläser seiner Sonnenbrille und zermarterte sich das Gehirn, wo er die Stimme wohl schon einmal gehört hatte.

»Niemand verleiht Ihnen einen Orden, Mister Rivers«, erklärte der Kopilot.

Jack wandte sich fragend an Major Tefari: »Wer ist dieser Mann?«

»Oberst Tesfaye Gus, militärischer Geheimdienst.«

»Wir sind uns schon früher begegnet«, sagte der Oberst und nahm die Brille ab.

»Schon mehr als einmal«, erwiderte Jack Rivers, dessen Gedächtnis plötzlich zum Leben erwacht war. »Port Sudan?«

Der Oberst nickte und lächelte selbstgefällig.

»Aber das bedeutet ja«, meinte Jack nachdenklich, »daß Sie Waffenschmuggler sind!«

»Alles Tarnung«, schüttelte der Oberst den Kopf. »Tarnung, um Jamar, den Schmuggler, zu fassen. Er war der bedeutendste Waffenschmuggler in der westlichen Wüste. Einzig übertroffen von der amerikanischen Regierung und dem CIA. Manchmal haben sie zusammengearbeitet – eine ziemlich unheilige Allianz, das können Sie mir glauben. Wir haben Jamar ausgeschaltet. Aber das ist jetzt Nebensache.«

Major Tefari schien zu zögern. Er wählte seine nächsten Worte sehr sorgfältig.

»Was Oberst Yemenu jetzt braucht, ist... eine Geisel.«

Jack starrte ungläubig auf den Major, der zum Fenster hinaussah.

»Eine Geisel?«

»Ja, Mister Rivers«, sagte Oberst Gus. »Der Staatsstreich ist nicht ganz so reibungslos verlaufen, wie wir uns das vorgestellt hatten. Ihre Regierung weigert sich, unsere Revolution anzuerkennen. Wir sind sogar der Überzeugung, daß Ihre Regierung, in der Absicht, uns an der Machtübernahme zu hindern, unseren Feinden besondere geheime Informationen hat zukommen lassen. Oberst Yemenu ist aus der Hauptstadt geflohen und wieder in Adan, in dem Stützpunkt, von dem aus die Rebellen bekämpft werden. Die Royalisten haben die Stadt umzingelt und stehen kurz davor, den Stützpunkt zu stürmen und uns eine vernichtende Niederlage beizubringen. Wir hoffen, daß Ihre Gegenwart im Stützpunkt Ihre Regierung dazu veranlassen könnte, die Royalisten zurückzupfeifen.«

Jack schüttelte ungläubig den Kopf. »Ich glaube das alles nicht«, stöhnte er. »Ich glaube überhaupt nichts mehr.«

Oberst Gus zuckte mit den Achseln und sah woanders hin. Major Tefari schaute noch immer aus dem Fenster auf die zerklüfteten Berge, die sich unter ihnen ausbreiteten.

* * *

Auf einem rauhen Bergpfad, der gefährlich am Rande des Abgrunds verlief, wartete Zahais Guerillatruppe mit großer Ungeduld auf das Erscheinen des Hubschraubers. In dem Maße, wie das Motorengeräusch anschwoll, wuchs die Spannung, denn die Guerilleros wußten aus Erfahrung, welches Unheil ein Kampfhubschrauber anrichten konnte. Wenn Suleimans Bazookagranate ihr Ziel verfehlte, dann würden sie alle dem dann unweigerlich folgenden Angriff zum Opfer fallen.

Danachew packte die Zügel des Esels, der Zahais Leichnam trug, noch fester und betete darum, daß die Tiere sich beruhigten und aufhörten, ruhelos zu stampfen und mit den Hufen zu schlagen.

Dann kam der Hubschrauber über den Bergkamm herangeflogen. Tatsächlich war es derselbe, den sie schon früher am Tage gesehen hatten, nur daß er diesmal nach Norden flog. Innerhalb weniger Sekunden würde er über den nächsten Bergkamm fliegen und in der Ferne verschwinden.

»Jetzt!« schrie Danachew.

Suleiman schoß.

Die Granate zischte aus dem Lauf und flog auf ihr Ziel zu. Die Rebellen hielten den Atem an und sahen ihr nach.

Im Hubschrauber schüttelte Jack Rivers verzweifelt den Kopf.

»Geisel?« stöhnte er. »Warum gerade ich?«

»Sie sind ein berühmter Mann, Mister Rivers...«

Niemand im Hubschrauber bemerkte die Rakete. Sie spürten nur ein leichtes Beben, als das Geschoß einschlug, eine Millionstel Sekunde, ehe die Maschine in einem riesigen Feuerball explodierte.

Als die brennenden Flugzeugteile auf das zerklüftete Land niederregneten, warfen Zahais Guerilleros die Arme in die Luft und stießen ein wildes Freudengeheul aus. Die Packtiere gerieten beim Anblick des Feuerregens in Panik, so daß die Männer ihren Freudenrausch unterbrechen und statt dessen losrennen mußten, um die Tiere wieder einzufangen.

Der Esel, der den Leichnam ihrer Anführerin trug, riß sich los und galoppierte den schmalen Pfad entlang. Als die Männer ihn an den Zügeln fassen wollten, sprang das erschreckte Tier über den Rand der Schlucht und stürzte in die gähnende Tiefe, bis es hundert Meter weiter unten auf den zerklüfteten Felsen aufschlug. Und mit ihm stürzten die Trümmer des Hubschraubers in diesen den Menschen unzugänglichen Abgrund.

EPILOG

Vor zwei Monaten wurden Eddie Rook, Gail Johnson, Phil Cox und ungefähr ein Dutzend andere angeblich amerikanische Söldner aus dem Hauptquartier des 12. Pionierbataillons in Adan freigelassen, wo sie von den aufständischen Armeeoffizieren als Geiseln gefangengehalten worden waren. Als Gegenleistung erhielten die Anführer des Staatsstreiches freien Abzug an einen unbekannten Ort zugesichert.

Was Jack Rivers anbelangt, so hält sich das Gerücht, daß er den Hubschrauberabsturz überlebt habe und als Gefangener der Befreiungsfront von Arakan irgendwo im zentralen Hochland wohlbehalten am Leben sei.